名家散文自选集

散文就是同亲人谈心

散文是同亲人谈心

阎　纲／著

民主与建设出版社

答客问：散文是同亲人谈心

问：有文章介绍说，你的评论是从心灵的净水中喷出的火，你的散文是从心灵的圣火中生出的莲，都是美妙的景观。

答：这是放大了我对艺术的追求而后用来勉慰我的话。

文学是人学、情学，人的情欲学，情根于爱。传奇传奇，无奇不传，因情奇而传。以火样的热情激活生命，以莲样的精神净化心灵。

问：也有评家说，你的风格亲切、真诚，实话巧说，长话短说，摇曳多姿，于淡泊中寄至味。

答：这也是放大后用来勉慰我的话。文学是语言的艺术，读文学首先读语言，语言能否像蜜糖一样黏人，养眼入脑，是赢得考试的第一大难关。

小时候，常在鲁迅题赠"古调独弹"的西安易俗社看戏，稍长参加"自乐班"活动，继而参加解放军宣传队演出，一直到创建文化馆、县文联组织剧团演出，至今不放过中央电视台戏曲频道的精彩播放，戏曲成了我毕生在读的艺术学校。

读《李笠翁曲话》，"传奇不比文章。文章做于读书人看，故不怪其深。戏文做于读书人与不读书人看，又与不读书之妇人与小儿同看，故贵浅不贵深。"其"话则本之街谈巷议，事则取其直说明言。"是说好的戏本既是案头作品，又是口头作品，既是视觉艺术，又是听觉艺术，语言运用关乎成败，必须"手则握笔，口却登场"以致"观听咸宜"。我庆幸自己所努力的正是这个方向。但李渔更强调作为"戏胆"的"机趣"，说："机趣二字，填词家必不可少。机者，传奇之精神；趣者，传奇之风致。少此二物，则为泥人土马，有生形而无生气。"有无"戏胆"的"机趣"，才是区别戏和非戏的审美标准。

问：你常引用牛汉闲谈中的一句话"散文是诗的散步"，让散文向诗靠拢，提升散文的审美层次，这是对散文很高的要求。

答：既然是"诗的散步"，文字必须精炼，有韵味，以我少少许胜人多多许，不能像出远门似的把什么都往包袱里塞。出远门不能漫无边际，行程再远最后还得回到家里。文学多情，语言要清通传神，千万别"转"，假模假式、堆垛辞藻、辞费白开水。你要存心折磨读者，你就把话说尽。来日无多，谁有功夫陪你透支生命！

作者切不可当把自己当成读者的教师爷，你民我主，教你怎么做人、怎么革命。人之患在好为人师，不少优秀的作家在这方面吃过大亏。例如柳青，从头到脚变自我为农民的同时，不忘"严重的问题是教育农民"，字里行间大发议论，恨不得几年之内消灭私有制，农村四清来了，方才悔不当初。"大师的弱点"啊！唉，柳青不幸，死得太早了。像孙犁那样自始至终尊劳动人民为衣食父母者，很难找。

散文就是同亲人谈心拉家常、同朋友交心说知己话，恂恂如也，谦卑逊顺，不摆架子不训人。只要明白这一点，手则握笔，口却登场，管它街谈巷议，我自驰骋笔墨。

问：您的作品大多蕴含着命运的沉重和灵魂的撞击，有一种"悲剧色彩"，强调沉郁的人生体验。

答：我爱悲剧，爱喜剧里的悲剧因子，因为悲剧里有崇高，历史在悲剧中发展。

大转折时代，众声喧哗，兴国之道蜂起，只要作家真正贴近实际、贴近群众，深入生活、深入灵魂，一定会深有感触又心生疑虑。理学大师陆九渊说："为学患无疑，疑则有进。小疑小进，大疑大进。"不去洞察舆情，不敢坚守己见，不敢自主创新，把主体的批判与社会批判结合起来，把道德批判与历史批判结合起来，安于"舆论一律"，怎么保险怎么来，好好好，一切皆好，人云亦云，若乎此，所剩的一丁点儿"艺术家的勇气"（恩格斯语），远逊于独立思考的亿万网民，这也是悲剧。

文学的大忌在"讳"——为大人讳，为尊者讳，为名者讳，甚至为贪者讳。

社会永远在真善美与假恶丑的内心冲突中亮起灯火，在发现与创造的博弈中曲折前进，居安思危恰恰是文学文体的强势所在。

问：您怎么写起散文来？《我吻女儿的前额》和《美丽的夭亡——女儿病中的日日夜夜》如此感人，催人泪下又温情脉脉，女儿有风趣，送给大家的总是不含苦涩的慰藉，您是怎样写的？

答：是啊，大家喜欢她，说"阎荷的病床就是快乐角，什么心里话都可以说给她听。"

我喜欢小品杂感，没有正经写过散文。我写散文是因为散文找我。母亲在悲苦的深渊里离世，我陷入巨大的悲痛和刻骨的反省之中，散文来叩门，我写了《不，我只有一个母亲》。女儿与死神坦然周旋，生离死别，那痛苦而镇定的神态令人灵魂战栗，我想她，散文又来叩门，我写了《我吻女儿的前额》。为了忘却心仪的英魂，历时三年，写出《文网·世情·人心》，掉了几斤肉。为了惦念，也为了忘却，更为了报恩，时断时续，撰写《美丽的夭亡》，历时七八个年头，又掉肉，已经皮包骨头了。

女儿的病床旁，我劝着、哄着，让她安安稳稳地入睡，就像哼着儿歌在摇篮旁摇着、唱着一样。她没有选择眼泪，而且时时提醒人们："卵巢病变非常隐蔽，万万不可大意！"告别会上，文艺报社和作家协会上上下下纷至沓来。

女儿墓前，我默默起誓：生命倒计时，我要学父亲和女儿那样对待死亡。当我离开这个世界的时候，要像父亲一样，不与人间争地，不给后代添麻烦；要像女儿那样，坦然面对死亡，该哭不哭，该笑时笑，给人留下内心的禅。我，一介书生，身无长物，没有给儿孙什么，也不想叫儿孙给我什么，再难受、再痛苦，也不哼哼、不声唤，免得家人在病榻前看见心里难受，眼睛一闭走人，任事不知，灰飞烟灭，骨灰也不留。

至于作品为什么感动父女母女、男男女女，因为我笔下回响着女儿"珍惜生命"的遗言，念念不忘亲情、爱情和感恩。侯雁北教授写道：

阎纲在《美丽的夭亡》里写女儿病中的日日夜夜，运用了以乐写悲的手法。女儿的电脑里藏了一则短文《思丝》，写到年轻女子对满头青丝的钟爱，她却以"秃头示人"，而且反复说"没头发好"、怎么好。最后说，翘首盼着青丝再生，"谁光头谁光去，反正我不！"诙谐幽默，寓庄于谐，痛苦而镇定的神态令人灵魂战栗。何况女儿的女儿叫"丝丝"。

以乐写悲而倍增悲怆，这种独特的反衬手法，具有极强的艺术感染力！

女儿阎荷是一枝荷：

扫除腻粉呈风骨，
褪却红衣学淡妆。

载不动，许多愁，这也是我的散文梦。

问：你写散文，还有什么特别的体验？

答：以乐写悲而倍增悲怆，以悲写乐而倍增乐感，以乐写悲，以悲写乐，人间至情，自然出之，连带些痛切而温馨的暗示，这种独特的反衬手法，具有极强的艺术感染力。

散文自由通脱，尽可以敞开心扉，爱怎么写就怎么写，怎么写读者咀嚼有味而不致硬着头皮受罪就怎么写。

问：你读经典散文，有什么特别的体验？

答：首先写父亲、母亲、恋人和爱人，写没齿难忘的骨肉亲情，写死去活来的爱，"端起饭想起你，眼泪掉在饭碗里。"孙犁的《亡人遗事》，快读，三五分钟，掩卷后能让你心酸大半天。散文写爱，要动真感情，作者掉泪，读者才可能含泪。

我服膺雨果两元心灵对立的艺术哲学，也喜欢他的这句话：

"在主义之上我选择良知，在冷暖面前我相信皮肤。"

学习先贤，就得给自己立个规矩：一、没有独特的发现，没有触动你的灵魂，不要动笔；二、没有新的或更深的感受，不要动笔；三、情节是天使，细节是魔鬼！没有一个类似阿Q画圈圈、吴冠中磨毁印章那样典型的艺术细节，不要动笔；四、力求精短，去辞费，不减肥、不出手。

当下的好多散文越拉越长，含诗量稀薄，文采韵味不足，巧构乏术，抽象大于形象，笔无藏锋，甚至于轻薄为文，"谋财害命"，此风不可长。

问：您说"散文是老年，小说是中年，诗歌是少年。"纵观小说和诗歌创作，年富力强的年轻作者似乎更多更好一些，那么散文创作是否年长者更有优势？

答：是啊！我说过："散文是老年"，因为散文追忆、缅怀、恋土、伤逝。按铁凝的说法，人类尚存惦念，所以人类有散文。惦念别人和被人惦念，都是美好的情愫。惦念，长者最善此道，"世事洞明皆学问，人情练达即文章"，越活越明白，加之文笔老辣，连缀而成人生的一部活《春秋》。所以，比我们早觉悟二十多年的顾准，不承认"终极理想"，推崇"从诗到散文"，即"从理想主义到经验主义"。八十年代巴金的五卷《随想录》出版，九十年代一批深谙世情的老作家张中行、季羡林、金克木等穿行于历史与现实之间，"老来尚有疏狂志，干戚犹能舞不休？"散文随笔大行其道。

孙犁说："老年人，回顾早年的事，就像清风朗月，一切变得明净自然，任何感情的纠葛，也没有，什么迷惘和失望，也消失了。"

总之，步入老年，半生顿踣，悲欣交集，痛苦多于欢乐，时不我待，其言也真，或甜或辣，或悔或怨，或无悔无怨快意人生，非虚构的散文不请自来。杜甫晚年心有戚戚："少壮能几时，鬓发各已霜。访旧半为鬼，惊呼热中肠。"

可是汪曾祺说："老年人的文体大多比较干净，不卖弄，少做作，但是往往比较枯瘦，不滋润，少才华，这是老年文章之一病。"这也是我的一病。我用情太实，缺乏艺术想象，笔无藏锋，不灵动，也不枯燥，感情冲动，文字简约，勉勉强强让人读得下去。

冰心却不，特别是她"文革"后的散文。冰心写来，一方面亲切、不隔，犹如老奶奶抚摸着、拍打着，一方面又是一个过来人做心灵的内省和独白，"我呼吁"，敢于直言，又清醒地做着美好的梦，梦里充满人性的生机。像说话一样无拘无束，像禅机那样耐人寻味。

我是见贤思齐，晚年直追冰心、孙犁前辈。李大钊，38；瞿秋白，36；德劭如鲁迅，55。我还活着。只要天假以年，我要用散文敬畏天地，心香一瓣，为先驱们敬燃。

问：2012年，你的《孤魂无主》名列"第六届老舍散文奖"榜首，你也是本届获奖作者中年龄最长者，整八十，寿登耄耋，似乎印证了一句老话："姜还是老的辣"。

答：姜还是老的辣，人，未必，"自古英雄出少年"。火辣辣的诗文大多喷薄于年轻的狂飙时期。郭沫若27岁发表《凤凰涅槃》。鲁迅24岁发表《摩罗诗力说》，37岁开始"呐喊"，写出《狂人日记》和《孔乙己》。张天翼说：现代文学还在续写阿Q，我想，当代文学也还在续写孔乙己。我早就想写我儿时的孔乙己，但直到七老八十，才写出他的后代《孤魂无主》。

三伯死了，他的那个社会也死了，我原谅三伯了。他有他的活法：自食其力，与世无争，保有自我的一席空间。也有安全感，莫谈国事，和孔乙己一样"从不拖欠"，你官府管不着，不担心"偷书不算偷"结果被人打折一条腿。

技巧倒是老练了些，但不够"飙"了。

散文的骨子里有火，小伙子同样有刻骨铭心的社会体验。年轻人，火力壮，初生牛犊，锐气十足，时有惊人的佳作问世，老作家不一定写得出来，例如张承志、史铁生、王小波等等。本届获奖的作者中，那么多生气勃勃的年轻人，我很高兴！

作家的代表作大多出自青壮年，越老越难超越。

问：您多年来一贯坚持有意义指归的散文，围绕人性的话题，通过典型化的艺术细节直逼人的灵魂，甚至说"艺术细节是魔鬼！"散文的创作手法多种多样，众说纷纭，你是怎样想的和做的？

答：方才说过，打自小爱看戏，戏曲成了我毕生在读的艺术学校。

戏曲的唱词就是我心目中最早的诗；戏剧冲突成为我理解艺术的重要特征；戏曲的对白使我十分看重叙事文学的对话描写；戏曲人物的脸谱反使我对艺术人物的性格刻画产生浓厚的兴趣；戏曲语言的大众化使我至今培养不起对洋腔洋调过分欧化语言的喜好；戏曲的深受群众欢迎使我不论做何种文艺宣传都十分注意群众是否易于接受。

渐渐长大，戏曲在我心目中的审美特征日渐突出。《平贵别窑》里一步三回头的种种动作表情和声声凄厉的叫唱撕心裂肺。《十五贯》里娄阿鼠同算命先生言语周旋、顺着锣鼓点在条凳上跳来跳去，将猜疑和恐惧推向极致。《蝴蝶杯·藏舟》和《秋江》不论是说、是唱都在当夜的江中央。《打渔杀家》里桂英女前台焦急地等待老爹，后台同步传出"一五！一十！十五……"的杖击声声声入耳。《四进士》里宋士杰撬门、偷书、拆书、抄书，边动作边唱出的惊恐与激愤惟妙惟肖。《赵氏孤儿》一个接一个危亡场景的显现，走马灯似的惊愕失色，无不勾魂摄魄，牺牲与崇高直逼人心。特别是我省陈忠实、贾平凹赞不绝口的秦腔，"八百里秦川黄土飞扬，三千万（当年计数）人民吼唱秦腔"，不是唱而是"吼"！不论大净如包公还是小生如周仁，一概发自肺腑地吼，借用全身力气吼，慷慨激越，热耳酸心。正是这样唱着、吼着，凉州词、塞上曲，黄沙百战穿金甲，万里黄河绕黑山，更催飞将追骄虏，相看白刃血纷纷——呼啸厮杀，何等悲壮啊！

绘画与音乐、造型美与语言美，在抽象或半抽象的写意空间巧妙融合，在象征性的一席之地演绎出一出出人生大戏，那样夸张真切，那样谐和优美，那样淋漓尽致，那样入耳入脑、沁人心脾——啊，神妙的精神艺术！

当然，钟爱戏曲艺术也带来艺术趣味的偏颇，人物刻画的扁平极易导致形象的脸谱化，直、白、露，我都认账。

问：怎样继承老一辈散文作家？

答：散文作者的口味各异，不能强求。在博览诸家之后，喜欢哪位名家就专攻哪位名家的精品，学着学着就跟他走了，不由自主地，越学越像。吴冠中称"鲁迅是我精神上的父亲"，他亲口告我说："一百个齐白石抵不过一个鲁迅。少一个鲁迅中国的脊梁骨会软很多，少一个画家则不然。我坚信，离世之后，我的散文读者要超过我绘画的赏者。"

我说："你的《他和她》，目下散文，写暮年亲情，无能出其右者。"他摇头。我又说："吴老呀，你写的散文特别是《他和她》，空谷足音，人间哪得几回闻！开篇普普通通的五个字就打动人心：'她成了婴儿。'最后几句话：'他偶尔拉她的手，似乎问她什么时候该结束我们病痛的残年，她缩回手，没有反应。年年的花，年年谢去，小孙子买来野鸟鸣叫的玩具，想让爷爷奶奶常听听四野的生命之音，但奶奶爷爷仍无兴趣，他们只愿孙辈们自己快活，看到他们自己种植的果木。'《病妻》的结尾更震撼：'人必老，没有追求和思考者，更易老，老了更是无边的苦恼，上帝撒下拯救苦恼的种子吧，比方艺术！'不尽的叹惋和眷恋，淡淡的垂暮之忧，却无一丝的沮丧与悲凉，大胸襟，大手笔，我辈怎能学得！"他微微一笑。

更令人吃惊的，是吴老大清早买煎饼吃过后，同"病妻"坐在我们楼下草坪边的洋灰台上，打开包儿，取出精致的印章，有好几枚，磨呀磨，老两口一起磨。卖煎饼的妇女走过去问他："你这是做什么？"他说："把我的名字磨掉。""这么好的东西你磨它……"他说："不画了，用不着了，谁也别想拿去乱盖。"

不错，摹仿、继承是必由之路，但要超越，殊不知文学史上群星璀璨，数来数去，只有一个鲁迅、一个胡适、一个梁实秋、一个冰心、一个孙犁、一个吴冠中！

散文是同亲人谈心

第 1 辑

老家的门礅石

我出生不久，父亲就将我们母子三人接到西安。父亲在陕西省民政厅做事，经常带领全家到被鲁迅誉为"古调独弹"的易俗社看戏。及长，又到父亲和张寒晖创建的话剧团看演出，张寒晖到我家给我和哥哥教唱《松花江上》。从小时起，我痴迷音乐和戏曲，学谁像谁。

1938年，祖父已经从祖宗的老宅子迁入新居，新居坐落在阎家什字的斜坡上，大门口正对着北山覆斗形的昭陵，乡人叫它"唐王陵"。为了躲鬼子的炸弹，全家又从西安搬回醴泉。首先看见的，是平卧在大门口不规则形的门礅石，丑石，很不雅观。爷爷说，这石看上去丑，却是一宝，是天上掉下来给"唐王陵"照亮的，它的一小块儿请到咱家，给咱家守大门，半夜三更微微发光，妖怪害怕不敢来。

大房正厅的前面，是一排浅灰色高大的格子门窗，说不上雕梁画栋，却也十分考究。踏进格子门，看见角落里躺着一对"哑铃"，是爷爷教余健身用过的。又发现厅房的西墙上还挂着爷爷教私塾体罚学生的"大板子"（戒尺），打手打屁股的板子高高挂起，像是展厅里的主展品。爷爷之所以把板子看得那么重要，因为那是他老人家的权柄，足可称道的光荣历史。修长而且厚重的板子尽管褪了色，木料却是上等的，困难时期，正好点火做饭当柴烧。可惜归可惜，要我当时，也会一咬牙，把它塞进炉膛。

我又发现爷爷脑袋后面的"短刷刷"不见了。爷爷是前清顺民，又是本县里民局局长的二少爷，自然是以满人的长辫子为荣。曾祖父去世后，爆发辛亥革命，陕西乱了一阵之后，又面临一场"留头不留发"的生死抉择。那时的革命，革来革去总拿头发开刀。头发，乃父母所授，首先需要荡涤的是前朝异族强加在头上的羞辱，恢复先人传统的发式。爷爷挡不住时代的潮流，咸与维新，先革辫子的命，剪！但不从根儿上剪，而是齐腰一剪子，后脑勺剩下一撮齐刷刷的短发，扎上，就像拨浪鼓似的一摇一动，俗称"猪尾巴"。这是爷爷一生中唯一的一次尽管不大彻底的革命。爷爷告我说，当时把辛亥革命叫"反正"，"拨乱世，反之正。"反者，还也；"反正"就是还政于正道，"正"也就是"政"。所以，50多年后"拨乱反正"，批判"两个凡是"，我马上想起爷爷版的《头发的故事》。

大房前庭的屋檐下，青石铺成台阶，阶下两侧，各有一棵年年疯长的梧桐树，高耸，直挺挺地。爷爷说："家有梧桐招凤凰。"大哥后来说："可别招来'假凤虚凰'（40年代电影名）！"孩子们常在梧桐树下玩耍，捡桐籽吃，油香油香的。爷爷以下我们四代人，都在这高高的梧桐树下渐渐长大。困难时期，两棵梧桐树粉身碎骨，只留下记忆的清荫。

大房东头一间住着父母，西头一间只住着祖母一个人，因为老两口不和，奶奶爷爷谁不理谁。奶奶一不高兴，挎上包袱便去姑姑家了。父亲早出晚归，祖母常不在家，大房虽清静却凄清。祖母去世后的第二年姑姑去世，表妹、妹妹、侄女一群女子娃住进西头一间，闹声不绝于耳。大房前两边空地上，开满玉簪花，左右两棵梧桐树。西厢房后来住着大哥两口子，东厢房招客，我和爷爷住在西厢房与二门间的耳房，名副其实的斗室。爷爷幽默，童言无忌，欢声笑语，我常说："我和爷爷是好朋友。"

大房以北是后院，后院上面是坡地，栽些杂花小树，种些葱蒜瓜豆。坡下一块空地晒太阳、晾被褥。常年置放着一张炕桌，孩子们在上面做功课、练大字，爷爷给人查黄历（皇历）、打婚单，算生辰八字。当我能够为爷爷代笔打"婚单"时，爷爷格外高兴。

按醴泉习俗，男女十多岁、山区七八岁，相亲定亲，报生辰、看属相，议定财礼，写成"合婚书"，通过"下帖"等形式确定婚姻关系。女方请人给女儿"开脸"，上坟祭祖，吃"离娘饭"。完婚过事，爷爷当作贵宾请去吃"筵席"。爷爷叫我一起去，这一天也成了我的盛大节日。什么"鱿鱼海参席"、"七简八柱席"，席上的"甜盘子"煞是好吃。我最看不惯客人坐席时抢着给自己馍里夹肉（俗称"肉夹夹"），然后掏出脏兮兮的手帕小心翼翼地包上，捅进弹嫌太窄的袖筒里预备带回家让孩子们去争抢、去解馋。

写"婚单"，老格式打头的话总是"天地氤氲，万物化醇，男女构精，万物化生"云云。农村人不识字，写好写坏没人问，只要是红纸黑字写出来的，管它笔力老嫩、功夫深浅！所以，爷爷敢于放手叫我代书，我也就高兴地答应了，一笔一画，十分认真，看上去不成样子，爷爷却表示满意，说"稀样！"这之于我，是莫大的鼓励。

自此之后，不用人催，我认真练起字来。正好，家里曾祖父的干亲宋伯鲁留下不少赠贺的字画和对联。还挂着两副忘记谁题写的绝好对联："铁肩担道义，辣手著文章"，"颜鲁公书力透纸，吴道之画意在笔"。我开始临摹碑帖《颜鲁公多宝塔碑》和《柳公权玄秘塔碑》。乡人说："先学赵，后学欧，然后才学宋伯鲁。"发现《欧阳询九成宫醴泉铭》，看见"醴泉"二字好不亲切！岂知，彼"醴泉"非此"醴泉"也！后来到西安上初中，对标准草圣、辛亥革命的元老、三原县的于右任爱得发疯，一写就是一墙。

西厢房门前的院井中，有几株盛开的玫瑰花。五月的庭院里，总能看见母亲，一身素净，满面春风，细心地采摘含苞待放的玫瑰准备腌制，不由人想起戏台上天女散花。二门以外是前院，靠门墙不远有棵枣树，长到三米左右，横向发展，枝叶茂盛，形成一个圆弧状。"娃娃头"的我，每每穿过树下，总要蹦跳几下够够高，炫耀自己的个头。我是我们家个子最高的人，怕也是阎氏家族个头最高的。在中国作协五七干校时，女同志挂蚊帐总是求我，说："阎纲，借你个个儿吧！"我一生以个儿高为荣，所谓"站得高，看得远。"其实不然，"文革"时坐喷气式，上下午两个单元，个儿越高腰越疼。现在我弄明白了，长寿者，矮子居多。

前院花园里种着花草树木，石榴树、枣树，另有香椿树，还有单片花和喇叭花，后来引进"番茄"，也叫洋柿子，即今之西红柿。大哥是头一个敢吃"番茄"的勇者，我们兄妹各尝了一口，都怀疑里面有毒。香椿也是最鲜的菜，特别是带露的香椿或细雨中的嫩椿芽，滚水中一焯，打个鸡蛋一炒，香气直喷鼻翼。（可惜了的，当大家知道香椿是上好的东西时，困难时期开始，香椿树当作灶下的燃料锯成一截一截木材）秋天，果子熟了，特别遇到深秋的一场淋雨，有意留着不摘的大红枣儿，熟得深透，裂开细长的缝隙，脆得要碎，孩子们终于等着了，便推选一个"崇公道"（《女起解》人物）上树打枣。冬天到了，我们将一个个硕大的石榴用棉絮包紧，单等一场大雪。大雪染白了园子里的一切，树木在雪压下冠盖低垂，只有到了这时，石榴才裂开笑脸，露出一行行红里透黑的牙齿，晶莹闪亮，笑傲寒风。儿童团们坐在热炕上吃石榴，别是一番风味。我吃石榴，连籽儿一齐下肚，吃葡萄也是一样，一生囫囵吞咽的习惯就是这时养成的。春天到了，群莺乱飞，采花捕蝶，一群孩子跟着我这个娃娃头瞎闹腾。我悄悄把一只蜜蜂当作玩物递到表妹的手里，让她当成果子握住不放时，哎呀一声，手背肿成个胖油糕，大哭不止。后来长大，我自觉羞赧，为这桩恶作剧痛悔不已。我比表妹大，为什么要欺侮一个寄养舅家没妈的娃呢？

往往在我们玩得最痛快的时候，爷爷的扫地笤帚已经伸到你的脚下，猛地突袭你的大腿根儿："蹄子！蹄子！"

爷爷生性耿直而好洁成癖，整天扫个不停，炕上收拾得干干净净，尿盆擦得贼光蹭亮。我想，人家南方木头做的大马桶涮干净了可以放在房间里，爷爷一个小小的瓷盆能比马桶"脏"多少呢？

爷爷爱吃夜食。天色向晚，爷爷照例出前院把头门关上，把二门关上，然后从后屋巡视到前屋，一句一句地叮嘱那八个字："小心灯火！谨慎门户！"然后叫我脱衣上炕，爷孙俩合盖一床被窝，聊不多会儿，快吹灯睡觉了，喊"嫂子！嫂子！"要吃的，然后朋友俩趴到炕沿上吃凉面。私塾不办了，师生的情谊没有断，逢年过节，总有学生提上吃货孝敬先生，这些吃货，都成了爷爷和我炕边上丰美的宵夜。

我跟爷爷吃尽了家常便饭和风味小吃，爷爷和大嫂培养了我的口味，这口味具有巨大的排他性，到老不变，即便是南北大菜也不解馋。我最馋的饭食吃货计有：浇汤烙面，羊肉泡馍，羊肉包子，辣子蒜羊血，搅团鱼鱼，油泼辣子 biang biang面，新媳妇的响镯面……家乡味美呀！

爷爷不语神力怪乱，但是乐善好施，常常给人解忧劝架，什么"与人方便，自己方便"、"善有善报，恶有恶报，不是不报，时候未到，现世不报后世报"。爷爷行善做好事，我一一看在眼里，潜移默化，深深地印在心里。

爷爷对我的教育基本上是开蒙读物的一套，教材就是他教私塾时烂熟于心的《三字经》《千字文》《百家姓》《颜氏家训》等。爷爷说："初入社会八岁以下者，先读《三字经》以习见闻，读《百家姓》以便日用，读《千字文》以明义理。"等等。无非什么"天地玄黄，宇宙洪荒"，"人之初，性本善。""昔孟母，择邻处，子不学，断机杼。""头悬梁，锥刺股""勤有功，戏无益，""苟不学，曷为人？""幼而学，壮而行，上致君，下泽民，扬名声，显父母，光于前，裕于后。""三纲者，君臣义，父子亲，夫妇顺。" 无非君君臣臣，父父子子，父慈子孝，兄友弟恭，忠节孝义，孝悌忠信，重伦理，重亲情，重然诺，亲密和谐，恬静和美，与世无争。

爷爷把教与爱结合起来，对我进行儒家的家庭教育，灌输孔孟的治国之道。"国之本在家"，古老的中国向来是"家族本位"，中华文化从家族观念筑起同时被家族观念所笼罩，所有的人间关系都可以家庭化，尽孝必能尽忠，历代王朝以孝治天下，因而有"君父"、"臣子"、"父母官"、"子民"、"师父"、"学子"等家国一体、政亲合一、政治伦理化之美称。整个社会俨然一个大家族。在家当人子，入仕做人臣，忠孝两全。做私塾教师的爷爷，以为这是他所给予后代的最为珍贵的精神遗产。

老家的大门前，是一条自北向东而上的大车路，所谓"大车"，就是旧时农村与手推车、独轮车并存的骡马牛拉的铁轮（铁皮包轮）大车，它是农村最值钱的运输工具，实用但笨重，上坡时最艰难，不是狠抽套车的高脚牲口，就是停下来一个劲地给两个车轴膏油。

这条土路，遇上下雨，沟深路滑，我小时看见粮车上坡时，牛屁股不知要挨多少下杠子，"挣死牛"！一个个顽强挣扎的镜头闪过再闪过。

大门外顺斜坡而下、在阎家老屋前拐弯的这条大车路，正好歪歪斜斜躺在卧牛形的醴泉县城低着脑袋的牛脖子上，一直通向西北门外横跨陕甘两省的西兰公路，不舍昼夜，一直可以将车赶到"甘省"，将牲口吆呵进兰州城。

西兰公路上过汽车，老婆娃娃跑去看热闹，正好车子坏在坡坡上，一伙人上前推车，生于前清末年的爷爷幽了一个默："什么'牛皮不是吹的，汽车不是推的'？你不推它动弹得了吗？"

我每天步出大门，必须面对这条泥泞的坡道。沿着这条道东行约百米，有一座巧小高耸的"庙庙"，匾额高悬："文昌阁"。只要我出得家门，就看见远北方向高耸入云的九嵕山，巍巍乎伟哉，那就是伴有"昭陵六骏"的唐太宗"唐王陵"。只要我上街或是上学，"庙庙"是必经之地。这座小庙留下我为了还赌债、偷卖父亲香烟、被从不动手的母亲痛打一顿的不光彩的纪录。遗憾的是，城区向南扩展，这条土路沧桑百年依旧，迟到90年代才被柏油所覆盖，"庙庙"同时期坍塌，一堆废墟至今瘫卧在那里。2000年回乡，我特意靠近它照了张照片。这条土路和古旧的小庙都是历史的缩影，从中可见阎姓一条街的经济何等滞后。

我常常坐在大门外的石磴上看送粮的车马怎样使劲地拉车上坡，看着看着心疼起被鞭打的牲口来了。我常常冒雨在大门口看雨水怎样从门前斜坡上顺着车路渠缓缓流下，幻想那是一条小河，河中有鱼儿，鱼儿有家族。我也常常凝神观望坡坡下拐弯处一群晒太阳的街民们，自己身上也暖洋洋的。

抗日战争爆发，新文化的传播和渗透，渐渐地，让爷爷觉察到自己的教育路线不那么管用了，但是，肚子里尚存有识字课本和传统美德，还有人情世故和一大堆笑话向我传授，教我"出必告，返必面"，"人勤地不懒"，敬惜字纸，"礼之用，和为贵"，客人不动筷自己不动，夹完菜即刻放下筷子，"坐如钟、行如风、卧如弓"。但是他自己不在意的时候，我可以十分的不恭，睡觉时胡翻乱滚，常常将一双大腿搭在爷爷的肚皮上，爷爷忍着，怕惊醒我，也顾不得什么"卧如弓"了。一次，我双手执箸拿他刚剃的光头当鞭鼓敲，爷爷大怒，声色俱厉，不依不饶，爷爷不情愿自己绝对家长的地位就此屈辱地结束。

家乡的解放，解放区文艺暴风雨般的冲击，《延安文艺座谈会上的讲话》被我奉为圣典，庆幸自己成为一名文艺工作者"为工农兵服务"，一头栽进群众文艺活动的热潮中，创作、教唱、导演、伴奏，乐此不疲。当爷爷发现我看的戏比他多，知道的历史故事比他多时，一面赞叹现在的孩子越来越灵性、理解力越来越强，一面惊叹新文化大潮之不可抗拒，他的私塾教育败下阵来。爷爷有自知之明，绝不固守传统，而是改变方针，旧学新用，口中念念有词，说什么："'上智不教而成，下愚虽教无益，中庸之人，不教不知也。'这娃从小看大，'彼颖悟，人称奇'，不教而成。"从此以后，他再不向我像念经一样絮絮叨叨地子曰、书云、古人说，充其量给我解词、认生字，如什么是"彰明昭著"、"云从龙，风从虎，圣人作而万物睹"、"苟日新，日日新，又日新"、"天下没有不是的父母"、"孝子深甚是道"、什么是"差池"、"错位"、"翻仰"、"先后"（妯娌）、"碎娃"、"督乱"（心烦不安）、"弹嫌"、"遇合"、"骚情"、"调和面儿"（五香粉）等等。

爷爷大势去矣！

困难时期，家道衰微，爷爷帮助母亲支撑着一大家子，苦度岁月，要么逗人发笑，要么从早到晚扫地扫个不停，十足的乐天派。入夜，爷爷照例出去把头门关上，问问还有谁去前院上茅房，然后把二门关上，接着，从后屋巡视到前屋，"小心灯火——谨慎门户——！"

第二天一大早，照例打开头门扫大门口，然后坐在门礅石上喘口气，看人挑担、牛拉车。

爷爷晚年，经常端着烟蒲满到那里晒太阳、聊大天，却不和别人一样端上大老碗边吃边聊。叫他吃饭，照例喊一声"爷——吃饭！"远远看见老人家慢悠悠地站起身来，拍打屁股上的灰土，半天，才直起腰来，缓缓向我走来。

爷爷老了，我长大了。我已经在参与筹建的县文化馆、县文联做事，每月给家里送薪水——从粮库领回七斗小麦。一个老了，一个大了，共同语言少了，渐渐地疏远"老朋友"。

爷爷仍然在坡坡底下的墙角下晒太阳，或者坐在大门口那块不成形的门礅石上看牛拉车上坡，暗暗给牛使劲儿。我每每吃完午饭上班出大门的时候，爷爷总是挡住我的去路，要求跟我说话，我不耐烦，有时态度生硬，爷爷立刻改变腔调说："忙你的去！忙你的去吧！"我不觉得难为情，反倒有一种挣脱感。

正是这条路，我踩着它到县城中心的城隍庙上小学，到南关文庙的昭陵中学上初中，到城隍庙改建的县文化馆、县文联上班，到西安上高中，参加解放军宣传队搞宣传，到兰州上大学，到北京中国作家协会和中央文化部编刊物、办报纸。在这条大车路上，我渡过了醴泉家乡的13年，塑造了一个算得上"书香门第"出身的"陕西冷娃"。不管风云突变"军阀重开战"，也不管怎样被"运动"斗得散了架，"冷娃"脾气不改，福耶？祸耶？

爷爷1952年去世，脑溢血，终年七十，白孝帽跪满一地。

爷爷去世，我难过，伤心不已。我又听见爷爷在说："忙你的去！忙你的去吧！"那无奈的眼神，一直望着我，叫我的灵魂永不安宁。

一首童谣在耳边回响，是老舍小时候坐在门礅石上百唱不厌的歌："小小子儿，坐门礅儿，哭着喊着要媳妇儿。要媳妇干嘛？点灯，说话儿，吹灯做伴儿。"

那块门礅石还在，七八十年了，阅尽老家大门口里里外外、风风雨雨。

和父亲猴年说猫

今年，1992年，猴年，我的本命年。小时候死叼着妈的奶头不放，妈亲昵地拍打着说"多大的娃了，还恋奶"的絮絮叨叨，好像就在昨日，怎么转眼60岁了！

步入老年，多么可怕！

人活多少是个够呀！但是人人都愿长生不老，多活一天是一天。几年前回陕西老家，七婆病重，逢人便说："死就死了，就是丢心不下这个世事。"瞿秋白36岁，李大钊38岁，伟大如列宁，54岁；德邵如鲁迅，56岁；国父孙文，59岁。舜曷人耶，余曷人耶，却苟活于今？

活着就得尽忠尽孝。

家父在堂，86岁，在下不敢言老。给父亲写信时，我极尽小儿态，强颜欢笑，做天真状。年近九旬，耄耋之年，孑然一身，自炊独处，我心不安。感谢岁月，终于住进宽敞的居室，遂敬请老父北上颐养天年。父亲怎么也不肯，故土难移。我接二连三驰书催行，恨不得趴下涕泣跪请。信曰："望求老父，北上团聚。在父，以尽堂前训子之责；在儿，以尽老莱子膝下娱亲之孝。天伦乐事，时不我待，胡不归！"

年初，我回家乡将老父接到京城，晨昏定省，朝夕陪伴，大自推轮椅拔牙镶牙，小至接电源开电视播放秦腔、说话解闷。照例的一日三餐，买菜做饭，洗衣洗脚，扫地擦桌子，提壶倒垃圾，全方位的侍奉，多层面的保健，尽心尽力，无所不干，集女儿、保姆、大少爷、小跑腿的职能于一身。我也吃惊：这么多的角色我竟然扮得如此出众！

"父母在，不远游，游必有方。"可参加可不参加的社会活动一概婉拒，自己几十年来形成的一套生活习惯该冲破的就得冲破。我自己吃饭简单，只要有面食、辣椒就行，但给父亲的饭食必须清淡多样；我自己不爱洗洗涮涮，但每天晚上十点钟必须把水温适度的烫脚水恭恭敬敬地放置在电视机对面的父亲脚下；我即使再忙、再累，也要在父亲烫完脚后立即将水端走倒掉，必须等电视机屏幕出现"再见"二字时将机关掉。父亲白内障手术前，一只眼睛什么也看不见，另只眼睛视力仅有0.02，但是喜欢读书看报，术后尤甚。真不敢相信他一手捧起砖头、一手执放大镜将32万字的长篇小说《雍正皇帝》几天之内用眼睛齐齐儿地扫了一遍。他还在自己的小屋里时不时地写点什么。一天，我收拾他的房间，一个标题映入眼帘：《谈戏迷》，记述当年与秦腔名角交往和组织话剧团进行抗日演出活动的趣闻轶事。父亲的起居饮食极有规则，休息、娱乐、学习搭配得当，吃饭不过量，处事不过头，不偏不倚，中庸之道，不惹是生非，不开风气之先，心里不搁事，遇事顺乎自然，易地亦然，雷打不动。这也许就是他的长寿秘诀。

我却差远了。父亲来后，我的生活全部打乱，又当孩子又当保姆，是60岁的儿子兼保姆，我乐意，我多方位地异化本我，所以，当父亲读书看报写作时，我感到自己远不到倚老卖老的时候。

8月14日，年届花甲，似水流年。日前，儿子和女儿要给我做寿，说"60大寿不可不过"。我不客气地训了他们一通："我什么时候过过生日！乏善可陈！"电话的对方颇感委屈和不解。翌日，儿女又来电话，质问道："你说过，活到60大宴宾客，自己许下的愿竟然忘了？"

孩子们说的一点不假，有这么回事。1979年7月，在协和医院，我的胃部恶瘤手术。原计划全胃切除，将食道和小肠连结，每顿吃一两饭，进食后有痛感，饭后只能平卧。手术有危险。但是，情况比预料的要好。主治大夫的手术刀非常高明，神不知鬼不晓，竟然使我的3／5的胃得以保留，真不知怎样感谢他们才好。术后，卧于病榻，医生鼓励我鼓起驾驭生命的勇气，我说："那就争取活到60岁。"医生说："不成问题。"闻之大悦。我保证地说："活到60岁，1992年，我请客，大摆宴席，首先恭请诸位医师大人！"

正是这3／5的胃支撑这羸弱之躯挣扎奋斗了13年——整整一个"延安时期"，比"八年抗战"还长。固然，13年，只不过我的一个短暂的人生段，但生活内容驳杂，悲欣交集，极富戏剧性，说好听点，如白居易诗云："婆娑绿阴树，斑驳青苔地"，生命力顽强，艰难却有意味。我烧香念佛也不敢想入非非，鬼门关前居然一个大转身，一来二去，忝在了健康老人之列。

我并没有忘记"活到60岁大摆宴席"，可是我还是拒绝做生日，往事如烟，人生苦短，哪有此番情致！何况老父在堂，不敢言老，如此这般……孩子们再没说什么。

生日那天，冷冷清清，照例的粗茶淡饭，正常的刷锅洗碗。天气仍然很热。上午到医院做了肠胃钡餐造影。医生问："家属怎么不陪同？"我说："谁也没告诉，今天我生日！"医生莫名其妙。

不久，儿子送来一只白猫，说是专为我和爷爷弄来的。他说没有给老爸过生日，很过意不去，这只猫权当生日礼品，没事时逗逗玩玩、解解闷儿，"不然，你和爷爷太寂寞。"爷爷没说什么，他一向寡言。我无奈，说："那就留下吧。"接着，儿子把养猫须知——详述，要我照办，要有不明白的，随时给他打电话。

一只雪白的小猫，跳跳蹦蹦，给室内平添了生气。但是，当着儿子的面不好直说，我和老人都不喜欢猫，特别是猫的那副媚态，猫不如狗，狗比猫义气，我和父亲不约而同地道出40多年前秦腔的一个剧目的名字：《义犬救主》，还有我极喜爱的苏联影片《白比目与黑耳朵》。猫不行，有奶便是娘，狗则不然，"儿不嫌母丑，狗不嫌家贫。"

我最讨厌猫谈恋爱时难耐的、发哆的、假门假势又如泣如怨的刺耳的尖叫，真让人受不了。

又过不久，女儿送来刘心武的新著《风过耳》，也说是给我解闷。我并不寂寞，并不沉闷呀，你们怎么搞的！我一天的事情做不完，而且生性好静，你们忘了？但《风过耳》来的是时候。有作家告我说，里面的故事热闹着呢，备写文坛风流，宫自悦、匡二秋、简莹、欧阳芭莎这伙"新潮"人物，刻画得活灵活现。这伙人物我们见多了，人见人骂，人人又拿他没有办法.

再过不久，儿子又送来一只猫，黑白相间，刚出生不久，毛茸茸的一副憨态，精灵般的，煞是好玩。

慢慢地，我还是讨厌猫了。每天从17层楼上下来换土，时时搜罗鱼头鱼尾鱼杂碎做猫餐，弄得我不胜其烦。屋子里尿臊味越来越大，给老人做饭还得给猫煮食；特别是两只猫求食时喵喵叫的那副嘴脸，那副媚态，着实难以继续忍受。尤其是一对男女的嬉戏以及其充满柔情的尖叫使人烦躁不安，但屡禁不止。后来，他们对我的殷勤逐渐降温，而且越来越不畏呵斥，绝对无视我的存在。他们经常跳上我的书桌抓碎稿纸，经常窜上饭桌在父亲的菜盘里争荤。我烦透了这对"狗"男女，一见他俩就像遇见宫自悦和匡二秋。我准备读完《风过耳》后将二猫送人，免得不间断地产生不愉快的联想。

父亲和我正相反，你越着急的事他越不着急，你越烦心的事他越有耐心，他对猫的反感丝毫不亚于我，可是他从不对猫公子、猫小姐下逐客令，而且劝我遇事要忍，要知足，知足者常乐，忍一忍，风浪就过去了。

不几日，又一个讨厌的人物闯进我的生活，就是华威先生。为了编书（《中国大众文学选》），我和张天翼的《华威先生》不期而遇。要说做人，华威先生让人讨厌；作为艺术典型，华威先生让人叫绝。

华威先生整天忙于开会、赴宴，是职业的"会议阀"。他一天开几十个会，所以来去匆匆，总是迟到早退。谁不请他开会，谁就是"秘密行动"，要追查背景。他总是坐着一辆光亮的包车在街头闪电般地疾驰。他永远挟着一根老粗老粗的黑手杖。他始终以热心抗战的面目和庄严的姿态出现在各种各样的集会场合。他是大后方官场的宠儿，又是国统区官气十足的文化人。他煞有介事地为抗战奔波，实际上是鬼混其中成了抗战的障碍。他浅薄、庸俗、无聊，令人喷饭，却装腔作势，附庸风雅。他到处伸手，然而什么事情也干不了。

放下《华威先生》，再拿起《风过耳》，官自悦之流也不示弱。此辈，朝叩富儿门，暮随肥马尘，奔走华洋之间，往来主奴之界。在主子面前，他可能是奴才；在奴才面前，他当然是主子，在主与奴、名家与同类与弱者之间，他是变色龙。

是呀，他宫自悦五十大几的人了，为什么活像个'小字辈'似的，活蹦乱跳于这个老、那个老之前？为什么每天不辞辛苦东奔西跑，到这个场合中那个场面上频频亮相曝光？又为什么一会儿任这套丛书的挂名主编，一会儿任那个社会活动的倡议者和发起人？为什么忽而同这个人结盟，从调情瞎逗到签订委托书，似乎好得合穿一条裤子还嫌肥；忽而舍此就彼，把原结盟者视作陌路乃至反目成仇，又与新友如胶似漆、打得火热？……

华威先生有后，后生可畏。他们都是"会议阀"，好摆官僚架子，自诩正人君子，实乃江湖文丑。但宫自悦们尤甚于追慕名位的华威先生，追名逐利，情系官场，一身的荤腥。宫自悦们的鬼心眼连同贪欲、好色与势利，一概被推向市场。在他们眼里，文坛连同名家非名家、合法非法、已婚未婚、活人死人、善人恶人、好心歹心都是商品，都可巧取豪夺、买入卖出，一展坑蒙拐骗之方，大兴纵横捭阖之术，兼济姓名厚黑之学。要是说华威先生是官气十足的文化人的话，宫自悦们则是流气十足的文化商，他们买卖的商品既包括名家的遗稿，也包括别人的情爱和他自己的逢场作戏。

公白猫又同母花猫作异性的追逐，小姐大呼小叫冲着我求救，很快地，小姐又同公子齐声向我讨要，惊恐立时变成软语，憨态可掬，妩媚可掬，谄谀可掬。顷刻又幻化为文场、官场、情场、赌场、商场上一些颇为熟识的面孔。

父亲走过，二猫毫不理睬，继续对我纠缠献媚。父亲从来不喂他们食，根本不理他们，他们自然也不理他。

这两只猫，我是决计不能留了。马上给儿子打电话，限三日内来人带走，逾期，无偿出让，甚至放生。好，就这么办，不能手软。

大前天、前天、昨天没有人来。我要贴告示了。取来一张硬纸板，上写：

今有白猫（公）、黑白花猫（母）各一只。身体健康，活蹦乱跳，

善解人意。愿无偿捐赠爱猫的主儿。有意者请到本楼1701室叩门。

孤魂无主

　　阎姓聚族而居，远房的伯父不少，但三伯生性怪异，涉世传奇，全身都有戏，生前，我恨他，死后，又想他。

　　三伯从小喜爱读书，据闻，四书五经"可以通背"，之乎者也烂熟于心，肚里有文墨，算得上本姓大族里不大不小的一个文人。后来抽大烟（吸食鸦片）成瘾，没有赶考，自甘堕落。

　　三伯的老屋在祖宅的正院，作为老大的一支，庄基阔大，屋舍俨然。他把祖上留下的家业卖个精光。

　　三伯变卖房地产的办法很特殊，今天拆几根椽，明天拆几条檩，卖了钱便买大烟棒子。大烟棒子是把生土熬熟以后，用小片粽叶包起来，一小团拧一个棒子，酷似现在的水果糖。那时，醴泉县城（50年代改为"礼泉县"，唐·昭陵雄踞县城北山）有烟馆，上街拐弯就到，三伯是那里的常客。一份家产全让他"抽"光了。落魄之后，每天只须一两个棒子即可过瘾，但愧无分银，一狠心，拿媳妇换了几两"生土"，媳妇哭哭啼啼，连人带娃，硬让人贩子给领走了。

房舍、庄基、老婆、孩子，全卖了，无立锥之地，他便在家族各个支系的公用粪场，搭造起一座简易的屋，大不过半间。他不做庄稼，不养牲畜，无粪土可堆，在粪场占据粪堆大的一块地方安身，于情于理都说得通，所以无人过问。门外是林立的粪堆，人来人往，群蝇乱飞，窗小，门狭，屋檐低矮，你想进房门，焉敢不低头！三伯蜗居其中。

这半间小"窝"，面西，屋后紧贴糖坊大院，大院的门墙向阳，避风，每到冬天，老人聚集在这里晒太阳。从上午十点到下午五点，人们懒洋洋地蹲靠在墙角，说长毛造反、西太后西逃，说袁大头登基、张勋复辟和孙大炮二次革命，谁家媳妇孝顺、儿子听话，谁家婆媳又上演《小姑贤》。有人脱掉上衣捉虱子，有人在砖墙上蹭痒痒。午饭时分，儿子或媳妇给老人把饭端来，那碗大得像小盆儿，吃一碗就饱得打嗝。老人们以能在这里安全过冬为幸事，大白天不必回家。我爷爷是私塾先生，教书育人，老年爱说笑，是这伙哥们的核心人物，但是爷爷不愿意蹲在墙角吃饭。不论是门前污浊的粪场还是南侧热闹的老年活动中心，这一切的一切，都与独来独往的三伯无关。

三伯谋生了，在半间瓦房的门外挂了个"代写文书"的牌子，从此有了"阎代书"的称谓。

三伯没有早晨。从凌晨三点到午前十一点，是他最香甜的睡觉时间。十一点前后起床，躬着腰从窝里走出，低头，背手，迈方步，穿过柴市，上了大街。先到"一窝鳖"要一竹碟羊肉包子，要么到馆子吃上一碗红肉码子，然后，"刘二茶馆"落座，边品茗、边招揽生意。这时，总有乡下人向他拢来，这个要写一张地契，那个要写一份诉状。他不慌不忙，点头应允，不紧不慢，继续喝茶，直到喝足歇够才起身，求他的人尾随其后。三伯途经柴市，在烟馆买好棒子，回到小屋，先过瘾，过足了瘾，然后像医生叫号一样，按先来后到依次靠近炕桌，挨个儿给他们代书。三伯一天最为繁忙的时刻开始了。

写一张诉状或地契，没有规定的价钱，但来人留下钱财才肯离开。三伯从来不跟人争多嫌少，给多少收多少。整钱放在炕桌的抽斗里——土炕超大，炕桌也不小，是他的书案，是屋里唯一的家具，小钱装在衣袋里。接着便听下一个来人说道，聚精会神，问问答答，提笔，舔墨，刷——刷——刷，无论长短，一挥而就。干这一行，醴泉县城他是独一份，因而，收可抵出。不过，这些钱全用在吃喝开销上，极少数购买笔墨纸张，大多换了大烟棒子。正由于他做的是独门生意，一桩案子要是有两家原告的话，两家原告都会来找他，他都应承下来，而且把两张状子写得全都在理，因了这一点，有人背后议论他，骂他是"黑心代书"，他不管这些，打官司嘛，或输或赢，全靠各人的本领和门路，与他代书有什么相干！我收的，是代书该收的，多少由你，你我心安理得。

除了诉状、地契，他还写书信、分约、婚单、对联以至"天荒荒，地黄黄，我家有个夜哭郎"。他精通农村一切应用文，靠一支秃笔换钱，有饭吃，有衣穿，有烟抽，倒也自由自在。

打发走一群来人，三伯感到疲累，从床上搬下矮桌，摆好烟盘，再足足过上一把烟瘾。此刻，日近黄昏，对门祖宅的台阶上下已经聚拢了嬉戏扯闲的人，他也躬身其中。孩子们要他讲包公、济公，他不拒绝，而且加添上施公，绘声绘色没个完，直到天黑，可惜，没有茴香豆送给孩子们："多乎哉、不多也！"

入夜，被本家一座座粪堆包围起来的小小瓦屋安静极了，静得有些恐怖，粪堆刹那间变成坟堆！夜无月，漆黑可怕，月光如水，阴森可怕，但是三伯不怕，好像只有这时候才好使他进入神游的最佳境界。他睡得很晚、很晚，一盏小油灯常常亮到凌晨甚至鸡叫三遍。他在小屋里做什么呢？人们说不清楚。有人说他挑灯夜读，有人说他心系国难，有人说他借酒浇愁，总而言之，此时的三伯回归到文人的本真，难怪他特别适应甚至期盼着夜幕降临后这种死尸般瘆人的寂静。睡得晚也就起得晚，他的生活里只有夜晚和晚半晌儿，没有前半晌儿。即便是大年初一，也要睡到大晌午。我们家族有个不成文的规则，大年初一一大早，家族四个支系的男男女女，分性别排好长长的队伍磕头拜年，拜祖先的灵位和活着的长辈。队伍经过粪场，三伯尚在梦中，只好在他的窗外跪下磕头。尤其是年轻媳妇们，对他十二分的尊敬，一边下拜，一边对着窗里挑衅地喊："三伯，给你拜年咧！"她们故意把嗓子扯得很高。他被吵醒了，想起今天大年初一，便翻了一个身，在床上懒懒的应道："磕吧！磕了搁在窗台上！"一阵笑声渐渐远去。妯娌来拜年，在他房外喊："三哥，给你磕头了！"他仍未起床，照样对着门窗说："磕吧，磕吧，磕了搁在窗台上！"窗外说："快吃饭了，你还不起来？"他说："正安零件呢，安好了就起！"族里的长者听了这话，不高兴，长叹息："他白领了族人的跪拜，祖先何曾领受过他一个头呢！"

话虽这么说，全族的男女老少，没有一个人讨厌他，没一个人反对他的。不知人们是不屑讨厌他、反对他呢，还是不敢讨厌他、反对他。冬天来了，他要烧炕，自己不耕不种，没柴没草，又懒于捡拾，便随手提上个粪笼，找到柴禾堆就动手，扯呀扯，塞呀塞，塞满后大大方方走开，无人干涉，无人计较。

就这样，在这半间瓦房里，三伯度过了十五年的日日夜夜，到了第十六年，一个突然，儿子笃笃从外省远远地跑回家来，年方一十七八。年轻的小伙子不显身份，在整条街上来回乱窜，暗中打问，最后在父亲最繁忙紧张的时刻，绕过粪场，推门走进半间瓦屋。屋内有人一字排开，挤在东墙的墙根，娃也不声不响地蹲在队尾。等人们一个个离开后，父亲以为这年轻人也是求他写诉状什么的，抬头便问："你是啥事？先口诉吧！"孩子扑通一声跪倒在地，连呼亲爹，热泪盈眶。

笃笃从母亲口里知道了自己的身世，不愿寄人篱下，决心千里寻父，身背母亲准备的干粮，空着两只手，跋山涉水，返回醴泉城关阎家什字。他哪料到父亲竟然蜷缩在巴掌大的小屋里，不觉悲从中来，一腔怨怼顿时化为怜父之情。

三伯老泪纵横，16年来，他何曾如此伤心过！

笃笃大我四岁，我叫他"笃娃哥"。那时的我，正陶醉在街道的自乐班里，说唱念打，愉悦乡民。一次，自乐班在我家演练，笃娃来看热闹。16年来，笃娃哪里见识过此等兴高采烈的场面？他沉迷其中，开始惊喜，继而发呆。大家心疼他，本家的娃嘛，可怜家的，让吃让喝让拿，"叫娃下回再来！"

凭着是刘二的老顾主，三伯给儿子在茶铺找到一份苦差。我们醴泉县城，只有西门外的井水最甜，可是茶铺劳力不足，对外说是西门外的水，实际却是骗人的。用西门外的水沏茶，味道甘醇，斟入杯中，高高鼓起，一清不溢，半点不流。自笃笃当了伙计后，刘二茶铺改用西门外的井水，从此客人蜂至，生意兴隆。笃笃为人老实，整日烧水拉风箱外带挑水。先是日挑十多担，后来陡增二十多担。挑回的水倒在两个大瓮里，清幽幽地打闪，照人可真呢！

笃笃睡在茶铺的板楼上，茶炉的热气准准地对着他铺下的被褥。他不曾料到板楼的这一部位，虽然暖和却最为潮湿，不几年便染上风湿病，腰疼腿痛，终于在抗日战争的中期郁郁而亡，不满二十岁。

儿子死时，三伯63岁，事后一百多天不曾接待过一个顾客，不曾写过一份文书。一天午间，有人远远发现一个老妇在笃笃坟上烧化纸钱，捶胸拍土，嚎啕大哭，前仰后合，死去活来。这人把这见闻告诉三伯，三伯估摸着笃笃他妈寻她娃来了，连忙跑向墓地，等他赶到时，娃他妈无影无踪，杂草丛中只剩下一大堆纸灰，随风飘散，乌鸦惊叫几声，然后飞去。四野死一般的寂静，三伯在杂草丛中来回踱步，最后晕倒。

三伯一病不起，劝吃劝喝，不吃不喝，呻吟夹杂着梦呓，如泣如诉，几天后便死了。孤魂无主。全族人为他筹办葬礼，一切遵照乡规里俗：阴阳看了地穴，掘圹七尺，青砖镶砌，三寸柏木棺材漆得油黑，十六抬棺罩，细乐吹吹打打，一群族里的侄儿、侄孙披麻戴孝，倒也热闹非凡。这样的葬礼使整个醴泉县城的老人们钦羡不已，说："够了，够了，他这一生也值！"说："有儿有女又能咋样呢？"

也许，三伯想为自己写一张诉状，控告不平的人世同时控告他自己，但他没有写。所幸者是，他死后，人们没有忘记将他用了一生的那方似砚似瓦的东西置入棺内，没有忘记为他献上一枝上好的小楷狼毫。

三伯从粪场被转送到坟地，活棺材变成孤魂野鬼。那时中国农村，识文断字的极少，三伯死了，人们感到很不方便。很长一段时间，乡下人不知道他已经不在了，找他，在半间房的周围索索地转悠、等候，阎家的人看见了，说："不要等了，等不来了！"说着，眼里涌出了泪。

三伯生前，常来我家蹭饭，我最怕他来家里蹭吃要喝。他来家，母亲连声不断地"三哥！三哥！"叫着，殷勤待承。爷爷将他让上正座。我得先叫声"三伯！"然后沏茶倒水。他一点也不客气，随便夸你几句，便推杯、挥箸忙活起来。我恭恭敬敬，双手把饭碗递到他的面前，一碗又一碗。我神情漠然，何等的厌恶啊！三伯看出来了，说："吃多了，吃好了，够了！"母亲盯着我直翻白眼。

三伯一生，唉，怎么说呢？好吃懒做大烟鬼，卖房产卖媳妇卖儿败家子，不可原谅，我恨他、厌恶他。也怨他代写诉状，包揽词讼，为什么不见贤思齐，像《四进士》里的宋士杰那样，打抱不平，击鼓鸣冤，舍得老死边外，一举撂倒他三个贪官！

笃娃哥死了，三伯也跟着死了，六七十年过去了，我又想三伯了。想起那座粪堆群里的坟头活棺材，想起那杯苦茶，那方代砚而濡的瓦片，那些不值钱的秃笔，那孔乙己般的惜惶可怜穷酸相，那岁月的萧索、颓丧、衰败与沉重，不禁低下头来，彻心彻骨地忧伤。

笃娃哥死了，三伯跟着死了，他的那个社会也死了，我原谅三伯了。三伯品行罪错招人怨，为人所不齿，可是乡下的受苦人离不开他，而他，只要填饱肚子过把瘾便知足。他有他的活法：安于贫穷，与世无争，自食其力，保有自我的一席之地——自由的空间；也有安全感，莫谈国事，和孔乙己一样"从不拖欠"，你官府管不着，不担心"偷书不算偷"结果被人打折一条腿。

我给郎景和送红包

近年来，医患矛盾突出，公说公有理，婆说婆有理，各执一端绝对化，更有甚者，拳头唾沫乱飞，扯皮的官司不断。似乎开医院就是为了收红包赚钱，送不起红包只有白白等死。赚病人的昧心钱，太缺德！说什么"不出点血医生不会给你好好治病"。

日前，《健康时报》等报刊陆续表彰医护人员救死扶伤的人道主义精神，特别提到协和医院妇产科主任、前副院长郎景和大夫，一时间，朗大夫的音容笑貌接连不断地闪现在我的眼前，便想起17年前女儿手术时的一番争执和感动，我写的《美丽的夭亡》一书中有如下的记载。

1998年6月，女儿阎荷（咪咪）卵巢癌住进协和医院，我百般焦虑，但在女儿面前百般的平静。

几番风雨之后，咪咪瘦削却清秀，谈吐如常，像是过了情绪关。

很快要手术了，手术的关键呢？大家异口同声说：

"红包！"

我不以为然："败坏协和名声的事绝对不能做，何况大夫不会收的。"

"你不变着法儿给，怎么知道人家不收？"又强硬地说："咪咪病倒之后，问疾者纷至沓来，床头堆满鲜花，有人专为手术送来现金，用意非常明显，节骨眼上，千万疏忽不得！"

我遭到亲友们的围攻，静谧的病房里顿时紧张起来，到底怎么办好？我说："问咪咪，叫她拿主意。"

咪咪说："我把自己交给大夫了。手术大夫一连几个钟头下来满身流汗，辛苦极了，作为患者，不表示点什么过意不去。"微弱的声音中流露出不尽的期盼。

又补充一句说："要是郎景和大夫手术就好了，他是林巧稚的高足。我读过他的《唉，人呐！》，印象非常深刻。"

枕边一簇簇鲜花轻轻地点头微笑。

手术日期确定，非常幸运，主刀的果然是郎景和大夫！但是，名人重名不重利，无疑为赠送红包增加了难度。再难也得有所作为，女儿说得对，手术的确是责任重大的苦差事，而且要负责到底。

我找到当年在协和做手术时的外科熊世奇书记，这位精神矍铄的退休老人说话干脆："不可！使不得！"按他的意思，红包的事根本不用费心。老人不无骄傲地说："我们协和一直保持着良好的风气，况且郎大夫做过协和医院的副院长。"见我们十分为难的样子，他说："有了！郎大夫喜欢写作，你们父、母、女都是搞文学的，跟他聊聊创作不很好吗？"

女儿的记性不错，郎大夫擅长随笔写作，我们之间会有不少共同语言，包括世道人心、潜移默化、义理辞章、作家官司、文苑轶闻等等。

我和刘茵走向郎大夫的办公室。我的兜儿里埋伏了一个厚厚的信封，鼓鼓囊囊的信封里含亲友们送来的现金，左手紧握，时刻准备着。

郎景和是林巧稚的学生，林巧稚的油画像挂在办公桌的上方，举目可见。办公桌堆满了中外医书而且垒得很高。不间断的电话铃声，但是文学的话题显然吸引了这位外科专家大忙人。他对报告文学更感兴趣，恐怕与作家理由写过《她有多少孩子》的林巧稚不无关系。

我说："你的《唉，人呐！》我女儿印象很深，我们家里，她是您最早的读者。"

郎大夫说："我是动刀子的，也动笔，做过的手术和发表的文章都不少。"

"您怎么喜欢起写作？"

"我小时就想当作家，未能如愿，到了协和，工薪一族，上班下班，骑车撞车，引发了你女儿阎荷说的那篇短文《唉，人呐！》，发表之后，有了反响，于是，关于'人'的话题便在我的笔下逐渐生发开去。"

"关于文学，你一定有自己独特的见解。"

他又去接电话，然后不假思索地急于回答道："鲁迅本来是学医的，他说，我解剖别人，但更严厉地解剖自己。一位患者问我问得好：'你能切除人身上的毒瘤，能切除人灵魂里的毒瘤吗？'我回答说：'能，但不能光靠外科大夫，而是要靠全社会做这个更难、更大的手术'，这也就是我关于'人'的话题。"

我的手一直揣摸着那包不算菲薄的信封，该出手时就是出不了手。郎大夫埋头写字，突然站起来，把签好名的新书《一个医生的哲学》递了过来，我只好抽出左手，双手接过。我们告退。

我受到无情地谴责："不相信手里捏着钱送不出去！""咪咪你看……"

女儿让大家静下来，然后从枕头下抽出病痛中如饥似渴阅读过的《一个医生的故事》，指出几处文字让我读给大家听：

将近七个小时的艰苦努力……哦，周末了，妻儿要等我吃晚饭……家属们千恩万谢。"你老可是救命恩人……"又递上厚厚的信封，这更是万万收不得，好说歹说地将他们请出了门。北风呼号，严寒刺骨，我拉紧了棉帽，顶着风一歪一拐地蹬着……

我曾坦诚地告诉年轻医生，医德和名誉不仅在于营造，也在于维系——医生有时得保护自己。医病或手术常有吉凶未卜之事，非分的交易是危险的！病人来自社会，各式各样。对于医病应一视同仁，并无高低贵贱之分，亦无远近亲疏之别；对于交往，则不可不谨慎为之。

病家和医家都不应该将"红包"看得太重，大夫更应该看重的是自己的责任，以及对病人的诊断和治疗结果。关于此，我很赞赏医生这样和病家的对话：病家说："我没有别的意思，只是觉得不这样心里不踏实。"大夫说："你这样才使我不踏实。你是想让我踏实地做手术，还是不踏实地做手术？"病家无言。

儿子阎力打破沉默，说：协和医院住院处挂着一张告示，题目是《致病人及家属的公开信》，其中有这样的话："为了加强医风医德建设，保持和发扬我院优良传统，再次恳请您不要向我院职工赠送钱物，同时希望您对我院所有工作人员廉洁行医的情况进行监督。"

众无言。女儿表情复杂。

手术9时开始，14时做完，15时推出，《文艺报》的同事和亲属十多人等候了8个多小时。

大夫说："瘤子很多，像一串串珠子。但手术很漂亮……"

6个小时的手术完毕后，已经下午3点，郎景和大夫还不曾吃午饭。临吃晚饭前，他出现在女儿的床边，左右打量后抚慰说："情况不错！好好养着！"女儿发出微弱的心声："多谢！多谢！"她没有觉得"心里不踏实"，郎大夫呢？满意地点头微笑，想必暗自庆幸他的又一次成功的"心里踏实"。

此次手术剥离困难，历时很长，但很漂亮，协和医院把全程录像提交培训班作教材，后来发现音像门市部将其制作成光碟教材出售。

在女儿的建议下，我将一份中国作家协会会员申请表递给郎景和大夫，说这是我送你的"红包"，我愿作介绍人，请您收下。

读《一个医生的故事》，郎景和说他也收过"红包"，吓了我一跳，原来，他收到的"红包"是患者"30多年未辍的贺年片"和"病人给我缝制的鞋垫"。

医学教授袁钟说过，一个人找你看病，把所有隐私告诉你，把衣服脱光了让你检查，把所有痛苦告诉你，把生命都交给你，这种人是仅次于神的人。因为"爱"才有了医疗和医院，如果把这个精神泯灭了，就不再叫医疗，那叫交易！

又说：为什么协和的妇产科主任郎景和，告诉他们科室医务人员每周必须读一本专业以外的书？就是为了扩大知识面，学会和人打交道，不能只和疾病打交道。

郎景和现为中国工程院院士。

和周明遭遇算命

1993年处暑，走南阳，共三人：周明、我，还有南阳人（部队作家）周大新。

《空城计》里，诸葛亮唱道："先帝爷下南阳御驾三请，奠定了汉家业鼎足三分。"先看汉画馆，再拜武侯祠。

今日亲见，叹为观止。从汉文化、中原文化、楚文化到现代文化，源远流长，惟"博大精深"可以誉之。汉画的狂放沉雄，前后《出师表》的挺拔飞逸，都是精神气质处于自由状态下的神来之笔。"三顾茅庐"处，柏森林、魂渺渺，不尽的遐想。

步入殿堂，穿越碑林，告别"精忠报国"的岳元帅借宿其内、"泪如雨下"的一方圣土，想象他"夜不成眠"、"挥涕走笔"、"舒胸中抑郁"……

远远地，命运之神向我们招手。

"信不信由你……"一位算命的妇人冲着我们穷吆喝，眉眼和善。

　　我和周明笑而不答，妇人穷追不舍："信不信由你。在俺南阳城你打听去，俺……"我动摇了，说："周明，你去试试！"周明说："不不，让人笑话。"我说："伟大领袖叫儿子算命，说过了这个村就没这个店了。" 大新动手推周明："去吧，北京想算还没地方找呢！"

　　我和大新将周明几乎推到了妇人的怀里。

　　妇人上下打量，周明把舌头一伸，做了个鬼脸。

　　"大哥，你眼大有神，耳大有福，春风满面，弥勒转世，气度不凡，你的命刻在脸上，一辈子没吃过亏。"然后朝着我和大新问："首长，我看得准吧？"

　　满脸放光，就能断定一路都是鲜花？其实，周明和我一样，当时被整得死去活来。

　　周明半推半就，妇人说："你甭不信。天有不测之风雨，人有旦夕之祸福，抽签算命，问事吉凶，预测未来，逢凶化吉。"又说："抽三次，抽到大红签，五块钱，多则不限，你大福大寿大富大贵大吉大利大官大款命里注定还在乎几个小钱？抽到下下签，分文不取，人倒霉了，好意思收他的钱？"

　　我再推周明，周明神秘地扫了一圈，四下没有警察，然后说："咱仨都算吧！"

　　我说："我时乖命蹇，算不算都一样。"大新说："我去年算过了，果然遭了一难。你们没事，我请客，尽地主之谊！"

一大把折叠的纸牌"唰"地一声像扇面似的展开。我奇怪，求签问事是竹签，怎么到了武侯祠变成纸牌？

连抽三签见吉凶。周明头一签，红；第二签，红；第三签，又是红！签签泛红，属"上上签"，一生走红运。妇人宣布结论："大吉大利大红签，多福多寿多美满，晚年更幸福，特别是婚姻爱情……"不等她说完，我和大新已经笑弯了腰。

轮到我。心想，无非看碟下菜，顺情说好话呗！抽就抽。第一张，白；第二张，白；第三张，还是白！签签泛白，属"下下签"，众惊。妇人最后解签："这位师傅为名不为利，一生多难。"也就是一辈子倒霉呗！言罢，念我命运多舛，安慰说："七十有吉，八十元凶，流年运起，否极泰来，晚年多福多寿。江湖浪大，除非贵人相助。你就等着救你的贵人显灵吧！信我，准没错！"话没说绝，时来运转，留给我诸多憧憬的空间。

占卦算命，模糊数学。上上签，好上加好；下下签，逢凶化吉，给出路，让你高高兴兴地掏钱走人。又好像多少有些道理。不容迟疑，掏钱！

她不收我的钱，大新硬塞给她五元，周明的，大新也一并付了，好像是五块的一倍还要多。

周明和我是"五同"：陕西同乡，兰大同学，作协同事，五七干校的同案犯，创建旅京同乡会的资深同伴，抬头不见低头见，政治运动不断线，风风雨雨六十多年，从来没有红过脸，"义耶"？"诚上"？文坛少有啊！

借南阳算命的吉言，一路下来，转瞬间过了四个多五年计划，周明老矣！

周明不老！广结善缘气色好，给家乡鰲厔（今周至）办了多少好事啊！他请求习仲勋拨款复建仙游寺；请文物大专家罗哲文、单士元、郑孝燮和大学者赵朴初、季羡林、黄苗子反复勘验、重复考证，确认天下惟一的隋碑以及吴道之的画碑；几经周折找到毛泽东手书《长恨歌》十大张，即请臧克家手书题跋制贴，请贺敬之将《长恨歌》全诗书丹勒石流芳。马不停蹄，又请王任重、马文瑞、冰心、赵朴初、关山月、刘白羽、臧克家、光未然、贺敬之、沈鹏、冯牧、王蒙、袁鹰、冯其庸、魏巍、柏杨、犁青、徐迟、郭风等30位名家为仙游寺刻碑留念，造就碑林的新景观。

周明多年睡工地建起中国现代文学馆；手下几个"中国"字头的文学学会操持得红红火火；台北的病榻前，将56箱近万件的珍贵资料"抢"了回来，北京挂牌，亮相"柏杨研究中心"。几年之后的今天，又四处奔波，多方求助，将纪弦之子路学恂珍存的纪弦近千册藏书、170多封信札以及书房的陈设等相关资料捐赠给中国现代文学馆，并且在纪弦的家乡陕西盩厔（也是周明的家乡）建立"纪弦纪念亭"。

周明只比我小两岁，但是面嫩，热爱生活，精力充沛，有求必应，"和为贵"的处世哲学，"抹稀泥"的外交才能，热心穿梭的"文坛基辛格"，八十郎当的顽童，从早笑到晚，越老越比儿子年轻，没大没小，人见人爱。

他的命不大，谁命大？

2015年9月，文学馆举行冯牧100周年纪念会，见周明，相挽进了报告文学学会的大厅，笔墨现成，一时冲动，便给周明留了两句话：

相知半世纪

结缘过五同

岂止半世纪，六十二年矣

乙未年月近中秋

八十三岁　阎　纲

周明冲动了：阎兄，日月如梭，转眼就是百年，咱俩埋到一起吧。我家在秦岭脚下，有地，终南隐士地、白居易"观刈麦"处，由你挑。

谁上你的当啊！你八十郎当的小顽童，"晚年更幸福"，让我早早上终南，狼把我刨出来吃了，你的"幸福"还远远没有到期呢！

哈哈哈哈……

我已经给儿子留话，到了那一天，不建墓，不留骨灰，你周明监工建成的中国现代文学馆，就是作家的八宝山，书柜里存放的著作，就是作家的骨灰盒——我的心在盒子里跳动。

他不是共产党员

——"怪人"连文成

他是个怪人，但怪得有主见，有锋芒，有好事多磨的必胜信心。他成功了，却不自满。

去年仲夏，邂逅连文成，他的怪脾气使我好奇地走近他并喜欢上他，情急之下，抓拍到他的三个快镜头，很是耐人寻味。

到泉州师院讲学之后，一行到了长泰，那里有"休闲之旅"的搏击漂流，可以试试秀才们的胆量。

漂流公司到了，我们卸下行囊，准备歇息，但是，公司董事长一脸的不高兴，说房间紧张，"你们俩人挤一间小屋吧，明天撤出！"我们成了不受欢迎的人，可我们并非不请自来啊!

董事长不修边幅,瘦得干练,大嗓门儿,说话跟吵架一样,一双眼睛咄咄逼人。

第二天,他的口气突然变了,大声数落他们的副县长,埋怨这位县大人事先不给他打招呼惹他生气。

"好了,我最爱和文化人辩论,欢迎,欢迎!今天换房,一人住两间,漂流、骑马、滑翔、射击……全部免费。"

我们遇上了怪人,一个在当地创新出了名,同时也怪得出了名的企业家:连文成。

这座建于2002年的"水陆空同一景区一体游",世界少有,中国百分之百的首家。远近叫它"福建第一漂",企业创品牌嘛,我没太上心,因为福建境内有武夷山九曲漂流,还有泰宁上清溪漂流。漂流好,可以放浪形骸,让全身放松,让灵魂撒野,快乐似神仙,可你能压得过人家武夷和泰宁吗?然而,我错了。这漂流不是那漂流,那漂流以静制动,这漂流以动制静,别有一番滋味。这漂流,长达8公里,流急坡陡,跌宕起伏,浪遏飞舟,十分惊险,当然啦,也非常刺激!

连文成动员我等下水,北大教授谢冕出列,我只管往后捎。连文成轻蔑地一笑,说:"怕什么,肯定没危险,谁都不会出问题,来来来,让我们一同挑战冒险!"

我和谢冕同龄,但枉自长个儿不长肉,一辈子腿脚冰凉,见玩凉的就怯阵。送别谢兄弄潮，我急流勇退，骑马打枪去也。骑马挎枪自风流，大有升腾之感。

漂流，遇大雨，谢冕全身湿透，面不改色，悠然自得，连连说："过瘾，过瘾！漂流有趣，漂流有真趣！"

当天晚上，又遇怪事，连文成邀请我们出席酒会，酒会的名称很长："庆祝厦广实业公司在长泰县民营、外资企业中连续18年纳税第一，同时纪念连文成董事长放下锄头36周年"。出席酒会的客人非常踊跃非常多，其中有他现在的朋友、过去的对手、爱他的官员（他说过："人民政府爱人民，我是地地道道农民出身，你们政府要爱我！"）以及曾经难为过他的领导。

连文成致开幕词，头句话就来了个不客气的幽默，说："大家克服一下，能说准普通话就不是我连文成！"显然是说给我听的，因为谢教授他们是福建人。连文成继续用他特殊的语言方式抒发他的感情："今天请大家共同庆祝我厦广公司'18年磨剑，18年用剑'。18年的用剑，在长泰走出了前无古人的路，创造了长泰企业史无前例的9个首家。我体会到：有能力才能有贡献，有能力才能有幸福，幸福就是一种净化的感觉。（谢冕咬我耳朵，说：他本质上是个诗人！）'没有共产党就没有新中国'，没有政府的关心，没有税务干部的信任，没有农行的支持就没有我今天的厦广！这是我的最大的幸福。"

邂逅连文成，让我眼前一亮，陡生一种走近他的强烈愿望。我四处打听，一步步向他逼近。当他的形象渐渐清晰起来的时候，他是那样可敬、可亲、可爱！土里土气又特有品格，地地道道一个地方名牌！

——他放下锄头整整36周年，他要始终葆有"农民味"。所谓的"农民味"，按他的解释，就是"锄头理念"，就是纯朴、务实、勤恳，先播种、再管理，然后收成。

——他不同意说"时间就是金钱"，人人有时间未必人人都有钱。真正的金钱是"人"，归根到底是"人"，是有能力开发利用时间的"人"。

——他说："幸福不就是金钱，也不是财富能够统计出来的。""幸福不过是一种净化的感觉。"

——台湾的连战和连文成同一宗祠，他的太祖爷连佛保就出生在江都村。1990年，江都村宗亲期盼着连战回来修祖祠，连文成说："同样是连氏子孙祖祠，为什么要等连战回来修呢？"他先后投资10多万元把祖祠修好了，吸引台湾宗亲多次回来拜祖。作为长泰首家民企的厦广，又投资300多万元办学，利润全无，但心安理得，连文成说："我办的不是企业，是幼儿园！13年前，我的孩子要上县幼儿园，园长说你户口在枋洋乡江都村，不在县城，你连文成农民，幼儿园不收你农村户口的后代……我实实在在是为了给咱扛锄的争这口气！"

——研究报告称：改革开放以来，新办的企业平均寿命是2年多，现在是3年多。这是《中外管理》杂志说的，不是我连文成说的。我创办的企业不只活了18年，而且在长泰连续18年纳税3000多万，在长泰县绝对第一！所以，我骄傲。

——1998-2000年，县财政请求连文成担保贷款，帮助政府渡过难关。今天会上，县领导非常感慨，亲口对我说："阎纲先生，你不知道，那时候多苦啊，财政困难，工资开不出，我们一共向他借款多达23次，数额高达2582万元！可是连文成呢？不求任何回报。""他不愧是长泰人创业发展的一面旗帜。"

——连文成的心肠软，讲话的口气却很硬，做事非常果断。他也有流泪的时候，那是为弱者流泪，为人间的不平流泪。他的口头语是"示人以鱼，不如授人以渔。"所以，他的厦广从1988年至今，安排1500多人就业，对员工充满了爱，有口皆碑。

入夜，我和连文成的谈兴不减，问他哪来的时间写东西。他说，我工作不分昼夜，凌晨3点钟起来写，写起来什么也顾不上了；一边蹲马桶，一边洗头，老婆问话，怨怨叨叨的，我已经听不清了。

夜深人静的此刻，我提出一个最为关心的问题问他："试看域中，多少共产党员变成'资本家'而多少'资本家'变成共产党员，你入党几年了？"

他哈哈大笑，头摇得像个拨浪鼓。

"啊？为什么？"

"你们文人好奇，总爱问个为什么。说奇还要奇呢，听吗？"他笑得爽朗而自信，也笑出眼神儿里的得意和狡黠。

"1998年中央组织部、省委组织部、市委组织部、县委组织部联合调研组，到我们厦广调研民营企业的党建工作。他们的问题一大堆，我说，我准备回答他们'十万个为什么'，他们竟然问了十一万个为什么！问我为什么办企业，问我为什么不入党，为什么成立党支部，为什么重视党建工作。我回答说，我不入党的原因并不复杂。我1970年当工人的时候工作很努力，我的当过兵的师傅有意培养我，天天给我上党课，要我为党、为人民服务。我想，家庭穷得要命，我能给人民些什么呀？所以，不敢入党，我不能骗党！——我点头又摇头。"

我问他："连董，你不入党，可你们公司明明有个党支部啊？"

他很平静："这不奇怪，早在1993年8月，公司就建立了党支部，成为漳州市首家民营企业党支部。这不奇怪，应该做的不能因为你不是共产党员就不去做，应该做的不但用心去做而且要像共产党员那样认真去做。"

"这不奇怪"？太奇怪！——我摇头又点头。

"这不奇怪，我的公司有4个党支部，一个党总支。我为党组织安排的活动经费是一年8万元，党支部花不完，年年有余。"接着又补充说："不怕你笑话，我这个非党员还积极介绍别人入党呢！还要求班组长干部上百人写申请书，抄党章，要求党员手抄党章、学党章世上少有，奇怪吧？县机关党委会上人家表扬我呢！"——我连连点头。

再问："查过你的账吗？"

"查过，所有账都查过，未发现任何问题。我把账本甩给调查组，说：'拿去吧，不要了！'我心里踏实，所以，我敢跟人打赌拍桌子。"说着说着自己憋不住，仰天大笑。

凌晨一点，我们肚子饿了，连文成把儿媳妇叫醒，筛酒布菜，激辩不已，碰杯不止，一来二去、三番五次，我们俩都站起来开始吼了。我忘情地、密集地向他提问，他无所顾忌地只管掏心窝子。儿子斟酒，不动声色，静如处子，任凭老爸拍桌子发脾气骂人。"团结爱民，守法纳税，这是做人的根本，我创出'胆理'这个新组词，就是说做事要有胆，做人要懂理，人一懂理，社会团结又和谐，再加上诚信经营，事业自然发展，社会自然进步。我不骗人，真的，我没有骗过党一回！好话假的多，坏话真的多，到底谁骗党呢？那些宣誓入党又没有实现誓言的人就是骗党……""阎老师，信不信由你，我的每句话都可以晒太阳！"

他肚里好像吞下一颗炮弹，直冒烟，眼看着就要爆炸。

问他的思想为什么这样解放，观念为什么常常出新，他反诘：为什么只有书上写的才是对的呢？人要会读书嘛！我读列宁的《哲学笔记》，发现他说"观念就是真理。"所以，我要更新观念，抓住真理所向披靡。

天快亮了，连文成熄火了，和此刻夜一样静静悄悄，蓦然，他站起，举杯向我："团结是第一生产力。团结，自然和谐，来，为无私无畏干杯！"

他没有醉，但是醉醺醺。他抱拳相向，眼角里闪着泪花，难为情地说：

阎纲老师，多有得罪呀，原谅我心直口快，疾恶如仇，敢怒敢言敢冒险。原谅我一个翻身的农民！

"到中流击水，浪遏飞舟"，那多痛快，不枉今世啊！天快亮了，去吧！

阎老师，请你留下点笔墨，然后我陪你漂流去，去吧，不怕，有我！

我赠他两个大字：

品　格

她夺回失去的美丽

大约7年前，赵泽华瘸着腿，出现在《三月风》举办的"长江笔会"上，热情主动却十分腼腆。她生性和善，爱诗，长得白净，很美，可是，灾难是毁灭性的，厄运践踏了青春。瓷人儿被打碎了。

她19岁时探母，被火车轧伤，生命垂危，右腿截肢；中年，又从楼梯上倒栽下来，右手骨折，手术错位。从父亲被打成反党分子劳动改造起，灾难就像冰雹一样砸落下来。

她遍体鳞伤，离死亡仅仅咫尺之遥。她选择了尊严和价值，蓝天和太阳，还有飞翔的翅膀。

生命之于人，只有一次，她起码死过两回。她站起来了。四时八节，天气变化，骨骼和伤口疼痛难忍。

我非常喜欢同命运较劲的人，他们是我最喜欢的拳王争霸赛里虽然被击倒却始终不肯屈服的精神胜利者。

我和她站在船尾，注目跳动的长江，任凭浪花翻卷相继远去。我鼓励她坚韧地活下去，一手好文字，继续写吧，"你自己就是一首长诗。"

史光柱来了，他用耳朵看见我，一下子扑了过来，抱住不放。史光柱的记忆力异常惊人，竟然把我此前写的《瞽之呼》背诵了一大段，以示对我的感念，同时激励柔情如水、坚强如钢的赵泽华为残疾人作家争光——

伤残之躯竟有如此完美的灵魂、审美的灵感，以难于常人百倍的毅力"写"出一篇接一篇极富本真的命运之歌。痛苦的感觉可能使他只看到悲剧的世界，审美的思考才使他认清人生的喜剧意义。钱钟书说："痛苦比快乐更能产生诗歌。"史光柱不但出入人间、地狱两重天，而且来往于光明、黑暗两个对立的世界；不但在疆场超越死亡，而且在文学中突破阴暗，失明却不失战士的风骨和人格的尊严，人性美与散文美相得益彰。双目失明者用生命"写"出血泪至文，他也就找回自己的眼睛，这眼睛是诗，又不仅仅是诗。

如泣如诉如小溪流之歌，我们的泪水渗出眼眶。赵泽华决意写出血泪长篇。

2009年年初，自传体纪实文学《坚守生命》出版，网民反应热烈。

她这样描述疼痛：

剧烈的疼痛向我袭来，这种疼痛的猛烈程度让我感到吃惊和害怕。

有时是一种烧灼感，就像有人夹着一块烧红的煤，一下一下烙在我的伤口上，让我无处躲闪；

又好像有人握着一把生锈的铁钳，拼命夹住我脚拇指的指甲，然后发狠地合拢铁钳；

还有时像有一把钢针不断地扎在脚面上，一种非常尖锐的痛；

也有的时候，脚后跟的部位像被人钉进一根铁钉，痛得很钝、很深，还有时疼痛像刀割一样，让我痛得眼前一阵阵地发黑。更多的时候，那种疼痛无法形容……

我的全部记忆里全部思维里都被铺天盖地的一个"疼"字占满了。

剧烈的疼痛让我伤口猛烈地抽搐，我甚至能够听见骨头"咯咯"的响声，连我睡的这张铁床也止不住地颤动起来。

这种疼痛像一个魔鬼，昼夜不停地疯狂地折磨我，它似乎有一种穿透力，一直痛彻骨髓。

因为用力咬牙忍耐，我咬破了嘴唇，恨不得咬碎牙齿，咬得太阳穴都不敢碰触，那真是一种酷刑。

它的无休无止终于激发起我强烈的反抗精神。

疼痛，已经成为我生命中的常态，终其一生和我如影相随。

抵御疼痛比拒绝死亡更艰难。我自己亲历过全麻手术的宰割，也亲见过女儿阎荷五种超常难忍的疼痛，都不及其对于赵泽华如此的残酷、频繁和难以名状。

母亲多次病危后不舍离去；弟弟妹妹们屡遭磨难。她还有自己的爱情和家庭。赵泽华的青春，完全浸泡在无比疼痛的血水之中。

既要活着，又要生活，可是工作在哪里自己又能做些什么？

命悬一线，只有扼住命运咽喉的钢铁汉子才敢于挑战厄运，而赵泽华还是一个花季少女。

看到赵泽华哭成泪人儿以泪洗面的时候，我想起绛珠仙子。她将一生的眼泪报答甘露灌溉的生命。

上帝是公正的，他主宰你一半的命运，而把另一半交付给你自己，当你对命运作出坚定的抉择之后，上帝在暗中实施救赎。

赵泽华终于从死神的抓捕中挣脱出来，从成年累月被虎狼撕咬的疼痛中硬挺过来，被击倒以后又爬了起来，学会走路、学会右脚蹬车，学会骑车带人，并且帮助许多像她当年一样需要帮助的人们。

夏日晚上，我去京西宾馆约稿，回来时把女儿用书包带揽在车后座上，怕她睡着了感冒，又买了一根雪糕哄她。

等骑车赶回家时已经是深夜十二点了。

女儿已睡着，小脑袋垂在胸前，凉风吹拂着她柔软的小头发，那根雪糕早已融化掉了，女儿冰凉的小手里还紧紧捏着一根小棍。

然而，第二天，当太阳升起来的时候，我又必须摈弃我的软弱、劳累和伤口的疼痛，以微笑面对新的一天。

她远路听课，亲自采访，写出不少好文章，不少名人专访，多次受到嘉奖。

她访问学者，给自己立下三条最基本的原则："不能问外行话，不能问别人问过的话，要有读者真正关心和感兴趣的独到的内容。"

《李岚清：谈音乐与人生》曾被《香港大公报》、《深圳特区报》、《新民晚报》及40余家中外知名网站转载，作者正是赵泽华!

她被授予"巾帼建功标兵"、"全国三八红旗手"等荣誉称号。

哲学家／作家罗素说过这样一段话:"三种单纯而强烈的激情支配着我的一生:对爱情的渴望,对知识的渴求,对人生苦难痛彻肺腑的怜悯。"人生苦难之于赵泽华岂止是怜悯,而是刻骨铭心的体验,顿悟彻悟的人性深度。

少女时的赵泽华聪明美丽,最喜欢安徒生《海的女儿》,几乎把全文背诵下来:"她的皮肤又光又嫩,像玫瑰的花瓣;她的眼睛是蔚蓝色的,像最深的湖水。不过,她没有腿,她身体的下半部是一条鱼尾。"

我在心里悄悄地立誓:"长大了我也要写美丽的书。"

(我没有想到,我今天写这本书,距离当初的立誓,已经过去30多个春秋了。我更没有想到,我也有了小人鱼似的命运,为了没有一双人类完美的腿而受尽磨难)

赵泽华变成她最喜爱的"海的女儿",忍耐,坚持,走路像踩在刀尖上,尽管不能跟欢乐的人们踏着乐曲翩翩起舞,却有幸没有变成泡沫。她绝不放弃,她像小人鱼,为了渴望有

"一双人类完美的双腿"备受折磨。

她实践了自己的誓言，长大以后，写出"美丽的书"。

赵泽华性情纤柔而内涵坚韧，秉笔直书又摇曳多姿，散文化的语言自然流畅，忧伤然而清纯。她把生死善恶置于尖锐对立的境地，把人物推向极端的心理冲突，把美女与毒蛇的较量写得死去活来，把勇猛与娴静集于一身，说尽生离死别，充满人生况味，命途之多舛，情绪的起伏，紧紧地牵动着读者的心。

纤笔一枝谁与似？直面厄运，体验危难，超越极限。

比起一些被苦水淹到喉咙眼透不过气来的苦情书、血泪账式的传记文学来，这部作品给人以希望和力量。

比起那些闪电式的采访然后铺陈其事厚厚的一本食之无味的光荣榜、流水账式的报告文学来，它更具文学品格。

天缘凑巧，赵泽华受伤的年龄是19岁，《坚守生命》完稿的时候，车后座上长大的女儿恰好19岁，北京某大学学生，品学兼优。

2008年8月，《坚守生命》即将出版，22岁的女儿以优异的成绩被美国一所州立大学录取为研究生，并获得全额奖学金，还获得助教的资格。

在班里，她是唯一的中国女孩。金发的美国教授评价她：优秀、杰出！

一次演讲比赛中，主持人问："谁是对你一生影响最大的人，为什么？"

女儿用行云流水般的英语回答："是我的妈妈。自非常年轻的时候起，她就穿行在命运迷宫设置的种种艰难和痛苦中，但是她从来不曾放弃希望和对于生命的热爱。她的勇敢和勇于拼搏的精神，对于我影响至深，鼓舞我在任何困难面前都不轻言放弃！"

掌声如潮，热烈、持久。

今年春节，女儿回国，母女相拥，涕泗交流。赵泽华电话里哭着告诉我说："阎纲老师啊，我是世界上最幸福、最幸福的人！"

瓷人儿被打碎了，残障的生命复活了。你，"海的女儿"，一条腿行走，一只手劳作，在刀尖上翩翩起舞，与浩瀚的大海共翻涌，在长年累月的剧痛中享受快乐美丽的人生。

他们夫妇之间

青年丧偶，中年续弦，小日子过得倒也美气。

好景不长，过门不久便大打出手。常言说得好："女大三，金不换。"我却大妻十七岁！

同情之心人皆有之，怜悯之心人皆有之，我太太也不例外，尤其是惜老怜幼。她见花落泪，见月伤情，看见缺胳膊少腿的残疾人跪在街头伸出筐篓要钱，就走不动了。看电视剧，哪怕是平庸的电视剧，只要剧中人流眼泪，她就跟着流。上大学时，选修课《红楼梦》学得最好，深得老教授的赏识。她对林黛玉并不格外垂爱，因为林黛玉的小心眼儿她有些受不了，但是，没有一个同学不把她当林黛玉，她的外号就是"林姑娘"。她在一点上同林黛玉非常投合，认为女儿是水做的，男人是泥捏的。她好走极端，常常把"臭男人"吊到嘴上，大女子主义十足。可是，我们结婚后，情况有变，除了至亲好友以及中外经典作品中纯洁、优雅、多情而感伤的女性之外，很难有几个她看得上眼的。结婚前，"臭男人"常常挂在嘴上，结婚以后，连"臭女人"也骂不离口了。只要我的电话铃一响，保准是她第一个急忙跑去接。如果对方是个女的，可就不像话了："你是谁？……哪儿的？……你找我爱人什么事？……给我说一样……有什么不可告人的……喂！喂！！你才莫名其妙！"接着便是连珠炮式的审问，"我一听那个家伙就不是好东西，臭婊子！说，谁？为什么心虚？"

有几回她疯子一般地抓我、掐我、拧我、拽我、狠狠地捶我甚至踢我，而且不分场合，大马路上照捶不误，大冷天把我的帽子摘下来摔在地下重重地拿脚踩个不停，口中脏话震天响，路人围观不绝。我一个爷儿们，能跟她在马路边儿上要猴儿一样让人取笑？

我没有反抗的冲动，只有忍气吞声的份儿，饱以老拳而后熊。谁叫我是个窝囊废呢！我这个人，规规矩矩，老老实实，本本分分，窝窝囊囊，不偏不倚，不声不响，不偷不摸，更不会沾花惹草，从不进卡拉歌舞厅，非礼勿言，非礼勿视，老实得像猫一样，我招谁惹谁了！

莫非我伤天害理，做下缺德事，时候已到，现在就报，在劫难逃？不对啊！我这一辈子可是挨整的，我对妻也无大错。当然，她多次伤害我之后，我们相敬如"冰"，感情降到零度以下。她是常有理。她把你推到冰冷的深渊，反倒说你冷若冰霜。

不停地宣战，不断的战争。此人，吵架专家，战争贩子。"大吵三六九，小吵天天有。"——活活一个"河东狮吼"！

怎么搞的，原先不是这样嘛！什么什么，"更年期"？二十五岁"更"啥子"年"嘛！

结婚刚刚两年就这么叫人头痛，白头到老可怎么熬呢！能等到白头吗？结婚第二年，谁也不通知谁，俩人分居，我拿那间房门的钥匙，她拿这间房门的钥匙，各不相扰，图个清静，井水不犯河水。

不成，清静不了，远的不说，昨天就干了一场，下午接着又来，明天、后天保不准还有续集。

昨天上午，她在厨房做饭，一阵风来，啪的一声，把她的房门撞上。她莫名其妙，怀疑是我有意捣鬼报复，我怎么解释她也不听。接着，她命令我把房门打开。我说我哪儿有钥匙？钥匙倒有一把，在你的手里。但她执意说我藏了一把她门上的钥匙，难怪，平时话语里带钩带刺，流露出一种无谓的不安感，我丈二和尚摸不着头脑。我气得快要晕过去。后来，还是她先软了下来，求我想办法，先把门打开，说她的钥匙落在屋里。她这个人，不轻易求人，一旦求人，十分新奇，十分温柔，十分可爱，我心一软，跨出家门。

我上街找配钥匙的师傅，他们个个热心。回家时我攥了一大把各种齿口的钥匙，兴致勃勃地试了又试，满头大汗。纹丝不动。这时，她不但不体贴关心，表示慰问，反而勃然大怒："不要再装蒜了，你表演给谁看？"她还是怀疑我藏了钥匙。

她已经扑了上来，我狠狠拍了一下桌子，愤怒地逃出家门。

归还了钥匙，我灰溜溜地自认倒霉。师傅娘子发了善心，说："同志，到派出所看看，派出所有办法。"我又跑到派出所。派出所的民警问明情由，然后教我用身份证……如此这般。我飞身回家，翻箱倒柜，汗流浃背。太太以为我万般无奈，回心转意，找钥匙开门，嘴巴一撇，哼了一声，双手叉腰，像监工一样站着、看着。但是，翻遍角角落落，不见身份证。我下楼找电梯司机，借了身份证。但是，怎么折腾，还是打不开。无奈，我又去了派出所。民警同志又耐心地告诉我个办法。我一溜烟又飞到购物中心，买回小学生写字用的塑料垫板。忙了整整一个时辰，总算把门捅开。

"打开了！"我把太太从卫生间喊出来。这时的我，已是强弩之末，瘫到沙发上半天缓不过气来。

奇怪的事又发生了，她一口咬定我是用藏起的那把钥匙把门打开的，任你怎样发誓赌咒，她只是撅着嘴巴冷笑。

"你倒本事大，一个破垫板把门能捅开，真服你了。再捅捅我看！"

"捅就捅，神经病！"

　　可是，垫板软了，再捅不灵了，满头大汗，仍无济于事。我太太像捉住贼一样"哈哈哈"地大声冷笑，那笑，特别瘆人。

　　一夜无话，起床后，谁跟谁不过话。到下午，不巧，又是一阵风把门锁撞上，她的钥匙又落在屋里。昨天的故事今天下午重演，世界真奇妙。

　　这下该轮到我拿势了。我稳坐一旁，像她一样冷笑一声。我想她这回该软下来求我，而我，决意不再发贱，吃力不讨好。我绝没想到她暴跳如雷，命令我立刻把房门打开，说再开这种玩笑，她就要报警，绝不轻饶。

　　我也硬了起来，"闹吧，你就是不闹，我也不再管你的事，你反而变本加厉，胡闹，打死我也不管！看吧！怎么，要来武的？"我又在桌上猛击一掌，震得整个楼层为之动摇。我豁出去了，人若犯我，以牙还牙，你犯神经，就不许我犯神经？

　　对峙两小时后，她哭了，非常伤心。由狂躁突然转为忧伤，唏嘘抽搭，恓恓惶惶，十分委屈，在她说来，实属罕见。这中间一定有什么更为深沉的缘由。可是，会有什么原因呢？好像我理亏似的。到底谁伤害了谁？

　　我的脑子乱作一团，突然跳出几句时髦的洋观点来，什么"爱情是温柔的，却又像荆棘一样刺人"，"爱情是可爱的虐政，情人们甘受它的折磨"，"拌着眼泪的爱情是最动人的"。有道理，还是人家外国人懂得爱，会玩爱。

在眼泪面前，我终于软了。我转身出门，一路小跑，直奔购物中心，又买一块垫板回家。当着她的面，我大声吼道："这回您看好了！"说着，谨慎地将垫板插入门缝，对准锁舌，用力一捅，房门打开。我示威似的使劲一推，"啪"的一声房门洞开，然后，垫板从我手里飞了出去，飞碟般地飘上天花板，又从天花板飘落下来，不偏不倚，正好跌落在她的怀中，她反倒笑了。这一笑不要紧，把一个怒发冲冠气得鼓鼓的伟丈夫我也逗乐了。

她这次的笑是真诚的，憨憨地，甜甜地，外带些微的嗲气。实话说，我太太的笑本来就甜，说话也甜。愤怒时的快说，像破锣震耳，像利箭穿心；开心时的快说，就像一串铃儿似的，叫你的心弦颤动。人也长得俊，脸蛋儿在女儿国里数第一，我绝非瞎捧，口碑为证。她念大学物理系，班上的同学却变成心理学专家，准确地说，变成爱情心理学家。他们从物理到心理把我太太由表及里研究得倍儿透，异口同声说我太太是"人面桃花心里美"。有同学扬言哪怕判刑也要把美人抢到手。话是这么说，在我太太面前哪个不是彬彬有礼？我们单位的同志说得就更邪乎，什么"天上掉下个馅儿饼"，什么"天上掉下来一朵花，花儿插入牛粪里。但是须加注释，注释是一副对联：'花儿离不开粪。粪儿离不开花。眉批：异味相吸。'"

她对我没有二心，既然嫁给你，就不让人笑话，就要用爱来证明当初的选择没有失误，就要在特殊情况下变"异性相吸"为"异性相斥"，防范你的哪怕一丁点的非爱动向，不怕你不承认，不怕真的冤枉你。

她对我这个人，恨也切，爱也切，自认为因爱致恨，恨自爱出，爱远大于恨。她从不把我年长她十七岁作为年龄障碍拿我一手，她认为那样做简直就是无耻、缺德加残酷。既然朝朝暮暮，又何必计较胡须！但是，恨将起来，怒不可遏，猝不及防，暴风骤雨，恨不得扒了你的皮然后把你扔到狗屎堆里去。奇怪的是，没有一回突如其来的愤怒和势不两立的打击让我口服心服。可话又说回来，恨归恨，怨归怨，内务外勤两不误，问寒问暖两相知，该体贴照顾的还是体贴照顾。你要是病了，她甚至可以竭尽母爱，峨眉山上盗仙草；为了搭救她的丈夫，她敢血战金山寺，哪怕身怀六甲……噢，对了，怀个孩子该多好啊！

一天，她回到家里，非常兴奋同时十分懊丧。她遇见她大学的同窗密友杏喁，杏喁送给她一篇自己的新作《孩子：女人永远的退路与皈依》。母与子，恩重如山；子与母，有时起精神拯救的作用。身边有个孩子需要关照需要爱，女人的心就充实，就不会空空荡荡，就会好好地活下去。如果你一生都找不到爱情，或者找到了又失去了，那也不是惟一顶顶重要的事，要一个孩子，那便是另一种爱情——恒定的情与爱。爱情飘忽不定，亲情神圣永久。温煦的女性们，愿你拥有自己的孩子，拥有永远温馨妩媚的感情家园，无论何时，它会以深爱随时迎候你心灵的回归。

她嫌我的皮鞋旧了整天催着买新鞋，而她脚上的皮鞋那才叫旧呢。为这档子小事，她不知叨叨了多少回，态度好极了，温柔敦厚，举案齐眉，倒是我一再蛮横地推挡。我终于被拽进国贸大厦，终于有一双新鞋登上脚面，她终于满意而露出大可慰悦之态。她把旧鞋提溜在手上，搀扶着穿新鞋、走老路、跟跟跄跄的我过马路上公共汽车。上车以后她仍然搀扶我，另一只手仍然提溜着那双旧鞋。不幸的事情发生了，正是扶我的那只手的一边被人掏了兜，不多不少700元，不多不少正好是鞋钱的四倍。她怒不可遏，大骂风气之坏，"缺德！"然后，一只手照样提溜着旧皮鞋，另一只手照样搀扶着我，温声和气地给我宽心："只要没伤着人就算吉祥，千金散尽还复来。你终于穿上新鞋，这可是个不小的收获！"这件事使我非常感动，一辈子不能忘记。

郎才女貌、天作之合，本该过上比常人更为幸福的生活，是谁捣乱搅闹得恩爱夫妻吵嘴打架？是谁弄得她如此偏执和多疑？喜怒无常，说变脸就变脸，大太阳的连个闷雷也不给哗啦啦就是倾盆大雨、劈头盖脸的……神经病！

可不是神经病吗？瞧，一眨眼的工夫又晴转阴了。"老不死的！"哦，对了，她平时称呼我"老不死的"。"你好狠心，好狡猾！原来你会捅我的门，你干吗要捅我的门，你想干什么？难怪我觉着不对劲儿，东西好像翻过似的。我问你，700块钱呢？我没有丢过钱，不是我上街丢的，肯定，有人翻了抽屉。老不死的，你好刁啊……"她没有扑打上来，她以一个胜利者的姿态嘲弄她爪下的猎物。她这时是猫，我是她叼在嘴边的老鼠，"看你这回往哪儿躲！"

我什么话也没说，无谓的打击反而使人镇定。问题出在一把钥匙上。我想起来了，福利分房领钥匙时，的确，一间屋子两把钥匙，怎么搞的，这间屋子只有一把。是啊，不能说她的怀疑没有一点根据，但是，我敢对天盟誓，那间屋子的钥匙从来没有沾过我的手。

她一直那样冷笑着，倒在小厅沙发上盯着天花板发呆。我也在墙犄角儿干坐着。室内静悄悄，只有墙上滴滴答答的挂钟在消磨时光。这时，只有这时，我这个一辈子好静的人，才感到孤独的可怕。

她要生个孩子多好！对，孩子，惟有孩子她不怀疑，惟有孩子消解疑虑，惟有孩子使她镇静，惟有孩子催绽她的笑脸，惟有孩子能激活家庭。好像就是这么个理儿，好像这才是我老大的贤惠又大不贤惠的妻做梦也在寻找的钥匙！我多么盼望一年之后，我太太给这座冰窟生出一把钥匙，赶走神经兮兮，打开紧锁的灵魂，复归人性的皎洁和女性的姣美。

得了，得了，想哪儿去了！她这个人本不该谈恋爱结婚，一尊天生的女神结什么婚！一结婚就染上少妇人的醋意和俗气。她并不是同学们称颂的"林姑娘"，也不是希腊神话中的绝代佳人"海伦"，而是"阿耳忒弥斯"——志行高洁的月亮神和保护少男少女的处女神……真的，不结婚就好了。唉，怪我发贱，神魂颠倒，可我……我哪儿对不起你，美人？

"说话呀，死人！装什么蒜！看你还有什么说的！赶快编词，来不及了吧？我早觉着你这人不对劲。我不是傻瓜。我到底抓住你。哼，说话呀！两证俱全，水落石出，你看着办吧！"

我们谁也没吃晚饭。我进了自己的房间，打开电脑，在《神经病》的题目下噼里啪啦地敲打起来。太太她，两眼发直，呆若木鸡，嘴一撇，又很开心，但更多的是痛苦，是无穷尽的自我折磨。

我这篇文字敲得非常顺溜，不大一会儿，就是六个屏幕。

敲着敲着我改了主意，觉着《神经病》这个标题失之浅薄。凡人，都有毛病，凡毛病，都有因由，正像门锁总有怎么打也打它不开的时候，可见，寻找钥匙是人性的常态、人生的通例。当人性出现弱点、性格出现变异，那就是告急的信号，提醒你赶快寻找钥匙。不错，这里头有学问，我得琢磨琢磨。

我的双手在键盘上停了下来，陷于沉思。然后，抓起鼠标点击，猛击"剪切"，屏幕上白茫茫的一片。

但是没有关机。

现在的时间：23点10分。

上文写成后，很快收到传主的回函，称："您写的都是实情，但我受不了。你我都一样，没有找着钥匙。美女的爱特殊，不全是'残酷'的。"

她的越洋电话一个接着一个，说是特别想家，又特别叮嘱我："千万不能用真名！"

我不该和她争一个男人

一 有人砸车

盛夏时节。天刚蒙蒙亮，北京南城某著名小区高耸的楼群中，一对年轻夫妇正在熟睡，刚满周岁的宝宝依偎在母亲的身边，享受着宁静、温馨的母爱。妻子晓蒙突然被一阵刺耳的汽车报警声惊醒，宝宝跟着哇哇地哭个不停。晓蒙起身透过阳台的窗户向下一看，急忙转身推醒丈夫："沛璋，快起来，有人砸咱家的车！"

沛璋眯着惺忪的睡眼将信将疑地走到阳台一看，只见一个披头散发的女人手持硬物歇斯底里地砸自己银灰色的富康车，硬物撞击车身的啪啪声，玻璃飞溅噼里啪啦的落地声，混杂着汽车吱吱的报警声响成一片，沛璋和晓蒙急忙冲出门外，此时不到六点，电梯工还没有上班。他俩跌跌撞撞一口气从17层跑到楼下，此时，砸车人已无影无踪，留下的只是刚刚散去硝烟的"战场"和惊恐万状的目击者，满地洒落着砸车用的石块，富康车面目全非，前挡风玻璃和左侧前后门玻璃均已粉碎，前机器盖、左侧前后门金属部分布满大洞小坑，车前盖上还被硬物刻上"□□□，我要和你斗争到底"的字样……现场一片狼藉。

围观的人越来越多。一位目击者说："我们知道是谁砸的车。她就住在对面那个楼里。"

二　一对男女浮出水面

110接到报警后旋即赶到，警察与晓蒙一起去找砸车人。敲开门后一位小姐迷惑地看着他俩。她20出头，头发散乱，面带愠色，显出疲态。室内凌乱不堪，地上躺着一把剪刀，小姐手里拿着一把半尺长的水果刀，电视机上还躺着一把菜刀。屋内的一个角落里站着一位30多岁惊魂未散的男子，手脚和脖子被撕成布条的床单捆绑着，目光呆滞而无奈。警察和晓蒙被眼前的一幕惊呆了！

警察问小姐："这是怎么回事？赶快把绳子解开。刚才是你砸的车？""是！""你知道是谁的车吗？""他的呀！"小姐边说边用手指着那位神情沮丧的男子，语言中充满了宣泄后的快感和确定无疑的坚定。"那不是我的车。"男士低着头有气无力地说。警察有些愤怒可又觉得滑稽可笑："小姐，你砸错了，这位才是那辆车的主人。""啊？"小姐一下子慌了神，连连说道："对不起，对不起，你的车跟他的车一模一样，我是冲着他的车砸的。"说着，怒气冲冲地盯着那位被缚的男子："你为什么不拦着我？你太自私，你还是个男人吗？""我当时也懵了……"小姐转身向着晓蒙大声道歉："大姐，对不起，真对不起，你先修车，我就是倾家荡产，就是到歌厅坐台也要赔你！"一番话说得晓蒙没了脾气，倒是小姐软下来的口气和虚弱的身体唤起她的怜悯之心。

当天晚上，小姐来到晓蒙家，她仍是一副有气无力的样子，清晨发生的一切，始终无法排解她心头的刺痛和纷乱。她终于道出砸车背后的一切，一对男女浮出水面。由于是真实事件，姑隐其名，小姐叫 S，男子叫 Q 哥，俩人一年前相识，不久，双双堕入情网。同有妇之夫相恋，使 S 小姐耻居"二奶"的地位，恩恩怨怨遂由此而生。

自从与 Q 哥相好后，S 小姐辞退了工作，在这个小区租了房子，二人交往从此无阻无拦，一来二去，已是如胶似漆，终于跨越了那道本不该跨越的栅栏。18 号是他们相识的日子，一年来，每逢每月此日，他俩总要亲亲热热一起欢度。8月6日这天是 S 小姐的生日，Q 哥出差在外，S 小姐焦急地等待着他祝贺生日的电话，可是电话铃声始终没有响过。

第二天已经回到北京的 Q 哥也没有补打一个电话给她。S 小姐打他的手机，一会儿关机，一会儿说"不在服务区"。她开始纳闷，到底他上哪儿去了？他心里还有没有我呀？难道他在欺骗我？如果是这样人活着还有什么意思？越想心里越窝火，一气之下，吞服了50片安眠药（他们闹过别扭，她用这一妙方，因此，S 小姐备了不少安眠药）。药性隐隐发作，大脑开始不听使唤，她懵懵懂懂拨通了 Q 哥的电话，颠三倒四地不知说了些什么。Q 哥一听不对劲，预感到事情的严重，赶紧拨回电话，大声嚷着，"你等着，我马上赶到！"到小区已是深夜一点多了，狠敲了十多分钟，门才打开。只见 S 小姐两眼发直，面色惨白，沙发上凌乱地躺着许多药瓶，Q 哥知道出事了。昏昏沉沉的 S 小姐用身体倚着门框，有气无力地问道："干嘛去了？到底离不离婚？"Q 哥急了："都什么时候了还说这种话！快上医院！"他背起 S 小姐就往医院跑，大夫给她洗了胃。在返回途中，S 小姐跟跟跄跄、大喊大叫。回到楼下，几个被吵醒的邻居硬是把她抬上三楼家中，时间已是凌晨4时多。

这时，狂躁中的 S 小姐出其不意地抓起电话找 Q 哥的爱人："喂，我是口口口，你丈夫爱我，我们已经好了一年了，你们离婚吧！"对方根本不相信，以为是有人取闹，笑着说道："你是什么人，未成年吧？"S 小姐却把自己的姓名、地址、电话一一通报，对方这才如梦方醒。十年的夫妻呀，转眼风雨飘摇，自己竟然蒙在鼓里！她声音颤抖地问："那你喜欢他吗？"对方斩钉截铁，"是，我喜欢他，很喜欢，你们离婚吧，孩子归我抚养，我们结婚后不要孩子，我保证对孩子好……"

打完电话，S小姐、Q哥之间的战火又起。"你到底离不离？""嗨，不就是一张纸吗？没有这张纸咱俩不是照样相爱吗？我这不经常陪你到夜里12点才走！""那你不是还得走吗？不行，我要你永远在我身边不走！"

见二人争吵不休，邻居把Q哥拉下楼去。S小姐又追到楼下，只见Q哥正靠在那辆灰色的富康车上打手机，她气不打一处来，一把抢过手机，发现是Q哥家的电话号码，更是火上加油，简直气疯了："什么时候了你还想着她？你还想要这手机吗？""要！""我让你要！我让你要！"嚷着吼着，狠狠地把手机在水泥地上摔了十几下，直至成为碎片。又疯狂地奔向一辆富康车问："这车你还要不要？""要！"你越要我越不让你要，砸！砸它个稀巴烂！她发疯似的在小区找石头，跑了十几圈才在草丛里找到一块装修用的大理石，抄起就砸，连砸了十几分钟，直到把整块石头砸成十多个小块才罢休。

三　在派出所里

解气倒是解气，事情却非一赔了之那么简单。事发当天，传奇般的消息不胫而走，而且上了家喻户晓的《北京晚报》。砸车的事儿闹得沸沸扬扬，每当沛璋夫妇从小区经过时，街坊邻居好奇的目光总是紧追不舍、嘀嘀咕咕："就是他们家的车被砸了"，"听说那位小姐进派出所了？""小姐进了派出所了？"这让沛璋和晓蒙大吃一惊。说真的，车被砸他们心疼，但Ｓ小姐痛快地答应赔偿，这档子事算是基本上了了，倒是Ｓ小姐的身体和命运叫他们牵肠挂肚。一个年轻的女孩子爱上一个已婚男子，前景注定黯淡；偏偏她又如此痴情，几番自寻短见；砸车又把她砸进派出所。这个打击太大了，她顶得住吗？她还有信心继续生活下去吗？车坏了可以修，钱没了可以挣，可人呢？一念之差就能坠入深渊丧了卿卿性命，更何况刚刚踏上人生旅途的一根嫩芽！想到这儿，他们商定必须立即去派出所，以受害者的身份请求派出所放人。这时，晓蒙想起Ｓ小姐一天都没有吃饭，便直奔麦当劳，然后又和沛璋一道赶至派出所。

"找谁？"值班民警问。"Ｓ小姐。""你们是她什么人？""我们是她砸车的车主，给她送点吃的。她一天没吃饭了。"民警满脸的惊讶与疑惑。

S小姐看见晓蒙带着汉堡包、饮料来，一屁股坐下就哭了。"大姐、大哥，我给你们惹下这么大的祸，你们还这样待我，我……"晓蒙眼睛一热，泪水也沁出眼眶，此刻，她面对的好像是自己的小妹妹，急忙抚摸着S小姐的肩膀说："快别说这些了，你又不是故意砸我的车，你的身体要紧，快吃，不能不吃饭。"她低头一看，S小姐手上缠着纱布，忙问："手怎么了？"原来，S小姐被送到派出所，她想不通："我不是故意的，砸人家车赔偿人家，凭什么限制我的人身自由，凭什么不让我出去？"她大吵大闹，抄起地上的醋瓶子照暖气管子直砸，然后用碎玻璃茬子使劲地往静脉血管上划，幸被民警一把推开，及时包扎。晓蒙生气地说："你这人净干傻事，何苦呀！""他们不让我出去。""公安干警是执法的，你想，随便砸别人的车犯不犯法，算不算危害社会治安？警察是为你好，以防再犯，你要好好控制自己的情绪，平心静气地跟警察谈，你要懂法，不能胡来。好了，先吃饭！看你都瘦了。"

晓蒙把汉堡包递在S小姐手里，S小姐哭了。

谁也没想到，几个小时之后S小姐就被送往公安分局拘留所。沛璋夫妇十分焦虑，决心以受害人的身份为她奔走。他俩亲自寻找分局预审处负责此案的同志，解释再三，请求放人。分局预审员请示领导可否对小姐取保候审。考虑到她目前身体虚弱健康状况极度欠佳，又是初犯，认错态度好，加上车主出面请求，取保候审不会对社会造成新的危害，表示同意。沛璋夫妇十分高兴，情愿为她担保，马上接人回去，但是按法律规定，担保人必须是父母，警察说："父母一到，立即放人。"当晚十点多，得知S小姐已经安全到家，沛璋和晓蒙悬着的心才算放了下来。S小姐在电话里千恩万谢。

第二天S小姐来电话，说她又回到小区住地。

四 大哥，我还是爱他！

沛璋、晓蒙又在琢磨了：事情是由S小姐和Q哥的关系引起的，他们这种不正常的关系不解决，难免再次发生问题。帮人帮到底，他们决定对这位小妹妹动之以情，晓之以理，劝她与Q哥坚决了断，使Q哥濒临破裂的家庭和好如初，她自己也开始过上新的生活。

他们去看望S小姐。她头发散乱，眼睛红肿，斜倚在沙发上，见晓蒙他们来，眼泪流了出来。"大哥大姐，我怎么办呀？我还爱他，我控制不了我自己。我想不通呀！"沛璋劝她："Q哥也有他的难处，他有妻有子呀。你也得换个位子想想，你们给Q哥爱人和孩子带来多大的痛苦，你就心安理得吗？"晓蒙说："是呀，你想想，你大哥要是跟别的女人，我会有多痛苦，我们家宝宝有多可怜！人呀，欠什么债都别欠心债，欠下了想还都难。你这么年轻，今后的路长着呢。你又是吃安眠药，又是割手腕，要是命没了多亏呀？咱们今天还能在这儿说话吗？你还能见到你爸爸妈妈吗？多不值！"

S小姐脸上掠过一丝笑容："是呀，你们说得对。我真的特后悔，觉得对不住你们，你们招谁惹谁了？反倒为我着想……""我们对你好，你就不能善待自己、善待人家Q哥以及他们的家人吗？"S小姐睁大明亮的双眼，激动地说："我能！我能！"

沛璋就势约Q哥与S小姐见面，最后解决他们之间的关系问题。

Q哥灰溜溜地来了，显得疲惫无奈，神情尴尬。他对沛璋说，他把什么都告诉妻子了，准备迎接一场空前的激战：痛骂、摔打、吵闹，不料妻子咽下痛苦，不仅没有吵闹，还说："你是男人，比她大十多岁，当时不拦她砸车你有不可推卸的责任。咱们赔人家的钱吧，明天我就想办法。"这天晚上，妻子还亲自开车送他到S小姐家来，这会儿就在不远的地方呆在车里等。"大哥，老婆这么宽容大度，我简直无地自容，她是君子，我是小人，我不能有负于君子。事情闹到这步田地，我只有一条明路，同S小姐分手，一家三口好好过日子……可S小姐怎么办呀？"沛璋说："咱们想到一起了。我们已经给S小姐做了工作。今天约你来，就是要让你们俩好好谈谈。为了不至触景生情，不要去她的住处了，就在楼下谈吧。"

五　我不该和她争一个男人！

他们敲了 S 小姐家的门，毫无动静，快十点了，她去哪儿了？往家里打电话，没人接。Q 哥心想可能出事了，撞门！正在这时，沛璋的手机响了，一看，是个陌生的号码。对方说他是出租车司机，正拉着 S 小姐停在30公里外 Q 哥家的楼下。"是 S 小姐让我打电话给你。她一路哭哭啼啼的，我看她神色不对，还劝她别想不开。"电话里出现 S 小姐的声音："大哥，是良心促使我到了 Q 哥家。我身无分文，司机师傅见我可怜，一直拉我到了这儿。Q 哥家没人，我就在楼下等着，都夜里十点多了，呜——呜——，我破坏了人家家庭，给他妻子造成伤害。我是来向她道歉的，我补偿她的损失。这不，我带给她的补品还在手里拿着。"

"快回来吧，Q 哥和我们正在你家楼下等你呢。"漫长的心理路程远远超过30公里，酸辣苦甜，涌上 S 小姐的心头。

S 小姐回来了。沛璋谎称警察打过招呼，不让 Q 哥上她家，所以将尴尬的双方安排在 S 小姐楼下的花坛。

沛璋夫妇拖着疲惫的身体回到家中。他们想好好睡个囫囵觉，以化解这次突发事件所带来的过度疲劳。凌晨二时，一阵急促的电话铃声把他们从梦中惊醒。

"大哥，我是 Q 哥的爱人，在车里和你通话。对不起，吵醒你了，我怕他俩谈话出现意外，一直把车停在千米以外，一个人在车里等着，几个小时过去，天快亮了，一点动静也没有，我心里直发慌，我刚才给家里打电话没人接呀，大哥，我怕出事呀，怕 S 小姐寻死觅活，怕 Q 哥有性命危险。"沛璋解释说："为了防止旧情复发，我把他们特意安排在楼下，没让他们在家谈，你放心等着。""大哥，谢谢你了！听 Q 哥说你们俩为人特好，通情达理。请原谅我的打扰，我一点主意都没了。您说我现在要不要去找他们？""别，你这一去，半路杀出个程咬金，局面更难收拾。你是真正受伤害的一方，我们的同情在你一边。我们正在给双方做工作，把砸车的坏事变成好事，劝他们了断这种不正当的关系，你们两口子好好过日子。你耐心地等着，黑夜再长总会亮天吧？沉住气！"通话长达120分钟。

为砸车的事，沛璋夫妇几天来精疲力竭，哭笑不得。祸从天降，车被砸，修了，赔了，事儿就该完了，谁知道麻烦这么多，几天来，光接电话就没闲着，一会儿 S 小姐的，一会儿 Q 哥的，一会儿警察的，一会儿司机的，一会儿男士爱人的，一会儿报社的，连电视台也派人采访。在小区，砸车的事成了一大新闻。

　　好在几天来的工作，终于使 S 、Q 哥二人的夜谈有了满意的结果：友好分手。这一石头砸下去不仅砸坏了富康车，而且砸散了一对不该结对的假凤虚凰，坏事总算变成好事。

　　第二天下午，S 小姐笑眯眯地又来到沛璋家，她穿着一袭淡绿色的套裙，头上别着时尚的发卡，略施粉黛，通身靓丽，脸庞透出青春的美来，与前次判若两人。

　　S 小姐说，当她得知 Q 哥爱人不仅没有像自己那样大吵大闹，而且主动承担损失，一大早就出去四方筹款时，羞愧之心便蓦然而生。她说："那样的女人是好女人，我不该和她争一个男人。他们两口子应该和和美美地过日子，我插足人家家庭的确是不道德的，我怎么能让人家孩子变成单亲家庭的子女？我下决心了，我希望 Q 哥和他妻子重归于好，家庭幸福。Q 哥也希望我以后过得好。"

　　晓蒙听了笑道："看，这不是挺明白的吗？"

　　S 小姐说："大哥大姐，这次发生的事让我挺受教育的。你们两口子对我这么好，警察这么耐心地帮助我，就连出租汽车司机心肠都那么善良，深更半夜拉我满世界地跑，分文不收，更别说 Q 哥她老婆了！看来还是好人多啊，还都让我给碰上了，你说我还能做破坏人家家庭的坏人吗？"她一边说着一边逗晓蒙的宝宝玩，包袱卸下了，一副大彻大悟的轻松。谈兴正浓，难得一聚，S 小姐被热情的主人请上饭桌，热腾腾的饺子端上来了，S小姐这会儿有了食欲。

六 今天是个好日子

Q哥来电话，约沛璋夫妇去建国饭店见面，看来，交付赔金的问题已经落实。当沛璋、晓蒙与S小姐乘坐的伤好出院的"银富"到达时，Q哥已经在大厅迎候多时了。四人在咖啡厅坐下。贝多芬舒缓轻曼的《月光奏鸣曲》一扫心头的忧烦。Q哥开门见山地说："S砸车一事，都赖我。我当时就在旁边站着，却没拦她，我当时懵了，是我不好，我替S承担赔偿责任。你们给我个数儿。"

沛璋说："我们今天为了解决问题坐在一起……我们提出赔偿两万元，这个数儿是经过多方咨询最后综合出来的，合情、合理、合法，还没有包括精神赔偿费……"

听见"精神赔偿费"，Q哥急了，"什么？'精神赔偿费'？"

沛璋说："怎么没有精神赔偿呢？你想想这几天我们是怎么过的，再想想法律又是怎么规定的。不过，我是说'没有包括精神赔偿费'，就是说这项赔偿免了。"

S小姐连忙说："我们遇见讲理的好人了，换上别人，还不敲上一笔！"

伴着优雅如水的《月光》，四个人各自怀有复杂的心理，他们将要清点一份特殊的交情。昔日的旧情就要了断，一股难言的冲动涌上Ｓ小姐的心头。她微嗔地望着Ｑ哥，欲言又止，最后说："让你受损失了！"遂又转向车主："也让你们受损失了！你们不要替我担心，我已经上班了，感觉满不错的。"

走出建国饭店，长安街上清风拂面，路旁花木散发出丝丝的幽香，燥热的夏天就要过去了。远处，似有梁静茹的歌声可闻："爱情结束的时候，有人一夜白头，有人一夜长大，将往事全部活埋。"

今天是个好日子！

【本文与刘茵、阎力、张帆合作】

我的邻居吴冠中

三月的一个上午，在楼下遇到他，我问："吴先生久违，你好啊？"他说："车子等着我，有事出去。"然后拉了拉手，背影匆匆。从此挥别，再也没有回来。

三个月后，吴冠中走了，默默地走了。

九旬高龄的吴老，和我同住京南方庄小区古园一区，塔楼南北毗邻。老人喜欢方庄，说这里有人气，旁边就是体育公园。我常常在公园遇到他们老两口，他搀扶着她，缓缓地，一步一步。

我问吴老，记得吗？我们《中国文化报》曾经编发过你的专版，还有你一帧正在写生的大幅照片和年轻时在凡尔赛宫的一张……吴老抢着说，记得。我说，大标题很醒目：《鲁迅是我的人格老师》！你把绘画和文学相沟通，使人更理解你的绘画也更理解你的散文。

先前见他在马路边的小摊上理发，后来在理发店和他擦肩而过。这个"福云理发店"，四人座，优惠老人，原来三元，现在五元，我去理发时，老板娘总会提到吴老，因为他是那里的常客。干女儿陪伴他，他坐下，她静静伫候一旁。剪头时，女儿把掉落的头发从围布上小心翼翼地收集到备好的信封里，人们不好意思询问留作何用。

邻居们都知道这个很不起眼的小老头是个大画家，却不知道他已经上拍作品达百多上千件（次）。万贯家产吧？却"穷"得布衣素食。老头倔，价值几百、几千万的传世名画一捐就是百多幅，消费却极端平民化。当理发店的老板娘得知这个老头的画卖到十多亿人民币的时候，他们惊呆了，知道老人来小店理发绝非省钱图便宜。我问过吴老，"有消息称，你的一幅画又拍了四千多万元创下新的纪录……"他不动声色，然后说了句："这都与我无关。"

吴老脑勤而心静，不大愿意接待访客，大家知趣，尽量不去打扰他。一次，约好去他家说事，踏进家门后我大吃一惊。他的住房同我家一样大小，都是108平米，坚决不肯装修，依旧是洋灰地板、铁制的窗框窗格子，一应的原生态，书房之小，堪比斗室，呀，太委屈一个大画家了！然而，他已经习惯了。他的画作就是从这间普普通通的住房走出，进入国际画廊。

他和相濡以沫的她，又从公园的林间小道缓缓走来，不认识的人都把他们当做退休多年的老职工。她三次脑血栓，严重失忆。他伴着她，寸步不离，肩并肩搀扶着，平和而亲昵。我遇上他，总能说上几句话，她也总和我的小孙孙搭讪几句。吴老的散文，情亦何深，凝练复凝重。我有意不跟他多谈，只在短暂并肩同步的时候，用最简括的话语请教他最文学的问题。清峻、通侻，难得的散步诗！

他知道我先前在《文艺报》，后来到《中国文化报》，便说："你们文联、作协，一个群众团体封那么多官干什么！"我说："50年代，我们的主编张光年，即光未然，就说过不要把作协变成衙门。"

话匣子打开了，吴老接着说：美协、画院，都是官办机构，他们的活动就是搞展览、办大赛、搞评奖，怎样为艺术服务？体现在哪里？我收到的杂志，乱七八糟，都是些宣传自己的，院校扩招也成了来钱的路数。有的人左右逢源，体制内拥有权力，市场上享有特权，这样搞下去不得了，你出钱我就给你办，跟妓院有什么两样？泥沙俱下、一堆垃圾，空头美术家泛滥，流氓美术家很多，好的艺术出得来吗？

我说：吴老，你这是登高放言啊！他笑着：我就这么说，电视采访就这么说。

老伴一旁绝不插嘴，随他的脚步向前移动，一边听，一边笑。

吴老经常在我们的楼下买天津煎饼，有时保姆给他买。近年来，他不吃了，卖煎饼的安徽妇女对我说："老头想吃，可就是咬不动了。"还说："老头人好，没有一点架子。一年，他送我一本挂历，说上面有他的画，他是个大画家。"她还看见他亲自抱着字画从她身边走过，问他怎么自己抱着，他说抱得动的，没关系，马路边等车去。

更令人吃惊的，是吴老大清早买煎饼吃过后，同夫人坐在楼下草坪边的洋灰台上，打开包儿，取出精致的印章，有好几枚，磨呀磨，老两口一起磨。卖煎饼的妇女走过去问他："你这是做什么？"他说："把我的名字磨掉。""这么好的东西你磨它……"他说："不画了，用不着了，谁也别想拿去乱盖。"

一天，又邂逅他和她。她飘着白发，扶着手杖，我的孙儿大声地喊："奶奶好！"她无言地笑，我便提到《他和她》。《他和她》里正好写道："她走在公园里，不相识的孩子们都亲切地叫她奶奶，一声奶奶，呈现出一个灿烂人生。"我说："目下散文，写暮年亲情，无能出其右者。"他摇头。我又重复地说，吴老呀，你写的散文特别是《他和她》，空谷足音，人间哪得几回闻！开篇普普通通的五个字就打动人心："她成了婴儿。"最后几句话："他偶尔拉她的手，似乎问她什么时候该结束我们病痛的残年，她缩回手，没有反应。年年的花，年年谢去，小孙子买来野鸟鸣叫的玩具，想让爷爷奶奶常听听四野的生命之音，但奶奶爷爷仍无兴趣，他们只愿孙辈们自己快活，看到他们自己种植的果木。"《病妻》的结尾更震撼："人必老，没有追求和思考者，更易老，老了更是无边的苦恼，上帝撒下拯救苦恼的种子吧，比方艺术！"不尽的叹惋和眷恋，淡淡的垂暮之忧，却无一丝的沮丧与悲凉，大胸襟，大手笔，我辈怎能学得！他又是微微一笑。

多次晤谈之后，我对吴老的文学观略有所悟，就是借文字表现感情的内涵。吴老说：我本不想学丹青，一心想学鲁迅，这是我一生的心愿。固然，形象能够表现内涵，但文字表现得更生动，以文字抒难抒之情，是艺术的灵魂，愈到晚年，我愈感到技术并不重要，重要的是内涵，是数千年千姿百态的坎坷生命，是令子孙后代肃然起敬的民族壮景，所以，我敢狂妄地说："一百个齐白石抵不过一个鲁迅。少一个鲁迅中国的脊梁骨会软很多，少一个画家则不然。"

吴冠中加重语气说："我的一切都在作品中，我坚信，离世之后，我的散文读者要超过我绘画的赏者。"

可是遗憾，吴冠中那么爱散文，写了那么多的好散文，写了一辈子，除个别年选本外，直到去年新出的60年散文选本，他都没有资格入选。

　　他丰满而瘦小，富有而简陋，平易而固执，谦逊而倔强，誉满全球却像个苦行僧，"寂寞啊寂寞，孤独啊孤独。"（《病妻》）人们觉得怪异，其实，不难理解。试想，他"一心想学鲁迅"，称鲁迅是自己的"精神的父亲"，"少一个鲁迅中国的脊梁骨会软很多，少一个画家则不然。"再回顾他坎坷万状的人生经历，直面艺术堕落的种种怪现状，再凝视他最满意的那幅油画《野草》里鲁迅枕卧在杂花野草上瘦削却坚韧的头颅，这一切也许会变得很容易理解。

　　吴老逝世，我和刘茵去他家吊唁，向遗像深深鞠躬，献上"我崇敬的艺术大师吴冠中先生千古！方庄古园一区十三号楼邻居阎纲六月三十日敬挽"，刘茵捧上一个大信封，上写"生前答应送的资料献于您的灵前"，然后看望老太太——"她"。她表示出热情，说："来！坐！"频频让座，脸色清澄，微微含笑，平和如昨，我们对着灵堂落泪，她却不知道眼前已经发生的一切，吃饭了，还要等"他"回家陪"她"。想起吴老的名篇《他和她》，想起公园里"他"搀扶着"她"一步步挪动的背影，不觉一阵心痛。

谁是我的"贵人"？

——黄传贵的故事

忆往昔，1932年，猴年7月，生我的月子里，爷爷请来老娘婆给我放胎毒，祛风防疮疖，嫩豆腐似的胳膊和额颅血迹斑斑。又请来个老巫婆算命，说："七月的猴，漫天游。"可不，进省城、适大邑、上京城、贬"云梦"（古"云梦泽"，湖北咸宁向阳湖文化部干校）、过五关、查三代、下"油锅"、"得解放"、回北京，日月如梭，惊回首，一叶扁舟万重山。

1993年，南阳武侯祠，见一妇人持签揽客。周大新尽地主之谊，拉我和周明算命，连抽三签，周明签签泛红，"上上签"，一生走红运。我签签泛白，"下下签"，一辈子倒霉。妇人念我命途多舛，分文不取，反过来安慰说："七十有吉，八十元凶；流年运起，晚年多福多寿。但要有贵人相助。你等着救你的贵人出现吧！"又安慰我说："你这位师傅人生路上会遇到贵人的，你信我的签吧，准没错！"你给出路，我便付钱，她收下了。

半个多世纪以来，我仍游走他乡，乡关远矣。

故事发生在1986年底。

黄传贵，云南军区干休所的军医，草医世家"黄家医圈"第八代传人，毕业于第四军医大学，以诊治疑难病症特别是诊治癌瘤闻名本土。

我拜访黄传贵。见他给人看病，先切脉、后看舌苔，不等你开口，马上说出你哪里长癌，术后情况如何，还有些什么疑难病症，患者连连点头。

黄传贵，人称"活着的白求恩"，不但医术精湛称奇，而且医德高尚富有人情味，是个大善人。他救危扶困的感人故事说也说不完。

我在确认此人旨在救人、"一切为了救人"之后，当即拍板，破例在《中国文化报》上连载李炬的长文《忧患在元元——治癌军医黄传贵》，反响极大。

黄传贵不但是个大善人，而且是个哲人，时过不久，他的"黄家医圈"理论被总后专家组论证通过，荣获军队最高的科技人才奖"科技功臣"称号，更令人吃惊的是他完成了一部有关以"中生万物"为发生的宇宙运动和图环命理探秘的大著：《黄氏圈论》，专家们称其为"哲学的创新体系"、"尘封千年的新思维"。

我结跟他为友好。

1987年炎热的夏天，黄传贵在京开设临时门诊，要我住到他那里为我髌骨骨折术后治疗。新结识的朋友，难得一块吹吹牛，也就不客气地搬到解放军总后勤部白石桥42号，同施廷荣医生一共三个人挤进一间小屋。

我亲眼看见一条壮汉，两行热泪，倒头便拜："黄医生，老人家见好了，见好了，我替他给您磕头！"

我亲眼看见黄传贵把一位老战友轰出门去，因为他送来几只活鸡让他补身子。他很恼火，气呼呼地斥责道："再来这一套咱俩绝交！"

我亲眼看见排队挂号求医的人长如盘龙。

黄传贵每天忙到深夜，不是加班看病，就是配药包药，我白天上班，常常两头见不着他的人影。他晚上回来，头一句话就是道歉，生怕耽误了我的按摩。月落星稀，夜深人静，我平躺着，他一旁歇着，对着我的耳侧，会心地一笑。一天难得谈心的时刻到了，你一言、我一语，探究天理，感慨人生，倒也十分惬意。凌晨一时以前他没有上过床。

一天夜里，他激动起来，边治疗边给我口述一封患者的来信：

敬爱的黄大夫：你好！

我今天冒昧给你写信，打扰你了，希望你在百忙之中读完这封长信，理解一个患难之中的女性之心，用你妙手回春的办法，使我告别病床，回到家乡，处理两件事——第一件事是，我有一个两岁半的女儿还需要托付给亲戚朋友，第二件事是，我有一个八十高龄的老母还需要我安埋。

我是江苏人，我的爱人是上海人，也许是命运主使我们结合在一起了。我们是在响应毛主席知识青年到农村去接受贫下中农再教育时走到一起的，所以，是命运将我们结合在一起。现在回想起当初的恋爱生活，还感到人间的幸福。但是，不幸的是，当我确诊为癌症之后，他毅然抛弃了我，另寻新欢，丢下两岁的孩子。

我平素身体健康，在一次无意中检查的时候，医生宣告我患了肝癌，当即宣判"死刑"，"缓期执行"。我不服，"上告"北京。北京几家医院驳回了我的"上诉"。我还是不服，亲自到北京"上诉"，仍然维持"原判"。现在，"缓期执行"到期。我今天给你写信的时候，是躺在解放军三〇一总院的病床上。通过朋友介绍，通过报纸上介绍，得知你有八代家传的医术，特写信求你。

我两岁半的女儿托付给亲戚朋友后我才能死去，八十高龄的老母双目失明，如果我死在她前面，不难理解她后面的惨景。我现在已经准备好敌敌畏，必须把我的母亲毒死，把她火化以后，才能尽完作子女的义务，到九泉之下才能得到安宁。你能理解吗？求求你了。

笋　梅　草于北京

这封信狠狠地刺伤了黄传贵，所以深印在他的脑海里。他以惊人的记忆力准确无误地把全信背诵下来，而且提醒那些地方另起一段。他擦了擦泪水，然后说："我明天中午就去三〇一医院！"

我不能不佩服黄传贵超强的记忆力。他在十三岁父亲去世之前，已经朗诵《黄帝内经》、《本草纲目》，熟记"三诊法"、"四脉组"、"五诊合参"，并囫囵地死背硬记代代口传的"圈圈医学"（即现已整理出版，具有独立体系的"黄家医圈"学说）。他熟记3738个单验方、437个单味药和15个祖传秘方。正是从幼年起便开始造就的记忆力，为他此后专业的攻关插上了智慧的翅膀。他读书、看报，几近乎过目不忘；经他诊过脉的，不知多少人留在他的记忆里，哪里人、什么病，他说得出，甚至能叫上名姓！这到底是个人禀赋，还是高度的责任心？我想起江姐——烈士江竹筠，她在狱中因为没有学习材料，便调动超强的记忆力背诵和默写毛泽东的《新民主主义论》和刘少奇的《论共产党员的修养》。

又一天夜里，我一边接受他的治疗，一边听他背诵另一封信。

黄传贵大夫：你好！求求你了！

我面向北京大声地呼叫：黄大夫，求求你了！

我希望你用妙手回春的医术，让我在这世界上再活三个月，完成我心中的还愿。

我和我的丈夫同生在一个村庄，同上一个小学，同时一起走向生活。我们度过了童年，度过了少年，度过了青年，进入壮年和成年。在这个过程中，我负丈夫的太多了。在学生时代，当我患了严重的风湿性心脏病的时候，他毅然和我恋爱。当我的病情严重而不能自理生活的时候，他毅然和我结婚。婚后，他在百忙的工作之余，总是无微不至地关照我，使我饱尝了人世之间的幸福。可是万万没有想到，在九月前的一天，他的生命被一次工伤夺去了，我万分痛苦。我天天盼、月月盼，只盼我们夫妻二人在九泉之下相会，然而，事与愿违。九个月就这样过来了。

　　令我欣慰的是，前几天，我痰里带血，到医院一查，医生很忧郁地说我患了肺癌，而且有部分胸水，认为我不能活过三个月。医生和我的三亲六戚奔走相告，但是我没有感到痛苦，反而感到是一种幸福，因为，很快我就可以在九泉之下和我丈夫见面了。

　　我去看望了我丈夫的坟墓（我用他的抚恤费在大同山脚下为他修了一座坟墓），当我去看他的坟墓时，坟墓却被牛踩塌了，这一脚踩在我的心上。根据我们家乡的风俗，必须满三周年后才能重新垒坟，但是，医生说我活不到三个月，所以，我希望你用妙手回春的医术使我在这世界上再活三个月，让我把他的坟墓修好后再离开这个世界，到九泉之下与他相会。那时，也许是我唯一感到宽慰的事。求你了，我给你跪下了，拜托了……

大同煤矿一个求医者

　　念到"当我去看他的坟墓时，坟墓却被牛踩塌了，这一脚踩在我的心上"时，他重复了三遍，声调衰微，略带哽咽。日光流年，星移斗转，难忘此番情景。

　　那天夜里，黄传贵还背诵了一封青年妇女的来信，求黄医生用什么办法能使他肺癌晚期的爱人将死期推迟到八月十五，好让她好好包上一顿他最爱吃的生日饺子，再献上团团圆圆和和美美地大月饼……可惜当时把这封信没有记录下来。

一天，黄传贵从沈从文那里回来，神情黯然，说：你们作家的身体堪忧啊！积二十多万份病历之经验，大体可以得出这样的结论：第一、患癌症的大多是勤劳者，懒人患癌者少，所谓"好人命不长"；第二、健康人得癌多，残疾人得癌少，所谓"弯腰树不断，痨病人不死"；第三、过分感伤者易患癌，乐观主义乐天派较少得癌。还可以再引申：乐天派、乐观主义者即使长癌，也比"过分感伤者"容易治愈。我说："你这是经验之谈，信而不诬。作家艺术家情感丰富，容易冲动，敏感而多愁，英年早逝的一个接着一个，非常可惜。我再给你续上一条：'环境污染严重的地方易得癌，山清水秀、海清河晏之治人寿年丰。'"黄传贵默然，沉思良久。

【沈从文之后，作家贺敬之，高占祥，鲍昌，张志民，葛洛，冯牧，唐达诚，宗福先，余秋雨，陆星儿等作家都请他看过病。他四年内给巴老先后看病不下八次。他轻轻走近巴老，小林对准老人的耳朵高喊："爸爸爸爸，黄传贵看你来了！"有作家问："作家为什么容易得癌？"黄传贵说："忧患在元元，也许感伤过度！""忧患在元元"，正好是写他那本书的书名。】

我记录下的最后一封信其实是个便条，字迹潦草，黄传贵把它亲自带回向我展示，要我帮他一一辨认。每一句话都是燃烧的子弹：

尊敬的黄大夫：您好！再见了！

我们来自五湖四海（河南、河北、山东、山西）。我们卖了牛马羊猪奔向你来，为的是求你救病，然而，到今天整整三个月了，我们还在百米之外，还在原地踏步。我们亲眼看到了那些不排队而插队加塞的人把我们挤在原地，我们亲耳听到当当的电话铃声之后，眼巴巴地看着小轿车一冒烟把你接走。唉！老天就是这样不长眼，上帝就是这样不公平。如果还能给我们多一点一生的时间的话，我们最后的任务就是把那些不排队还插队特别是一个电话就把你占去的人统统杀掉，从中央到地方……

四个互不相识未能看上病的人

话说得很狠，要上纲，不得了，可是，他们顾不了许多，想到什么说什么，命都搭上了，他怕谁？

当死神步步进逼的时候，爱情、亲情、友情发出紧急呼救，一呼一行泪，一哭一滴血；当死神向癌症患者频频招手的时候，灵魂的审判最无情。

男儿有泪不轻弹，何况医生，但是黄传贵哭了。大量来信的浩叹和悲鸣，不断地击打他的神经、叩问他的良心。黄传贵是亲情在死神步步进逼的时候被急切呼唤的生的使者，他用自己透支的生命延长一个个垂危者的性命，拯救一颗颗美丽的灵魂。

面对以上三封信，我深思良久。我被一曲曲人性的哀鸣所感动。人生一世，受感动而刻骨铭心的事能有几回？我的生命载不动这巨大的分量，我的心灵昧不尽如此裸露的真情。多少年来，充溢于信中的浩叹与悲鸣也不断地击打我的神经，叩问我的良心。三封信就是三个动人的故事，而黄传贵，就是这段故事最能产生共鸣的一个受众。菩萨心肠延长一个垂危者的性命，亲友情分拯救一个人的灵魂。我想，凡人，惟有在生离死别的时候才不至于虚情假意，假得就像待人处事自觉不自觉地演戏那样。人们不论是上天堂还是下地狱，不论是变神还是变鬼，阴阳界上、奈何桥边、鬼门关口，总得把面具摘掉，那怕你并不是任何场合都把面具戴在脸上。

命都搭上了，我怕谁？

啊，心酸的来信，亲情的绝唱！

啊，人啊，爱人吧，救人吧！死亡面前人人平等，让我们在大爱中求得永生。

在此后的日子里，黄传贵睡眠得更少了，人也瘦多了。我看他是有意这么安排的，为了尽量挤出时间多看几个病人。吃饭走过场，中午加班，通常是什么时候看完病人什么时候下班，因为许多患者往返跑了多次，花销很大，看病不容易。但是作为一个昆明军区的军人，他必须执行军务，不能常驻北京一地。尽管如此，凡是患者找他看病，他尽可能地给他们诊断和治疗的机会，并给予病人以人道主义的爱抚，让他们起码在精神上站立起来。他说："我没有任何理由多嫌癌症病人，我是解放军！我常常想，在八十多岁老母面前，我不算孝顺的儿子；在年轻的妻子面前，我没有尽到丈夫的责任；在幼小的子女面前，也够不上合格的父亲，可是，在千千万万的患者面前，我却应该而且必须是一个真正合格的医生。"

事隔一年，1988年9月，黄传贵背着八十高龄的妈妈上长城。只见一个中国军人兴致勃勃，汗流浃背，像爬山一样蜿蜒而上，向上再向上，口中念念有词，对着妈妈的耳侧劝慰着、咕叽着，亲切、温顺，充满幸福感。母子超越一群又一群游人，直向八达岭长城的最高处——"不到长城非好汉"的石碑奔去，气喘吁吁的老外们竟然向他欢呼起来。

10年后的1997年，黄传贵的爱女黄芹意外事故不幸去世，他秘而不宣，照常门诊，也没有耽误过一次急诊，但是，当着孩子的遗像，他放声大哭，万籁俱寂，夜，已深了。

此刻，一封邮自广东山区，插着三根鸡毛的快信，揽在我的怀里，是我当年从黄传贵那里索要来的，至今保存完好。只要用手心轻轻抚摸，鸡毛便跳动起来，毛绒绒的，那是生命的脉动。

我结识黄传贵的20多年，也是激励我钻研人生、升华人格、安妥我灵魂的20多年。他还启迪我在破除个人迷信推倒"三突出"之后，十分清醒地抗拒文艺思潮中的"非英雄化"倾向。

"遍地英雄下夕烟"（其实，没有那么多真正的英雄）；"世无英雄"（反历史，不足取）；"英雄成千上万，可惜我们的文艺家没有去找他们"（仍有现实意义，只不过各人心目中的"英雄"大异其趣罢了）。

我坚定地认为，我们的文学续写阿Q、续写李铜钟的同时，应该大写黄传贵等等解放思想以来涌现出的英雄、模范、英才、杰出人物。社会转型期，时势造英雄，不排除"英雄辈出"。当代英雄，就是优秀传统的继承者、现代文明的创建人；就是鲁迅说的埋头苦干的人，拼命硬干的人，为民请命的人，舍身求法的人；就是以人为本造福人类并为万人仰慕的也许看似平常的人。

人以文传，文以人传，最终归结到对人的关怀、对英雄的赞美。

爱人，必然爱英雄；寻找真正的英雄，是文学即人学崇高的向往与追求。

黄传贵行医夜以继日，从不停止对于"人"的思考，其"圈环命理图"是依据博大精深的"圈圈"学说大胆设想引申而成的性灵之作，充满着奇异的想象力。他通过30余万份病历的医学实践，发现生命（"物、神、性"）的运动以及"圈环命理图"所显示的人体运行的秘密，生机贯注，元气淋漓，进而发掘生命的无穷潜能，尊重人的价值和尊严，期人以颐寿天年，洋溢着人性的关爱和自强不息的进取精神。

它像诗一样，富有智慧和热情、灵感和意境，又像数学一样，充满天书般的神秘和哥德巴赫式的猜想。

黄传贵来京，参加全国政协十一届一次会议，期间，我们从巴金2001年底在第七次文代大会上的祝词（组织上代拟）被"假"了一把，聊到多家媒体以显著的地位报道了黄传贵为巴金老人复诊的消息（媒体描述：黄传贵的三个指头按在巴金的腕上，然后对着老人笑了笑说："哦，你现在的脉象比起两年前要好得多。"）再聊到巴老的生死，从生死聊到基因，从基因又聊到文学，问他："你寄希望于文学的是什么？"他说：

"还应该触及人的生物性，没有生物性便没有个性。"我自愧惘然。

2009年将尽之日，黄传贵来京，一、他编着的900多万字的丛书已经完成600多万字，计有《天然药8464种诠释》（《本草纲目》仅收1892种）《中医肿瘤临床1000方》《疑难杂症5000方》《高原卫生常识》《食疗6000方》《单方验方6000方》等，春节前后由人民军医出版社出版（以上各书2013年总后逐一出版，下发全军各基层）；二、受命负责备受全世界关注的基因健康的中医学研究，他说："转基因"已经广泛应用，更大规模的"基因混合"也不是不可能，人的预期寿命可以延长到120岁以上，基因破译工程将震惊全人类而变得非常可怕……我们又从基因聊到文学，继续问他对文学还有何期待，他说：

"三才者，'天、地、人'，大千世界无限大，其外无大、其内无小，'圣人不利己，忧济在元元'，你们作家胃纳狭小，又吃偏食，想象力不够丰富。还是那句话，文学应该触及人的生物性，没有生物性便没有个性。"

闻者渺渺，依然是懵懂。

"人之初，性本善"，非也，人之初，小动物也，婴儿吃奶时，会用脚抗拒另一母胎婴儿的争抢。遗传基因科学家惊人地发现：人与猿猴的ＤＮＡ遗传差异仅仅是１—４％！同样吃惊的是人身上还有近３％的和低能的毛毛虫近似的极其落后的遗传基因。

旋即又想，可不是吗？外国有西蒙娜.波伏瓦的《第二性：女人》，从心理学连同生物学一并剖析了女性独立的存在；中国有史铁生的《我和地坛》和《病隙碎笔》，也是心理学、神学连同生物学一并解析了生命的秘密——不是更加富有人性的深度吗？

审美活动极其复杂，既涉及物质生产又涉及精神生产，既是心理活动何尝不是生理活动！

据权威人士称，神经科学可以准确地测定同情心、正义感、仁义之性在人类大脑中的位置，确确实实是天生的，"人"不是"兽"，所以，"人之初，性本善"是有科学依据的。

我不认命，但不能不认基因。"仁者寿"、智者也寿，人类越来越有望掌握自己的命运，安排个体生命存在的方式，文学啊，传神写照，正在阿睹中。

我结识黄传贵近30年间，跟他吃住在一起好几个月，随同他去各地巡诊多次，从旁观察他给癌症患者摸脉、看病查房凡千人次，促膝谈心不计其数，天上地下，显学玄学，无所不谈。

黄传贵和我是君子之交，见面就辩论，每有创见，非常虚心却相当自信。我被他的人格魅力所征服，也被他大胆的设想所震惊。

一颗菩萨心肠，一切为了救人。我常常对朋友说：人不堪其忧，贵不改其乐，贤哉，贵也！

到底，谁是我时来运转的"贵人"？

多少患者不是愁着进来笑着出去？多少患者弥留期间不是企盼着他亲手擦拭眼角的泪花作临终前最无憾的安魂？他博学多识，《圈论》一书闪耀着哲学的光芒；他富有创造精神，军医大毕业后刻意于中西医结合，面对弱势群体缺医少药的窘迫，擎起"中国民族民间医药学"的大旗创立中国民族民间医学；他向以某将军的赠言"名在民中"自勉自慰，在全国政协会议上，他的提案向着缺医少药的弱势群体倾斜；在军区医院，只要是他的门诊，挂号处早早排起长龙，但一个电话他就得火速飞到首长床前，我跟他急，他对着我的耳根平静地说："阎老师，你放心，我是山里人，绝不会被少数人所占有。"他背着八旬老母小跑儿直抵八达峰顶，众人欢呼，他荣获多种奖励，但最为珍惜的是"敬老好儿女"的勖勉；女儿车祸，他秘不告人，照常门诊，夜深人静时才面对女儿的遗像失声痛哭；他不知道自由自在地、全身松快地躺到床上睡个囫囵觉到底什么滋味；他国内外到过多少大都名城啊，没有一回消消停停徜徉街头饱览名胜。他给予我为人之道，他给予我哲学的睿智；他给我切脉没有一回不准确，他的"黄氏特制胶囊"供我服用20多年至今……

我的"贵人"还能是谁？

第 2 辑

我的文学承诺

——答某刊同仁问

一、文学旨在激活民族魂，直起民族的脊梁。

二、作家美在独特的发现和自由的想象。

三、相信自己的眼睛，对得起自己的良心。

四、深入生活贵在洞察人的灵魂。

五、见贤思齐，人之患在好为人师。

六、不怕人批评，不抱怨退稿。

七、是作家，不忘刊发处女作的编辑。

八、是编辑，为"说真话"的作家服务。

九、牢记难中有恩于自己的人。

十、不同忤逆之子和发财不择手段的人交朋友。

散文贵在情分

散文像一阵风掠过心田；小说像一场透雨；诗像电闪雷鸣。

散文作家有的重道、风而有骨，有的钟情、空灵少骨，不可强求。

散文贵在情分。

人间至情，自然出之，连带些痛切的暗示。喋喋不休地说教或居高临下地训人最讨人嫌。散文自由通脱，放言无忌，尽可以敞开心扉，爱写什么写什么，爱怎么写就怎么写，怎么写读者咀嚼有味而不致硬着头皮受罪就怎么写。

人到老年，叹命途之乖舛，悲人生之易逝，晚节重于泰山，刻意塑造自己的终极形象。怀旧、恋土！伤逝、惦念！刻骨的亲情，战友的情谊，先贤的风范，人生的价值，其言也善，其言也哀。散文成为得心应手的载体，通向独立精神的桥梁。

试观文界渐入老境某贤者，或因劫后余生而苟活，或因极左祸国而怒起，或因牛老车破而图强，或因文狱无情而慎独，或因贫困羸弱而鼎新，或因个人崇拜而忌器，或因历史捉弄而沉寂。积极进取者有之，清静无为者有之，清白自守者有之，颐情养气者有之，发挥余热者有之，深思熟虑者亦有之。

孙犁说："老年人，回顾早年的事，就像清风朗月，一切变得明净自然，任何感情的纠葛，也没有，什么迷惘和失望，也消失了。"

我敬重文坛上这样的老太和老丈，他们没有"用自己所手造的和别人所帮造的墙，和时代隔绝"，"既离民众，渐入颓唐。"

散文像一阵风掠过心田；小说像一场透雨；诗歌像电闪雷鸣。

散文是夜曲，小说是交响曲，诗歌是交响序曲。

散文是散步，小说是说话，诗歌是说梦。

散文是记挂，小说是记述，诗歌是畅想。

散文是生老病死生离死别，小说是十月怀胎一朝分娩，诗歌类乎性冲动。

散文：哀命运之多艰，小说：苦难的历程，诗歌：疯狂的季节。

散文是老年，小说是中年，诗歌是青少年。

散文试人真诚，小说试人才智，诗歌试人激情。

巴金大声疾呼"讲真话"，奋笔疾书《真话集》。有人却向他亮出红牌，警告说："真话未必就是真理！"呜呼，"真话未必就是真理"，那么，假话未必不是真理了！"真话未必就是真理"，可是，惟真话能够通向真理！

巴金是散文解放的英雄丹柯。

叹命途之乖舛，悲人生之易逝，赞美亲情、人性，不无疑惑、心跳，要是像没成熟的果子似的，嚼起来怕是有点涩。我真诚地向读者交心，却羞论艺术的想象和飞动的灵性。忧愤与深广、执著与洒脱、嬉笑与怒骂、叙事与抒情、紧张与放松、声光化电与十样杂耍，经史子集与生老病死，相互渗透又相得益彰，我于此道，还不入门。特别是语言文字，尚未尽脱"评论腔"，我很伤心。

针砭时事别人用杂文，所谓"杂文笔法"，而冰心用散文，是"散文笔法"，是真正从心底涌出的热流。在散文界，冰心原是爱的化身，爱神动怒了，精神的尖锐和艺术的锋芒形成合力所向披靡。她曾极而言之："'爱'是伟大的，但这只能满足精神上的需要，至于物质方面呢，就只能另想办法了。"不过，冰心死活摆脱不了的还是对人民的爱，说到底，冰心还是爱神，爱神的使者。汪曾祺说过老年人的文体大多比较干净，不卖弄，少做作，但是往往比较枯瘦，不滋润，少才华，这是老年文章之一病。诚哉斯言！可是冰心不。冰心写

来，一方面亲切、不隔，犹如老奶奶抚摸着、拍打着，一方面
又是一个过来人做心灵的内省和独白，清醒地做着美好的梦，
梦里充满人性的生机。像说话一样无拘无束，像禅机那样莫测
高深。

　　唯八股之务去，行文体之改革，引诗情和真情入文，推倒
呆滞生硬的评论墙。在神圣的文学殿堂打滚，应该越随便越自
由越好。行文可以不老实但不能太实，心地一定要真诚但避免
直露，把心掏给读者就是了，除非你想赚钱，"您说咋唱咱咋
唱"，或者求仕进，"文章货于帝王家"。

　　中国的"记者散文"很难脱尽"新华体"。

散文，说长论短

编家穆涛，不耻下问，催请对散文的长、短发表意见，遂成此文。

稿子越抻越长，先秦百家的凝练不多见了，汉赋的铺陈大行其道。

信息时代，码字不用竹简，传播不用手抄，作家3天成书，5日出版，被嗤笑，"像蹿稀！"

但长篇幅的散文多起来了却是事实。短未必好，"虽小却好"岂不更好？长未必不好，"虽好却小"不也遗憾？

当散文的疆界越来越大，大到囊括所有的纪实文学时，散文的"长"便势不可挡，几十万字的不谓稀奇。看你怎么认定。《酷吏列传》是人物合传还是散文甚或报告文学？（文中10人中的9人均为武帝时人，报告当朝啊！）《水经注》既是史地水道名著，也是优美的山水散文。就文体来说，《往事并不如烟》是人物传记还是时政散文？《唐达成文坛风雨五十年》是传记文学、回忆录还是长篇散文？

　　《美文》一贯致力的"大散文"极富包容性，更多地继承了古典散文的传统，是一次上规模的大行动，激励千千万万文学爱好者参与其中，只要辞章用心、真情流露，总会出人才的。

　　小说分长、中、短，《美文》把散文也分为长、中、短，让事实上存在的长短之分"合法化"并且叫响。但是长短的分野只能以篇幅大小计。1984年，我为《中外著名中篇小说选》作序，说获奖短篇中，字数接近或超过《阿Q正传》的不是个别现象，要是不加限制地拉长，势必放纵笔墨以致失控，所以，我在孙犁谈中篇有别于短篇的五点之外，添加一条说："中篇小说的字数大体在三万以上，十万以下。"

　　参照上说，中篇散文控制在三万字以下，短篇控制在万字以内，长篇作家也望手下留情。信息时代，忙得要死，谁愿意盯着又长又水的文字打哈欠？你想折磨人，你就把话说尽。

　　刊物怕读者受折磨，设专栏征集"精短散文"，再精、再短，限制在两千字以内吧。

　　真正的作家惜墨如金，字字珠玑。茅盾早在1945年就提醒作家说："把字数多寡的条件看得重些，先求能短，也许是对症发药的。"

　　刘禹锡贬朗州（常州）时，蜷曲在一间斗室，用平易的文言写了《陋室铭》，尽述其之不陋："何陋之有！"句法多变，属对精工，地道的散文诗，仅用了81字！今人平凹，用文訇訇的大白话写了《游寺耳记》，奇崖怪树，一路胜景，豁然开朗，如入桃源，一身仙气，妙语惊人，算上标题不过323字。其《四月三十日游青城后山》，高、深、静、虚、光、色、野、迷——"人全然都绿了"——"站立不动，让花雨淋着。"精短不到500字。

还有更短的，如佚名的《一碗油盐饭》："前天，我放学回家，锅里一碗油盐饭。／昨天，我放学回家，锅里没有油盐饭。／今天，我放学回家，炒了一碗油盐饭，放在妈妈的坟前。"复调咏叹，（算上标点）凡59字。韩翰的《重量》："她把带血的头颅，／放在生命的天平上，／使所有的苟活者，／都失去了——重量！"32个字。苏忠的《痛》："奶奶抱着我把我轻轻放进摇篮我抱起奶奶将她轻轻放入棺木。"27个字。散文诗，也就是诗。

古人面壁苦吟，不惜捻断胡须，精短而且浓郁可以说达到了极致：五绝，20个字；七绝，28个字；《十六字令》，16个字；《忆江南》，27个字；《如梦令》，33个字；《天净沙》，28个字——那艺术魅力啊，了得！不可抗拒，世代为之倾倒。

"任凭你千军万马，老僧只凭寸铁伤人。"千字以内的，管它叫"微型散文"，如何？

"羊肉泡馍"传奇

端的一碗人物传奇！事涉中央领导、著名作家、文人学士和陕西乡党，还有那世情心境之沉浮。煞是有趣。

端的一碗艺术品！红白相间，肉面浑然，色嫩，汤鲜，馍筋，质滑，味醇，从视觉到味觉，全方位的刺激和享受。

再看它又荤又素，又软又硬；又干又稀，又香又辣；又俗又雅，又贱又贵；又有嚼头又好嚼，油而不腻；又能经饱又不撑，筋而不塞，不管年老年少有牙没牙一概食如甘饴，吃一顿饱一天。

"羊肉泡馍"是最富传统色彩、最有地方特色的名吃，是陕西人以至西北人与生俱来的美食，在全国饮食界独树一帜。"羊肉泡馍"看似简单，制作却十分精致，从挑羊、宰杀、选肉、配料、炖煮到打馍，形成一套极其严格的操作工艺。家乡传统的饮食文化自小滋润着我艺术审美的胃口。

吃法独具匠心，就餐者与操作者必须配合。馍掰得越小、越细碎操作起来越拿手，吃将起来才够味。自己掰的自己享用，参与感使你倍感亲切。行家吃泡馍，讲究"蚕食"，切忌翻搅，须从碗边选准突破口，逐渐向纵深发展，由点到面，像挖坑一样，一镢头一镢头地刨，一大口一大口地吞，动作快捷而方寸不乱。掰馍可是一种享受啊！三朋四友，七大姑八大姨，大家围坐一起，清茶一杯，边谈边掰，不在匆匆填饱肚皮，只求细细剖白心迹，亲情、公关、解馋三不误。慢慢地掰着，慢慢地说着，慢慢地喝着，茶逢知己千杯少，碗中珍珠不厌多。该说的话最好在掰馍时消消停停地说完，等到泡馍端上来时，各人顾不得斯文，猛虎扑食一般，迫不及待地和那发出刺鼻香味的碗中物激战起来。只见满脸汗珠子一粒粒直往外冒，只听见嘴巴忙忙碌碌呼哧呼哧直喘气，这时候，只有这时候，天大的事你得搁在一边，天塌下来也得把碗打扫干净了再说。

似乎多日来受些风寒头痛脑热的也去了大半。

"羊肉泡馍"和我有缘，情节生动，没齿难忘。

"羊肉泡馍"，那时叫"牛羊肉煮馍"或者"羊肉煮馍"、"羊肉泡"，打自小是我的最爱，全家人是西安鼓楼"一间楼"的常客。全家人坐定，全身放松。席面当间是香油浇拌的辣子酱（西安特制的"酱辣子"），另外两盘是糖蒜和芫荽（香菜），手中的馍（实际是半发面、筋道、耐火煮的饼饼）一边掰着，一边说着，又时不时地掰出稍大一块伸手蘸上一疙瘩香喷喷的麻油辣酱，细嚼慢咽，然后倒吸一口气，连连"嗯！嗯！"几声表示满意。

20世纪50年代中期，毛主席听身边的同志说"泡馍"如何如何好，主席玩笑似的说：那你给习仲勋同志捎个话，说我想到西安尝尝"牛羊肉泡馍"。汪峰和习仲勋闻讯喜不自胜，随即联系西安市长方仲如，结果，将我小时常去的"一间楼"分出一半迁址京城，坐落在西直门内的新街口，招牌挂记"西安食堂"。那时，你要说西北有美食，其名曰"泡馍"，人家莫名其妙，像是听说洋人除了法国大菜之外还有什么"热狗"一样，但是像我这样的陕西乡党却成了挡不住的诱惑，四时八节，趋之若鹜。

1956年秋，10月6日，我在苏联展览馆参观完"日本商品展览会"，边走路边叹息，觉着一排排太阳旗在高空飘来飘去太刺激中国人！进西直门，走着走着，神使鬼差地进了西安食堂，只见一阵慌乱和兴奋。掌柜的是老陕，回民白帽，一口唇音突出的长安话，说毛主席吃泡馍来了，"哎呀，把我吓得，就在这儿……"他惊魂未定，颤巍巍地继续唠叨着。"我没敢叫他亲手掰馍，发动大伙把手洗得净净的，掰得碎碎的，端上一碗精制的'水围城'（泡馍的一种，煮好后馍在当间汤在周围），他竟然说：'好吃，你们辛苦啰！'这不，刚走！"

事有凑巧，也是１０月６日当天，毛泽东主席到西郊机场送别柬埔寨贵宾回来，进西直门，过新街口，突然提出停车，走进西安食堂，点名要吃泡馍，显然是有备而来，圆他的"煮馍"梦。

伟大领袖光临，惊天动地却秘而不宣，不然的话，消息传开，毛主席是南方人都爱吃泡馍，"羊肉泡"不知要火成什么样子。

到了20世纪80年代，不少人开始知道"泡馍"的大名，但不敢问津，觉得那玩意像是野人吃的，"不就是把馍泡到汤里吗？"不幸而言中。20世纪60年代天灾人祸，我仍到新街口那家馆子解馋，呀，可不是味精汤泡馍！气得我找来意见簿，上写"质量太差，丢陕西的人！"但正宗的"泡馍"哪里是把馍泡到汤里？"馍"其实是特制的饼，经得住大火烩煮，但吃时不觉其硬；"汤"也非一般高汤，汤是关键，千百年来，秘密就在这汤里；"泡"实则为煮，我小时在陕西老家，称它作"羊肉煮馍"，倒也写实，天晓得怎么变成"泡"字！现在好了，西安设宴招待外宾，"泡馍"成了香饽饽；北京满到处是"西安羊肉泡馍馆"，风味餐馆不能拉下它。经过一番渲染和品尝，说泡馍坏话的人越来越少。我看时机到了，展开宣传攻势，但也不能强加于人，任你眉飞色舞天花乱坠，言者凿凿而听者渺渺，人家广东人直摇头，奈何？

事隔23年，1983年秋，我和作家王蒙、崔道怡、董得理三人从延安返回西安，路上饿了，见是高陵地面。我一下子兴奋起来："羊肉泡馍！"转身问王蒙："敢不敢吃？"王蒙说："我在新疆巴彦岱那么长时间，什么都练出来了。是羊肉我都爱吃。"我们在小镇的一家羊肉馆子坐定，连同司机一共五人，挤在三条一拃宽的长板凳上。设备太简陋，杯盘不齐全，不承想吃出真正的陕西味来。老崔大汗淋漓，辣椒之故也。他能吃辣子，可是在陕西辣子面前败下阵来。王蒙是首次在陕西吃泡馍，印象极佳，却在满满一大碗将尽之时扒拉着碗底突然惊叫起来："什么什么？这是什么？"一块似肉非肉的东西出现在碗底，我伸头细看，原来是只蛐蛐，顿觉脸上无光。王蒙不愧是大家，有涵养，什么也没说，仰头哈哈大笑。老崔借机罢吃，正好为残留不多的、辣香辣香却难以横扫的碗底解了围。

约两年后，我将此事写成文章在《西安晚报》上发表。事有凑巧，次年3月，我和周明、萧德生也是从延安返回西安，也是在快到西安的一家饭馆吃泡馍。见我们来自北京，一位当地看客近前搭话，撇着嘴揶揄道："哼，你们北京人啦，写文章说在我们馆子吃出个蛐蛐！"周明闻言，大笑不止，一把将我拽住，狠狠地在我背上捶了一拳，用浓重的秦腔指着我说：

"就是这狗日的写的！"

1985年12月21日，全国文学报刊工作座谈会在西安举行，各省市都有代表参加。我极力怂恿大会招待一次泡馍，不料，《延河》《小说评论》和《长安》等编辑部早有安排。一日中午，几十位南北美食家朋友在钟楼脚下"同盛祥"楼上坐定。我从掰馍开始说到这种吃法的乐趣，又从好吃说到周天子如何用"羊羹"大宴宾客。据说周朝的"羊羹"就是今天的"羊肉泡馍"，千多年的历史！如此推开，想必汉武帝、司马迁、唐太宗、李白、杜甫、小李白李贺、小杜甫杜牧、避难来西安的慈禧太后、为西安易俗社题写"古调独弹"的鲁迅以及"双十二事变"华清池饱受惊吓的蒋介石衮衮列位都吃过或者听说过"泡馍"了？查无实据。但于右任、张学良、杨虎城肯定有此口福，无疑还招待过宾客。有人回忆说，老蒋面对一碗热腾腾的羊肉泡曾经连连称道："吃得消！吃得消！"

我猜想，羊肉泡不一定是陕西人的发明，也许是风餐露宿于西域、北国、大漠、黄土高原上的征战者慌乱时迫不及待的产物。据说陕人（以至西北人）喜食的"锅盔"，它的前身，就是兵士们急中生智以头盔当铁锅烙出来的"死面饼饼"。凭着这醇香耐嚼、酷似压缩饼干的死面饼子转化的热能，大西北的"冷娃"小伙子长出一身刀枪不惧的黑疙瘩，忍饥耐寒，其

声如大吼秦腔，其势如捶打腰鼓，拼命地奔跑和厮杀。既然有
了现成的锅盔馍，那么，杀猪宰羊，炖一锅汤，急中生智，把
锅盔掰碎扔进去煮泡，咕嘟嘟地冒热气，然后起锅，你一碗、
我一碗，大碗冒尖，危如累卵，味道好极了，何等的省事！我
国最早的羊肉泡馍（饼）就这样诞生了，中国第一碗"泡馍"
可不就是"把馍泡到汤里？"

　　窗外不断传来秦腔的怒吼，那是跟京剧、越剧、黄梅戏全
然不同的风味腔调，四座恐难找到知音，然而，泡馍吃得津津
有味。我开始在记忆中搜索。当年享有盛名的"一间楼"好
像离此不远，钟楼以西不过一箭之遥；由穆斯林孙氏三兄弟于
整整百年前的1898年兴办的被誉为"三秦第一碗"的"老孙
家"，在钟楼以东的东大街东段路南，但都消失在红火的过
去，可是这块黄金地段、黄金时期挡不住的羊鲜扑鼻的诱惑却
远胜今时。此刻席上，诸公交口称道，连最顽固的几个南方客
也表示愿意接受，说"作为大众饭食，物美价廉，佩服！佩
服！"显然，他们从普及"俗文学"的角度有限度地肯定"羊
肉泡"的实用价值，其实，西安也有与大众化的羊肉泡大异其
趣的宫廷菜肴"雅文学"——"唐馔"。唐馔复如何？只有留
待来日。

　　近些年来，我们家乡醴泉县——唐太宗"昭陵"所在地的
羊肉泡出了名，后来中国北方数省文学青年作家会议的代表

去乾陵参观路过我的家乡，但愿一识泡馍真面。不少朋友后来告诉我，回族马明义兄弟的手艺如何之高，"吃马明义"成了醴泉人美餐一顿地代名词。如今，马明义兄弟分店经营，顾客趋之若鹜，高朋满座。一年，我回县，也凑热闹，进了马茂义、马秀贞的夫妻店，果然名不虚传。然而，吃泡馍就是吃文化，贵在内涵和氛围，我依然怀念当年的"一间楼"、"老孙家"。

1991年3月，再回西安，画家罗国士夫妇设宴，吃泡馍。意欲何往？说是你去就知道了。室内布置奇特，伊斯兰味十足，余香满口，过足了馋瘾。索墨，上书四个大字："西安一绝"。门面重开，招牌高挂，闻香下马，"老孙家"在此！

1995年继"同盛祥"在北京饭店对过开张之后，"老孙家"也来北京。开始，肉鲜汤浓，声名大噪，创开牌子以后，萝卜快了不洗泥，陕人胃口大伤。1998年1月的一天，我冒着六级大风跑进民族饭店后面敞亮的"北京老孙家饭庄"。热乎乎的泡馍不料清汤寡味，馍粒既生且硬，用力咀嚼时不意撕拉出一根长长的头发，心里说不出的懊丧，情绪陡然降至零点，心想：还不知有多少根什么人的油腻腻的青丝囫囵地咽下自己的食管。步出饭庄大门，颇有奋力挣脱之感。"鲤鱼脱去金钩钓，摇头摆尾再不来。"

告别恶心的羊肉泡，顶着刺骨的西北风在长安街上赶路。20点05分以前务必赶回方庄寓所，生气事小，可不能误了风靡京城、有滋有味的43集电视连续剧《水浒传》第29集：《醉打蒋门神》。

去吴桥看杂技

冀中平原秋深了，到吴桥看杂技去。

提起吴桥，大大的有名，河北人常常得意地说："我们有吴桥！"

吴桥是杂技之乡，"上到九十九，下到刚会走；吴桥杂技乡，人人有一手。"

周恩来总理当年出访十六国，所到之处无不有华侨，华侨中无不有吴桥人。总理喜从中来，说："吴桥不愧为杂技之乡。""杂技之乡"因而得名。

"杂技之乡"吴桥县，有七个第一：一、全国杂技第一乡，杂技艺人多达1300多人。中国杂技团和天津、沈阳、兰州、广州、武汉等地的大型杂技团里都有吴桥人，"没有吴桥不成班！"吴桥人自古浪迹天涯、四出卖艺，所谓"南京收了南京去，北京收了北京留；南京北京都不收，黄河两岸度春秋。"生活是悲惨的。他们农闲外出，农忙归耕，传播杂技艺术、十样杂耍。这个传统一直保留至今。

　　二、胡耀邦来吴桥，总书记来吴桥，历史头一回。

　　三、县级成立杂协，全国唯一。

　　四、成立杂校，全国唯一。

　　五、编写《杂技志》全国首创。

　　六、以吴桥命名"世界杂技节"绝无仅有。

　　七、举行县级"杂技会演"前所未有，别的县没那么多的杂技团啊！

　　吴桥到了。

　　到了吴桥，我急于打听去年11月5日胡耀邦到这里视察的情景。县长当时在场，忙说：胡耀邦同志刚一下车就招手大呼："我是来看你们的！""来到吴桥说吴桥嘛！"他询问人们的生活情况和收入情况，对"杂技之乡"颇感兴趣，鼓励发展杂技艺术。

　　总书记的到来对吴桥县的杂技工作是一个极大的推动。现在全县共有杂技、魔术、马戏团队33个，演出组百多个，遍及九乡百多村，演员千多人，三岁孩童拿大顶，足见后继有人。全国二十八个省市区都有吴桥人——"没有吴桥不成班嘛！"

　　"河北省吴桥县第一届杂技会演"10月18日开幕，千人大剧院座无虚席。舞台上几乎全是娃娃，最小的六岁。成人演员只看见两个：一个滑稽男演员，一个蹬技女演员，五十上下，两腿向上猛地一伸，如鲤鱼打挺，矫健美观。旋即，八条大汉将一口大缸吃力地推上前来，又吃力地举了起来。她蹬住了，蹬稳了。缸内再钻进一个演员，又蹬稳了。掌声一片。

蹬缸我见过，但这么重的大水缸，里面还钻进个大活人，生平头一遭。

第二天晚上，又是八条大汉推缸上台，还是那口水缸，二百多斤，蹬缸的却是个小姑娘，体重不到一百！这回更绝，缸内钻一个，缸上再站一个。缸里的一个，头露在缸外悠然自得，向观众作鬼脸；缸上的一个拿大顶，直挺挺一条垂直线，毫无惧色。重量加起来足有三百多斤，天啦，砸下来不堪设想！更出奇的，是姑娘的一双粉嫩的细腿竟然蹬得三百多斤上下打转！台下惊呼，掌声如狂。

这不仅是技、是艺，而且是力、是胆，是绝技与体育的美妙结合。

姜家大姑娘的蹬技别有一番风味，熟练到了轻巧戏弄的地步。那是一个小坛子，在她的脚尖如同纸球一般。蹬到潇洒处，坛子上下飞转，像电动一般变着各种花样，令人眼花缭乱。玄极了，美极了，却丝毫不担心坛子砸下来。

掌声雷动，叹为观止。

散场后我问她爸，孩子为什么蹬得这么好？他老半天答不上来，结结巴巴只说了句：

"有空就蹬，上瘾呗！"

我漫步吴桥街头。青菜很多，价钱便宜。

拉杆行李箱

叫他"司长"，我已经习以为常，他和我都没有感到有什么不好意思。今天的事可不像叫司长那么顺当。看情况吧，大不了多弯一回腰。反正咱这会儿是贾贵——站惯了。

这种事情要是发生在从前，譬如革命大家庭的20世纪50年代初，人情上似乎要单纯得多。

1956年进京，我到一家协会上班，有事，留了一张纸条，上写"杨组长"如何如何，不料碰了一个不软不硬的钉子。第二天上班，"杨组长"一脸的不高兴，找我谈话，说革命队伍里不兴叫"长"，何况我们这里是群众团体。我何尝不知道以"同志"相称的崇高和平等，又何况我是调干生，深知革命根据地"老王"、"小鬼"、"同志"、"老乡"等等称谓的老规矩。

从延安到进城相当一个时期，唱歌、跳舞、耍笔杆子的，不论你官多大，彼此以同志相称："周扬同志"、"夏衍同志"、"光年同志"，让人听来亲切自然，干个粗活什么的，你抢我夺，哪像此刻我面对一口拉杆行李箱这样作难。

但是，此刻，20世纪90年代，我不得不把我原先的下级、现在的上级谦卑恭顺地叫"司长"，尽管他是刚刚提拔的一位排名最后的副司长。"司长"没有架子，对我更不生分，有时（特别是在没有第三者在场时）甚至在我背上捅一家伙骂声"妈的"什么的，我也敢于在没有他的下级在场时回他一声"吃饱撑的？"可是，你不能直呼其名，就是和他不分上下大小尊卑耍耍闹闹的时候，也不能叫他的名字或者称他"同志"，这个，他很在意。

机场大厅里人声喧闹。我和司长站在大厅正中，等候秘书小蒯办理登机手续。一只不大不小的拉杆行李箱置放在司长和我的正当间。箱子是小蒯从车上卸下来拉进机场大厅暂时交付我的，嘱我务必留神看守。我心里琢磨，是不是进入甬道时这只箱子还得由我给司长拉着？

沉默。俩人干戳着。没话找话，挑他爱听的说。心想，等小蒯回来，箱子还是秘书拉着得体。

"司长，肩周炎最近可见好？我前几天在'正乙祠戏楼'开会，会上赠送了一包礼品，其中有一种药叫'肩痛绝'的，专治肩周炎，说是'一搽见效'，灵验极了，谁愿当场试验谁立马止痛，绝不超过一刻钟。回来后，我把药亲自送到部里，你收到了是吧？不妨试试……"不等我把话说完，司长接上话茬：

"知道知道，那天经理来过，他保证在尽短的时间内叫我胳膊灵活自如。"

司长没有继续对话的意思，昂首望天，许在为他此次亲赴盛会的祝词打腹稿。倏忽间，司长冲我问道："'正乙祠戏楼'我去过，那副对联有意思。怎么说来着？"瞬即摇头晃脑玩深沉，有滋有味长吟道："'演悲欢离合当代岂无前代事，观抑扬褒贬座中常有剧中人。'"

司长识文断字、博闻强记，扬才露已，这是大家都知道的。

"记性真好，您！"

秘书没有回来，箱子安全地站立在四只脚下。

司长凝神结想，继续沉默，冷场。

"司长，神经性头痛近来怎么样？日无暇晷，焚膏继夜，天天熬到三更鸡叫，那哪儿成！"

"这号病很讨厌。蒯秘书说五台山的老尼有办法。"

"该不是慧颖尼姑吧？""啊？"

"前不久，两个尼姑敲门进来，如入无人之境。我不在家，孩子妈热情接待。两个尼姑说：'隔着大门就看出你家有难，故而闯入，善哉，善哉！'然后凝神屏息，死死盯住孩子妈那张极易害羞的脸蛋不放，察颜观色，不舍良久，惊呼：

'哎呀不好！你家有灾，祸在眼前。'孩子妈闻言，如天塌地陷一般，慌了神，连说'菩萨慈悲，快快救我！'两个尼姑说，她们是五台山的，专为化缘修庙而来，话语间总说慧颖师傅长、慧颖师傅短的，又说捐钱可以消灾弥难，如此这般，头头是道，入耳动听。"

"你家真的......"

"孩子妈傻，照实说了。"

"有这等事？"司长来了精气神。

蒯秘书办完手续回来，催大家验关入港。

我将眼球对准乖乖站在脚下的拉杆行李箱，不等我和秘书伸手，司长一把抓住行李箱的拉杆，顺手把箱子拉走了，根本看不出肩周有什么炎症，而且边拉着箱子边冲着我说："机上聊，机上继续聊……"

真登机了，司长的双眼合上了。夜里，司长睡得晚，而且神经性头痛。要不然，就是司长打腹稿，只要蹦出几个关键词，拉出一、二、三条提纲，就是一席兴味盎然的鼓动稿。下午二时整，大会开幕式，地市要员，方方面面，群贤毕至，聆听重要讲话，白驹过隙，飞机很快降落，时间已经很紧很紧了。

雨中峨眉

京中大热，夜晚难以入睡；湿闷天气，呼吸不畅，憋得难受。得想个法逃出去。

正好成都开会，8月6日入蜀，12日登上峨眉山。

天公不作美，车到"雷动亭"（一曰"雷洞坪"），风雨大作，电闪雷鸣。更为不幸的是响雷击坏了缆车，众呆子徒唤奈何。时值黄昏，风雨如晦，大雨下个不停。"雷动亭"啊"雷动亭"，好厉害的"雷动亭"！"金顶"是上不去了。爬峨眉的人，不到金顶非好汉，看来，也只好当孬种了。

只差600公尺，硬是不行，难怪人说："百无一用是书生。"

什么佛光呀，日出呀，一概化为泡影。怎么搞的，一歇下来就上牙打下牙哆嗦起来？海拔2430公尺，天不好，能不哆嗦！

此时此刻，知识分子的威风不见了，然清高犹存。大雨倾盆，大雾弥天，近在咫尺，不识庐山真面目。双臂紧抱宽大棉衣的腰身，喟然长叹："人说峨眉天下秀，我说峨眉秀个球！"吃不上葡萄，只好骂葡萄酸了。

两碗热汤下肚，来了精气神。凭栏处，潇潇雨歇，望四山空蒙，层峦叠嶂，秀色可餐。始觉方才出语不逊，粗鲁得有失身份。

"雷洞坪"畔，"孤瘦亭"边，山势险峻。四望群山，黑乎乎，雾蒙蒙。万壑奔腾势不羁，一峰自有一峰姿。我立于万仞之岗，恍惚欲坠。脚下刀切斧凿一般的悬崖，挂满撕裂的衣帽之类，观之使人凛凛。"这不是舍身崖吗？""傻帽，这是'雷洞坪'！"

鸡毛小店，虽简陋却也干净，可怕的虱子臭虫跳蚤一个没有遇着。但是睡不着，打开窗户听雨，一任大千世界排山倒海。一夜无话。晨起，站立小楼，檐下接了漱口水，让雨水打湿毛巾。"嗟乎，安得贤士，与共此乐乎？""诗人美乐士，虽客犹愿留。"惜乎，没有赶上好天气。雅趣殆尽。一阵轰鸣，雨又下起来。路上仍是川流不息，来来往往。我真佩服眼前不断流过的乡间老妪，腿脚利落，风雨无阻，上得"雷动亭"来，大气不喘，直取"金顶"。乡下人和城里人就是不同，香客和看客就是两样。

打点行囊准备下山。谁也没有忘记带上准备立功的手杖（四川农村老太太却不拄拐棍）。就此"拜拜了"

二千四百三十公尺的惊雷轰动的地方。钻进面包车。什么风景不殊，什么雄秀幽奇，什么也看不见，车里毕竟舒服多了。从车子发动起，好发议论的知识分子再也没有闭上嘴巴。缓过劲以后，一群文人又不甘心了。"千里迢迢，白来了！吃饱撑的？""淋就淋，下坡路怕什么！""老兄，殊不知上山容易下山难呀，都不年轻了！""不行坐滑竿。""啊呀，那不成了地主老财！""至于吗？我们不如老太太？""您可别说，这不是爬写字台。""我在干校练了六年。""我'文革'期间游斗，坐喷气式，一天三场，脖子上还挂了块洋灰牌子。""没问题没问题，说起"文化革命"什么苦没有吃过，什么罪没有受过，什么打没有挨过，什么路没有走过，还挑担子拉车呢。停车停车，下车步行！"呼啦一窝蜂地下了车。

不大一会儿，个个成了落汤鸡，但劲头十足，颇有四川农妇登临之风。

"万年寺"到了，1020公尺，特别是那尊普贤骑象铜铸像煞是好看。"严禁照相"，遗憾。听说寺内有猴子可供照相，那太好太好了。今天8月12日，后天8月14日，我的生日。1932年生，属猴。一个不行，得两个。"加倍？"加倍就加倍，"这是五角，再给五角。"一个立我掌中，一个卧我肩上。光圈放得老大。谢天谢地，可别弄出什么毛病。

告别"万年寺"，下一个陡坡，呀，不对劲，腿关节坏了，一弯曲就疼，像针扎一般。右腿。怎么不是左腿？我的左腿髌骨1987年粉碎性骨折。据上山者言，不远地方，路已塌方，山险路滑，非滑竿不能过。众人劝我坐滑竿。那东西岂是我辈坐的？"蒋介石坐得你就坐得。"实在是于心不忍，让人见了笑话。走不动你逞什么能？不由分说，我被架上滑竿。一路的险阻自不待言，过塌方处最为吓人。四条腿两只胳膊攀援而行，忽上忽下，坡陡路滑。坡下是湍流的山洪，雨还在下着，滑竿颠簸得厉害，随时都有危险；一脚踩空，人仰马翻，血肉模糊地落入滔滔。此刻不是怜悯的问题而是生死的关头。哗哗滚动的水声，雨打花伞的响声，四只脚似有节奏的打滑声，身下两端的喘气声。身边是巍巍青山，脚下是悬崖峭壁，四周是"如蟹首峨眉，细而长，美而艳"的逶迤山势。此情此景，有那么一个人，非劳动人民出身，念过几年书，吃公家饭的，体重一百四，个头还不小，舒舒服服躺在活动床上翻山越岭，虽不心安理得，但仍让人抬着。抬人的也是人啊！……这是一幅多么强烈而不乏刺激性的图画！"细而长，美而艳"，"峨眉天下秀"，这美、这艳、这秀不是太残酷了吗？

崖壁飞瀑争流，山头云烟缭绕，山刚水柔，一个又一个奇异的景观从眼前流逝。

山水美境，人皆好之，比不上南北朝画家宗炳这般酷爱。

此人凡所游历，皆图于壁，坐卧向之，卧以游之；游目驰怀，卧游之趣，其情高矣，世所罕见。吾今蛾眉，真山真水，实情实景，卧以游之，触其景、闻其声，呼吸新鲜空气，伸手可以揪下带雨的绿叶嫩株；我动画不动，晃晃悠悠，飘飘欲仙，卧游之趣岂是宗炳可比！然而，哪有心思赏景！我像真的变成骑在劳动人民头上的罪人，越"卧"越不是滋味，尽管滑竿已到坦途。

过了"白龙洞"，滑竿一阵小跑，四只脚叽叽叽叽地、飞快地、很有节奏地、似乎又很轻松地奔跑着，说是这样反倒不累，抬完你还得抬别个，趁塌方行路难多揽点生意。

属猴的，却让人抬着翻山越岭，听来有点滑稽。聊以解嘲的是"猴"腿伤了，无可奈何。这使我想起昨天登山时兴致勃勃的情景。我们原来的计划相当壮观，"会当凌绝顶，一览众山小"，在"金顶"上照个相，观日出再照它一张；下山时看猴群。到了峨眉山连根猴毛也没有看见算什么旅游！但是，一到"雷动亭"，计划全部破产。有消息称，随着游客的增多以及游客们装备的现代化，猴群的消费水平也年年见涨，像收买路钱一样少了不行。面包饼干不过瘾还需美酒加咖啡。你表示倾囊而出，已经完成全部奉献，猴哥不信：商品经济嘛，生存竞争，猴比人精。于是，一拥而上，掏包翻兜，手舞足蹈，像是智取生辰纲，上了王母娘娘的蟠桃宴，天翻地覆慨而慷。

"那我们多带点吃的。""这些猴头们哪有个够？""人多可以，得成群结队，让猴怕你。"又据消息称，猴子最爱玩照相机，然后往山沟里扔。说猴子看见穿花衣服的妇女就扑上去，几把撕破衣服要流氓。可靠消息，猴群中罪大恶极的一只，已被政府就地正法，以儆效尤，云云。听罢，我们（特别是女同志们）头发根根竖了起来。

要不是刚才在"万年寺"同两只猴仔合影，上了一趟峨眉山真连根猴毛也见不着了。

真逗！

"山水有清音"，"双流飞泻声脆"。"清音阁"、"双飞桥"到了。赶路要紧，桥上买了个烤包谷啃了啃，过了过烟瘾，再请滑竿上路。时间不能耽误，人家已经打过招呼，"趁塌方多揽点生意。"

轻舟已过万重山，险途被抛到后边。滑竿像《红高粱》里"颠轿"般地轻快，气氛也松弛下来。

"同志，要得么？"

"谢谢，太谢谢了！"

"不对头，要谢你。我们挣钱，你们也好享受享受。"一阵咳嗽声。

"享受"二字使我十分不安。

"同志，当什么官？"

"一月一百七，什么官也不是。"

"无官一身轻。要不就当大官。才一百七？"

"比你们日子好过。"

那两人莫名其妙地笑了。"没你们贡献大哟！"

"你这同志岁数不大吧？"

"'民国'二十一年生，属猴的，今年五十八。"

"哎呀老大哥，细皮嫩肉的，你是看不出来哟！"

"人家城里人会保养。"另一位搭腔。

"我在'五七'干校呆了六年，什么累活都干。"我想以此多少缩短一下彼此间的距离。

"那时候我在北京，工程兵，修地铁。二十年了……"滑竿猛地一晃，"大哥坐稳！"也许过了一个沟坎。"修地铁，我还没有坐过地铁。"

"坐过滑竿吗？"

"没坐过。我们抬滑竿也没坐过滑竿。"

我正相反，坐地铁没有修过地铁，坐滑竿没有抬过滑竿。

"这辈子坐不上地铁喽！"

我这辈子怕是不会修地铁、抬滑竿了。

"同志，我们抬滑竿不容易，我没说错吧，实在不容易。"

"我们就指望抬人吃饭，大哥，这一路你看清了，不容易呀！"

"不抬你，你这腿……我们价钱不高吧？要省你好多麻烦！"

"人家同志……他还不明白？"

我心里当然明白。

"快到了。你们从北京城到这儿，爬山过水，不习惯，够辛苦的。也不容易。"

"什么时候到北京来，住我家。"

"啥子？上北京？没得钱！"

"王显岗"到了。

滑竿轻轻放下，完全有意地轻放。

这才看清楚转业军人的脸庞，一道道深深的皱纹里汗珠淋淋，头发花白。上滑竿时并没有看见他的白头发。比我低，比我更瘦。他直了直腰，擦了把汗，首先点着烟（神速地卷了个大炮），然后，眼睛盯着我数钱。当他接到比他们要价多一半的钞票时，咧开大嘴连声"谢谢"。我也说了声"谢谢"。我谢他是十分真诚的，他谢我好像更真诚。

我道了"再见"，便向车场走去，一瘸一瘸的。

"老大哥！"复员军人追了来，安慰似的说："大哥，你放心。说实在的，政策好，日子过得不错。上北京做梦也想到了，不是花不起路费，也不是舍不得钱。我一个当兵的，这儿省点那儿省点就什么都有了。我舍不得滑竿……抬惯啦，不抬心里着急。"

我是最早下山的，陆陆续续，大家到齐。一个个像是水里捞出来的，怪模怪样，歪歪扭扭，溃不成军，但无不喜形于色——一种自我战胜的快感。他们见我的头一句话就是享受享受了？我支支吾吾，不知如何是好。

车厢里依旧是高谈阔论，显示各自的腿脚如何如何，忘记原都是败兵之将。

到了山下，天开地阔，乱云飞渡，无雨。远眺，峨眉山似仍在雨中，莽莽苍苍，郁郁葱葱，模模糊糊。

不识峨眉真面目，只缘身在云雾中。说不定我所获得的恰恰是奇峰奇美奇异的感受。这种美感使我联想到曾入蜀览胜，晚年由清楚到不清楚、由规则到不规则，画面黢黑的黄宾虹的引人入胜的画风。潘天寿盛赞正是这种画风表现了山水最真最美的特点。潘天寿说如果看到的山清清楚楚，一览无余，就没有味道，最好能草木丛生，露水欲滴，云雾缭绕，既迷迷糊糊，又阴沉厚重，这种就显得是活山，有气韵。所以晓山晚山（还应加上"雨山"——引者）就很好。山在日光下，清清楚楚，看起来，就往往觉得所看的山不高，不深，不远，不灵。此番审美高见给予此次我的出师不利以雄辩的慰藉。

我行一何艰，山河阻且深；"上穷碧落下黄泉，两处茫茫皆不见"，到底什么也没看着，还是白来了。有诗为证：

七月流火，一介书生；

八分才气，九两豪情。

西峡缘

由一个山野小县举办全国性的文学笔会，这事新鲜，但愿心想事成。我去得了吗？

神使鬼差

我还是来了。老父在堂，本不该出门。父亲年迈，足不出户，我是晨昏侍奉，买菜做饭，管吃管喝，作老莱子娱亲状，"父母在，不远游"。另外，26至28日，文化部新闻出版系列高评委开会，来去匆匆，兴师动众，不好。说也奇怪，还是来了。我想见见乔典运。1985年，老乔的《村魂》发表，众惊，我在《红旗》上写过吹捧文章《笑比哭难受》。这篇小说我认为妙不可言，也提了点商榷的意见。老乔告我，文章发表以后，西峡人反响热烈，说好说不好的都有。我和西峡人有了交情。

我喜欢老乔的作品，它给我的印象非常之深。他是农民作家，思想境界却超越了农民。他对中国当代农村大事都做出了深刻的心理反应，他的作品是农民复杂心灵的犀利而又富深情的剖析。他关于农村选举活动的描写，刺到了痛处，老辣之极。他的秘密武器是带泪的嘲讽，突发的幽默。他把突发的、幽默的、重重的艺术打击，放在作品的最后。西峡出人才。

近来，文坛热闹，说什么"陕军东征"。"东征"之说似不妥，其情可感。陕西继路遥的《平凡的世界》之后，近期出版了好几本引人注意的大部头，陕军何雄哉！陈忠实的《白鹿原》，叫好之声不绝，也有人认为阶级界限不清。《白鹿原》的优势和辫子都集中在一点上，就是对庸俗阶级论的挑战。高建群的《最后一个匈奴》，典型的西部风景，其对民族生生息息的传统意识和文化心理的开掘博得好评，但人们对其下部感到不满。京夫的《八里情仇》五六十万字，大家正在啃读。京夫是商洛人。另一部长篇《热爱命运》（程海著），也已出版，发行颇好。这部小说写一个年轻人各种各样的爱情关系和微妙而富哲理的性的冲动，心理描写突出，感情起伏抓人，语言颇有诗味。我的一封回信被作者置于书前。该书是另一国家出版社的退稿。贾平凹的《废都》，一个妩媚的谜：仁者见"政"，智者见"命"，长者见"人"，少者见"性"——我的玩笑话。

以上长篇，都涉及性心理、性行为的描写，怎么评价，我也想借此笔会请教诸友。

西峡离陕南70多公里，一箭之遥。我是陕人，咸阳的兵马俑，陕西、河南相邻为伴，风土人情容易沟通。我有宾至如归之感。

所以，我就来了，神使鬼差地到可爱的西峡县来了。时在1993年8月21日。

西峡快镜头

到西峡后，才知道这一文化古县有大量的恐龙蛋化石被发掘出来，声名远播。

至西峡后，才知道农、林、牧、副、渔、工、商、运、建、服十业兴旺，使"山产百货风行，千旅万商云集"的"西峡口镇"春风得意。

到西峡后，才知道菊花山、菊潭曾留下李白、孟浩然、苏东坡、司马光、元好问的诗句、铭文。

到西峡后，才知道宛西四县联防司令别廷芳拦河筑坝、凿石为门的"三河堰"就是现在的"石龙堰"。到西峡后，才知道这里有座"屈原死谏"的"屈原岗"。相传屈原谏以"孤军伐秦，恐导致亡国"，怀王大怒，举鞭策马，车辇飞屈身而过。

到西峡后，才知道这里是"天然药库"，作为"长寿摇钱树"的山茱萸已成为全国重点产区之一。

到西峡后，才知道朱鸿云研植的果中之王猕猴桃硕果累累。

到西峡后，才知道县委县政府领导对文教事业的重视，1992年成立"书画院"，1976年成立"春风书画馆"，后更名为"艺云斋书画馆"。

到西峡后，才知道乔典运并非光杆司令，全县已拥有省以上作家协会、美术家协会、摄影家协会、曲艺家协会、戏剧家协会、民间文艺家协会会员18人，各类创作形成优势，进入盛期。

耳听是虚，眼见为实；不看不知道，西峡真奇妙。

人才济济，百业兴旺；洋楼成群，山清水秀；殷勤待客，和蔼可亲；气势非凡，气度过人；气派而兼大气，实在而又实诚。"我们地处穷乡僻壤，百业待举……"显然谦恭之词。

看傻了眼。我哪里是在参观一个山野小县！

我喜爱书法，但不习此道者久矣哉。小学毕业至今，凡四十余载，手边不备文房四宝；除"文革"写过几张大字报外，再没有写过毛笔字。于西峡，却在众人一再盛邀下抓起笔来，真、草、隶、篆一起上，直抒胸臆，纵情运墨。文人字嘛，看个性不大看功夫，论气质不追问流派，留心绪不苟求技法，见笑、见笑！

题猕猴桃研究所——"猴喜之 人宝之"。

题宛西制药厂——"对症"。

题软木厂——"软而弥坚"。

题猎枪厂——"有我无它"。

题果酒厂——"谁敢不醉"。

题油漆厂——"色美"。

题绝缘材料厂——"道是绝缘却有缘"。

题森林公园——"美景无价"。

题玉雕厂——"气韵生动"。

题水泵厂——"为虎添翼"。

二郎坪为旅游区题——"炼丹洞、打铁洞"。

文物所参观恐龙蛋题——"生生不息"。

题玉器厂——"入化出神"。

题西峡宾馆——"真情待人"。

题交通大队——"安危系之"。

题赠孙幼才——"南阳多才子"。

题赠周熠——"灵气"。

题赠周同宾——"文采斐然"。

题赠廖华歌——"文质彬彬"。

题赠周大新——"淡泊"。

题赠乔典运——"大俗成雅"。

不敢言书法艺术，表明一点心迹而已；为要流露真情，不料丢人现眼。可是，我不后悔，三个字，四个字，五个字，甚至两个字，不也唤起对一个单位、一位朋友、一种美好事物的心向往之的切切追忆吗？

这是二次与乔典运相遇，头一次是1983年在北京他上鲁迅文学院时。我和杨子敏、周明二位一起登门拜见。省上几次调他上郑州，他不离故土，雷打不动。他溶化在故乡的山山水水，站立在伏牛山主峰老君山的峭壁透视国情、民心和民族，殚心于改革时期农民心灵历程深层次的思考之中。厚积而薄发。他已经动手写作长篇。

10年过去，他还是那副面孔和作派：智慧的憨拙，深沉的实诚，不只一笑的幽默和不无自信的谦逊。

老乔其人，深藏若虚；老乔作品，大俗成雅。

同周大新相遇是头一次，我们同住一室，实属幸会。大新供职济南，家居南阳，不失乡土本色，谈吐轻声轻气，细言慢语，笑嘻嘻地，坦直而适度，自信又略带羞涩，有时像个大姑娘。室内经常客多为患，他从不起烦；展纸泼墨弄得杂乱不堪，他便动手收拾。24日晚，我要提前回北京参加高评委投票，赴南阳，赶凌晨2：57的火车。窗外大雨未歇，一屋子送别的人着急万分。到南阳，要跑3个多小时的路程，大雨，可能的水患，又是夜间行车，出事怎么办？众朋友异口同声劝留，我急得团团转。县宣传部长命令式地决策："我们负不起这个责任，不走了，车票作废！"这时，一个人冲出房门，冒着大雨，直奔县委办公室，给北京挂长途为我请假。就是大新。

大新年轻刻苦，创作上不但为人称道，待人亦出以诚心，毫无像影子一样追随着时髦艺星、新派作家、新潮诗人的那份恃才傲物或目空一切。人生路上，他是岁月的富有者，所以，他的创作有可能再上质量，再上水平。

河南省作协的郑克西、何南丁、耿恭让、段荃法、张有德、刘思谦、王秀芳、张一弓等女士们先生们齐集西峡，阵容强大，朋友相见，格外亲热。老郑60年代初徒步前往考察灌河和石龙堰；南丁1970年初落户蛇尾乡；段荃法、张有德、王秀芳90年代初在黄石庵体验生活；张一弓早在抗战时期随父翻越伏牛山、老界岭，歇于太平镇黄石庵，电影《张铁匠的罗曼史》在蛇尾乡拍摄外景。由于张一弓为李铜钟辩护（《犯人李铜钟的故事》），我又为张一弓辩护、《"高尚的圣者和殉道者"——读〈犯人李铜钟的故事〉》，所以，我和一弓交了朋友，经10多年岁月的磨洗友情日笃。我反复地向他表达我近年益见强烈的一个心愿："驱动改革开放的仍然是李铜钟式的人物，文学仍然需要李铜钟式的硬汉子，今天文学的历史价值、悲壮意味和阳刚之气不能无视李铜钟式的忠烈之士。"

一弓君现在办刊物，筚路蓝缕，创业维艰，至今年余，依然蓬门荜户。刊名《热风》。一日，该刊吴元成要我为《热风》创刊一周年题辞，我不假思索写字如下：

张天翼说现代文学在续写阿Q，事实证明新时期文学又在续写阿Q，可能还要写——李铜钟。

段荃法近年写了些"精短篇"，写得随意，写出真货，虽然零碎，不失锐利，他承认自己在寻找生活，寻找自我，寻找文学，而且不掩饰对一个探求者难能可贵的自信。韩石山自山西专程赴会，没有机会畅谈，但印象还是鲜明的。多年不见，朋友们一个个变得坦率而深沉，甚至犀利、洒脱。石山写了不少所向披靡的杂、散文，从中可窥其心态。我俩忘情于山西民歌，用原词原调对唱，不顾韩夫人的嘲笑和不齿。

周熠、周同宾、廖华歌以及百多万字的《康熙大帝》的作者二月河（凌解放），都是首次相会，匆匆忙忙，难得说几句文学圈里的话，可惜晚上仅有的一点时间，也让为应酬找上门来求字上当的人展纸、挥毫、感遇、叹息、献丑、悔愧而消磨。王秀芳女士发了善心，替我挡驾、解围，不尽关切之至，来来去去，早误了睡眠时间。

25日，小雨朦胧，四山空蒙，我们登上老界岭。人眼景色，亦真亦幻；绿静云动，亦诗亦情；细细雨丝拂面，犹如嗯喁私语；万籁俱寂，身临其境地含蓄和神秘。此情此景，两位老乡牵着两只猴子过路该是何等兴致啊！一群文人顿时活跃起来，二猴目瞪口呆。朋友们一定还记得，同猴哥儿亲善者莫过于我。亲热一番后，我在主人的首肯下，掏出大洋壹圆，同一小猴合了影。它站石上，我立一旁，互致问候，握手言好，相机快门"咔嚓"一响，终成永久纪念。此刻，这张照片就在案头，我一边写西峡，它一边同我握手，不是喜相逢的神情，而是双目直视，呆呆地，恐惧和不解。在它眼里，我是人，或者就是敌人，是同它的主人一样捕获它、虐待它、养育它、完全征服它、日夜用铁链拴着它、牵着它、戏弄它的衣食父母兼敌人。它哪里知道我属猴，生日恰巧就在本月。我同它照相不过在它身上找找寄托，难道不也同主人一样是对它的戏弄！

　　笔会期间，客主双方说了许多掏心动感情的话，不少有路子的人愿为西峡打出境外出谋划策、牵线搭桥。我，一无权，二无钱，身无长物，一只秃笔，三寸笨舌，一双勉强知好歹、辨善恶的眼睛。我除了"逢人总说西峡好"之类的宣传外，剩下的惟有心裁、心感、心折和心仪。我不忘《西峡县对外开放优惠政策》中的第17条的诱惑："凡外地来我县工作的，职称为副教授以上的专业技术人员，经有关部门考察决定后，其月工资不低于500元，中级职称不低于400元；愿在西峡落户长期工作的，免费提供一套有卫生间、程控电话等设施的住房，并给予适当的安置费。"没有气派，没有实力，没有眼光，是不敢吹这个牛皮的。

笔会结束，兵发南阳，路过内乡，秀芳陪同我们参观全国保存最完好的内乡县衙，其历史意义和文物价值自不待言，杂文家蓝翎归来已有妙文发表。路过南阳，参观汉画馆、武侯祠。今日亲见，叹为观止。从汉文化、中原文化、楚文化联想到现代文化，源远流长，惟"博大精深"可以誉之。汉画的狂放沉雄，岳飞题前后《出师表》的飞龙走蛇，都是精神状态处于自由、解放境界的神来之笔，使人流连忘返。"三顾茅庐"处，云霭霭，柏森森，魂渺渺。大新陪我和散文家周明步入殿堂、穿越碑林，即将告别精忠报国的岳元帅曾经借宿其内，"泪如雨下"、"夜不成眠"、"挥涕走笔"、"舒胸中抑郁"的这块圣土时，命运之神前来招手。一位算命的妇人，三十多岁，伶牙俐齿，善解人意，愿为我们预测未来吉凶。"抽到大红签，少则三元，多则不限。你大福大寿大吉大利大发财大老板命里注定了，还在乎几个小钱！抽到下下签，分文不取，人倒霉了……不要你的钱！"算命的秘密我们知道，顺情说好话还不容易！我们掉头就走，旋又止步回首。

"不妨试试。"我说。

周明也撺掇前去，但说罢又犹豫，足将行而踟躇。

大新说："去吧，北京想算还没地方找呢！"

我硬拽周明过去。

周明头一签就是大吉大利的大红签，又长寿又发财，而且婚姻越晚越幸福。大新不抽，说他算过一回，果然遭了一难，"我怕又抽上倒霉签。"我的头一签是下下签，为名不为利，一生苦难，但有贵人相助云云。

晚，我没有去跳舞。多年来没有情绪跳舞。

盼西峡好运

8月26日，"文学创作西峡笔会"结束，闭幕式上我作了即兴发言，全文追记如下：

我参加过地方的艺术节、文化节。"文化搭台，经济唱戏"。但是一个县举办文学笔会却是生平头一遭，新鲜，气派，圆满！

没有富商，没有大款；一群"穷文人""酸秀才"。没上没下，没大没小。

大开了眼界，放纵了笑声，练写了大字，收获了友情。

一切的一切都那么耐看，连食堂里吃的也是文化。不看不知道，一看吓一跳。有诗为证：

待到重阳日　还来就菊花

　　话音刚落，小吴（元成）上前咬了我的耳朵："西峡有名镇曰'重阳'，有名山曰'菊花'，你这两句诗引得再恰当不过了！"

好一个狗嗳子!

——权文学的《在九曲十八弯的山凹里》

九月十三日，在太原，经李国涛介绍，我读了一篇相当不错的短篇小说《在九曲十八弯的山凹里》，作者权文学，发表在刚刚出版的《山西文学》上。

好作品理当奔走相告，我乘兴把它推荐给同行的王蒙和崔道怡，他们同声叫绝。这篇充满笑料但促人深慎思之的作品，给我们的太原之行增添了不少情趣。

王蒙遇见我们，总要学着那位俊媳妇的腔调说："太不可思议了！""太原始了吧！"我们一阵笑声。接着，他又学狗嗳子的口吻说道："我可以走了吧？你不走怎么着，莫非还想让谁管你一顿饭？天生的贱！"

特别有趣，是地地道道从山西的山凹里抠出来的风味小品，然而，它起根上却是深沉的。

一桩平常而又风趣的生活小事。

作者从这桩山间小事中发现了一个独特的性格。他不是江苏的陈奂生，不是贵州的冯幺爸，不是河南的黑娃，也不是关中的冷娃，而是山西的从此而得名的狗嗫。"嗫"者吐也；"狗嗫"者，狗都不吃、吃了就吐之谓也。

狗嗫子按传统的"乡规"拆看了一封情书，被俊媳妇告了状。审案人越是怒不可遏，狗嗫子越是莫名其妙，读者越是忍俊不禁。

事情显得如此的不协调、有趣、可笑和难以理解！俊媳妇气得牙根痒痒，下乡干部瞪起"圆豆眼"，狗嗫却觉得寡淡之极。"大不该为这球大的事兴师动众"，他全然不当一回事。"为啥要拆信？"他诧异起来，想笑，"把他的，这不是白糖开水话吗！那你为啥要吃饭？还不是想呗！"当事情已经弄到触犯刑律，"按照法律要处一年以下有期徒刑"的时候，他简直被击懵了："咋日鬼的，咱烧香就关庙门！别人拆信赏烟抽，轮到我就蹲班房？""我可没挨碰过她的身子！"所有的山民都惊呆了，觉得狗嗫子这场官司吃得屈。

不就为一封信吗？多少年来，山凹里兴的就是这乡规呀！

为一桩最让人叫不起兴的寡淡事问官司，山民们觉得可笑。

那么，到底谁可笑呢？难道仅仅是以狗嗳子为代表的山野乡民吗？

那位审案子的下乡干部也很可笑，他太不善于做人的工作了。他是县司法局的主任，只知道私拆别人的信件犯法，却不理会本县乡规乡俗和什么人在什么情况下为了什么拆什么人的什么信，动不动"放老实点！""老实些！""你是要顽抗到底了？""准备进城蹲班房……"像审问罪犯一样，难怪狗嗳觉得这个"圆豆眼"没水平。这位主任实在太粗暴，哪里像是检查落实"文明礼貌活动"的既讲文明、又有礼貌的人！这个人的作风简单化，令人发笑；这个人物被作者写得简单化，反而使人不过笑笑而已。

最可笑的是落后、愚昧和如此这般的乡规乡俗。

九曲十八弯的山凹里出现了屁股瓣一愣一愣的"桃花苞"，蜗居在偏远而古老的小天地里的山民们舍得花钱置办穿戴。这里有人引吭高歌"八十年代的新一辈"，也有人苍凉地招魂叫喊"四女哎——俺孩回来呀！"他们口里说着时兴话"五讲四美"，老槐树上却贴着"天皇皇，地皇皇，我家有个夜哭郎……"他们无聊时就看狗咬架、猫上树，总之，这里毕竟太偏僻，太遥远，这里的人毕竟野惯了！

无怀氏之民欤，葛天氏之民欤，这九曲十八弯的山凹里？

然而，时代变了，变得很快，也变得很难。穷够了的山民们"富得流了油"，真有点土包子开洋荤。不管怎么落后，狗嗳子毕竟戴上电子表，穿上三接头，还要照俊媳妇裤子的成色和样子给孩儿他娘买上一条。

这是一个新旧交替的时代。

这是一个盼精神文明如饥渴，又视精神文明为怪物的新旧交错、美丑杂陈、五光十色、五花八门以致使人感到眼花缭乱、非常可笑的"蛮荒"之地。

传统是动力也是惰力，传统道德面临挑战。新鲜的玩意儿有时像风一样吹来，有时像水一样渗透，有时像迎来的贵宾，有时像不速之客，有时像洪水猛兽。人们对它感到新奇、愉悦、茫然、反感、惊愕甚至恐怖，喜怒哀乐，一应俱全，五味瓶打个粉碎。土包子开了洋荤，旧习惯成了桎梏，现代文明正在破坏田园牧歌。抚今追昔，瞻望前途，人们也许不寒而栗：国粹在哪里？出路何在？

物质文明的建设必须伴以精神文明。狗嗳子过富了，舍得花钱，"无论如何明天得进一趟城了，除了买皮鞋，手表也该换一块了"。我想，有朝一日，他会抱一台电视机回来；收音机、电视机会帮助他提高文化知识水平。到了那时，他自然会打破私拆信件的传统乡俗。即便拆了别人的情书，他也自然地不会重演现在这样的愚昧喜剧——"讲一下过程！""行喀！"狗嗳子慨然应允，喜滋滋的，好像他是劳模，就要给大家报告他的勋业似的。但一下又忸怩了，担心自己讲不周全、讲不细，把什么漏掉了……我想起了阿Q画圈圈。狗嗖子不是无怀氏之民，不是太古之民，也不是阿Q。狗嗖子并不是一点不像阿Q；但狗嗖子毕竟不是阿Q。

权文学的的确确发现了一个个性独特、血肉灵动的现实人物，这个人物将因其特殊的性格而活跃于文苑，又将因其重负的因袭而呼号着四化。精神文明建设日新月异地改变着人们的精神面貌，山乡人民正在富裕的道路上共建文明村，新生活扑面而来。

崔道怡认为小说的最后不够完整，我也感到结尾部分似应有点睛之笔，使作品的主题有所升华。我以为，作者把这个山凹处理成根本没有电视、狗嗖子最后向往电视（活电影）更合理、更富理想。王蒙不以为然，他说结尾部分尚可，当然还可以改得更好，不过，不改也罢。但是，我们一致的意见是下乡干部有些脸谱化，打鬼的描写近乎胡闹，题目太长，文绉绉，同作品的风格不相协调，有的建议改成《违宪》，有的建议改成《拆信》，有的建议改成《在山凹里》或《顶顶有趣的事》，但都不尽如人意。

"'我可以走了吧？'你不走怎么着，莫非还想让谁管你一顿饭？天生的贱！"又是一阵痛快的笑声，大家前仰后合。王蒙自己笑得不亦乐乎。他已经读过第三遍了，其耳熟焉，故能详也，适足见其喜爱之情。作者的语言口语化，生动活泼，表现力强，尤以山西农民特有的幽默之风令人叫绝。作者写这篇小说，看来十分顺手，犹如行云流水般的自然。他信手拈来，涉笔成趣，装龙像龙，装虎像虎，妙语惊人，妙笔生花，对生活简直熟透了。这样的作者，我们异口同声，把他称赞。

回京之后，我将这篇小说捧于我所尊敬的唐因（《文艺报》编辑部主任），听取他的意见。二十三日子夜他写信给我。

唐因写道：

"那篇小说，从一件小事看农村中新旧风习的抵触，原来也是可以有情趣的。开头所写种种，都在显出新旧的混杂交融，正是当今中国社会的特点。只是拆信一节，有可议处。任意拆读他人信件，过去农村中习以为常，当然有种种原因，如缺少文化之类，但到底是一种不文明、不尊重人的习惯，也可以说是宗法社会的一点阴影，无论如何是要革除的。我们没有经历过那种'天赋人权'的变革，故而往往不知道尊重人，如西方那种个人'独处'不得侵犯的规矩，还得养成。而这篇小说，却在不文明的习惯上，涂上了一层民俗醇厚古朴的色彩，似乎过去是由于识字者少，外出做事者也少，一封家书，乡人都视为喜事，拆而读之，大家都分享一点快慰。对此提出控诉，自然就使人觉得小题大做，大惊小怪，很不近人情了。那位女同胞，在小说中反而成为受奚落的角色。而作者的同情，却显然是在拆信者一方的。这就等于同情了应当革除的不文明习惯。所以，使人感到，作者的感情倾向是并不明智的。或者说，作者在道理上以为女同胞是，在感情上却以为非。我们生活中，陋习还是太多。要嘲笑的应该是不文明的东西。所以我觉得，这小说似乎不能说是清新之作。"

这是在更为严格的意义上对小说提出希望和要求，当然，他首先称道作者新的努力。在太原时，权文学表示他情愿听取各种不同意见，然后对小说再做一番加工修改，很好！因此，我将纷纷议论和盘托出，诸君善取。

1983年10月9日子夜北京

《小说选刊》第十一期我选了这篇小说，又翻开原作读了一遍。我是不是对这篇小说太偏爱，以致连同狗幔子身上落后的东西也无条件地同情起来？

作者写小说刻画人物，一定对人物寄予感情，笔端常带感情，何褒何贬尽在其中。不管自觉不自觉，这种对人物所持的基本态度不可避免地潜伏于小说的字里行间。我是说"潜伏"或者"暗示"，不必特别地说出，以免失之直露。当然，也有特别说出来的，但大作家往往不特别地说出，而使人知其爱憎为高致。我想起契诃夫写给阿·谢·苏沃林的信中的一段话。他说："您希望我在描写偷马贼的时候应该说明：偷马是坏事。不过话说回来，这种话就是我不说，别人也早已知道了。让陪审员去裁判吧，我的工作只在于表明他们是怎样的人。"他又说："为了在七百行文字里描写偷马贼，我得按他们的方式说话和思索，按他们的心理来感觉，要不然，如果我加进主观成分去，形象就会模糊，这篇小说就不会像一切短小的小说所应该做到的那么紧凑了。我写的时候，充分信赖读者，认定小说里所欠缺的主观成分读者自己会加进去。"

契诃夫一生追求短篇小说的凝练和富有韵致，他在尽可能小的包装里容纳尽可能多的货色，用写诗的办法构思小说。他深谙艺术之道，因此在艺术创造之中获得极大的自由。契诃夫这个长处很值得我们写短篇小说的作者记取。契诃夫曾经写过一个短篇《凶犯》，里面有个乡下人捻下铁轨上的螺丝帽作钩钓的坠子。这不得了啊，可他被抓以后反倒莫名其妙，不服气，愚鲁可笑之处颇像我们的狗嗳子！但是，契诃夫同情这位乡下人，却不同情这位乡下人的无知之举，尽管他是"无知无识的老百姓"。

《在九曲十八弯的山凹里》，从始到终，权文学没有发议论，没有说教，没有"加进主观成分去"，这是我欣赏他的地方。然而，他是否也像契诃夫那样，"认定小说里所欠缺的主观成分读者自己会加进去"呢？是不是"这种话就是我不说，别人也早已知道了"？我以为是。契诃夫同情拧螺丝的农民，不同情农民拧螺丝；权文学同情拆情书的狗嗳子，不同情狗嗳子拆情书。不管怎么说，80年代的中国读者，总该不会认为私拆信件是应当首肯的一种精神充饥吧！因此，劝导的话即便不说，"别人也早已知道了"。那位下乡干部倒是态度鲜明、爱憎分明、执法如山，其结果怎么样呢？只能令人反感。作者并不是同情狗嗳子私拆信件，而是不同意像下乡干部那样"加进主观成分"地直说、训斥人。

想到了，未必完全说清楚了，因此，我仍然将纷纷议论和盘托出，读者善取。

《幽默小说选》后记

生来爱好幽默，这是受了祖父的影响。祖父出身私塾老师，爱说笑，喜欢嬉笑的人群，天大的事一笑了之。渐渐地，我的生活也离不开幽默，年过半百，头发不白，牙齿坚固，说话不啰嗦，行路快如风，什么诀窍？一句说完：再累、再气、再晚也得开开玩笑听听音乐。

编一本幽默小说的书是我的夙愿，今在宁夏人民出版社和王蒙的鼎力支持下（他欣然承序）如愿以偿。

我原先有顾虑，称有成就的作家为"幽默小说作家"，人家愿意吗？"是不是降低了作家的身份？"王蒙立刻校正说："不是降低，而是抬高。"

我广泛地征求意见，非常谦恭地向"幽默作家"请教，收获是出乎意料的。《幽默小说选》里所选，大多是我国新时期幽默小说作家、幽默小说大家或幽默小说大师的代表作，集中起来一看，啊，这么好，这么多，真没想到！从今以后，我们完全可以亮出"幽默小说"的牌子，完全可以提倡"幽默小说"的创作，使幽默小说家成为我国最受群众欢迎的人。

幽默文学，古已有之，世界亦然，不过"幽默"的译音20年代才传入中国，林语堂翻译过来以后变成"国货"。对于幽默文学，我们研究不够，多年来不敢提倡，因为幽默与讽刺常常联系在一起（所谓"讽刺与幽默"），讽刺有非政之嫌。幽默岂止同讽刺关系密切，诙谐、取笑（笑话）、逗乐、滑稽都和幽默有关，多发噱之语，使人发笑，都得夸张，不管其中的人物本身是否可笑。然而，幽默不是调皮油滑，不是寻开心、耍贫嘴；也不仅聊博一笑、有趣而已。幽默骨子里有诚实和崇高，它于清醒中用夸张，于可笑中见智慧。有人问道：怎么解释王蒙作品的"耍贫嘴"呢？那是偶尔为之，是幽默的一种手段，嘻嘻哈哈谈名理、通世故，灵魂是庄严的。

林肯，被称为"伟大的解放者"，也被称作"全国幽默之王"。林肯"能把一只猫儿逗笑"。他在宣读著名的《解放黑奴宣言》如此庄严的大会上，竟做起幽默文章。"先生们，为什么不笑？……如果没有笑，我可活不了！"他说："幽默是润滑剂？镇痛剂"，它"把我从许多冲突和痛苦之中解救出来。"

《笑府》《广笑府》的编者冯梦龙说："古今世界，一大笑府，我与若皆在其中，供人话柄，不话不成人，不笑不成话，不笑不话不成世界"。

笑能笑人，亦能醒人，"虽然游戏三昧，可称度世金针。"（石成金《笑得好初集》语）

鲁迅是幽默大师，《阿Q正传》是幽默小说之冠。幽默文学与新文学同时出现并发展，这一现象意味深长。老舍、赵树理都是幽默大师，他们机智的笑给文学和人民以战斗和休息。周立波的小说不乏幽默感。1961年，马识途发表在《人民文学》上的《最有办法的人》何等新鲜！次年又发表了《两个第一》和《挑女婿》。在新时期小说林中从事幽默小说的写作者，王蒙、高晓声、陆文夫，蒋子龙、冯骥才、李国文、邓友梅、苏叔阳、陈建功、陈国凯以及尤凤伟、楚良等都是自觉的，佳作不断出现，可惜文坛重视不够，我只读到陕西陈孝英等同志论王蒙幽默的寥寥论文。总之，现在是编选幽默小说集的时候了，有条件也有热情。

作家们很支持这一编选工作，纷纷复函给我鼓气。马识途写道："讽刺和幽默小说在我国实在不景气，你拟编一本《幽默小说选》提倡一下，是大好事。"蒋子龙称自己的幽默小说为"有点'辣味'的小说"；冯骥才称自己的幽默小说是"取笑小说"，他们认为编这本书是"干事业"，"说干就干"。陈建功说："我的小说，亦悲亦喜的多，也许算'灰色幽默'吧！"王蒙不忘他的"维吾尔的'黑色幽默'"，陈国凯不忘他的"荒诞的梦"。苏叔阳说："出《幽默小说选》很好。令人捧腹大笑者，大约不能算幽默。"张长说："'左'的路线使大家都习惯板着脸孔，失去了幽默感。其实，东方人的幽默更深刻，更有哲理味儿，作家有责任唤起人们脑海中不知什么时候下潜了的意识，即幽默感。"李国文的话更使人感动，他说："当代中国刊物如林，独缺一份类似30年代鲁迅、林语堂办过的《论语》那样所提倡幽默的刊物，是一大憾事。也许和中国人或中国这个民族缺乏幽默感有关。沉重的，读后如同一块砖头，压在心里的文学当然需要，但全是一块砖头，人就会被压得喘不过气来，所以，我爱读一点，或写一点轻松的（其实也未必轻松）东西，假如你有兴趣主办这样一个刊物，我想一定会有销路的。"国文有识，但是办得起来吗？

书中所选，也许有不是严格意义上的幽默小说的如《村魂》，但还是选了，什么原因，模糊美学所使然也。

百花齐放，百家争鸣；创作自由，评论自由，从今往后，"中国幽默小说"的牌子应该高高地挑起！

爷爷在世的话，我一定把《幽默小说选》念给他听。

三书友QQ人生

读书成了我的主要生活内容，读书给人以乐趣。

我也是每日以读书为最大的乐趣。

刘心武的《红楼三谜》说的是元春、秦可卿与妙玉的生平秘事。我也读了周汝昌此类系列小说。一本好书应该充满神秘之谜，越读越放不下。你看，一本《红楼梦》引发多少痴人说梦呵！又养活了多少专攻痴迷的文人墨客呵！

一口气读完索尔仁尼琴的《牛犊顶橡树》，热血沸腾。这位作家无愧于俄罗斯文学的光荣传统，无愧于千千万万屈死在劳改营中无辜的牺牲者。他把最真实的话说给了地球上所有瞩望未来的人听：绝不能过那样被奴役的生活！人应该过真诚的生活而不是虚伪的生活，人应该过尊严的生活而不是屈辱的生活。为了争取人的权利，索尔仁尼琴进行了勇敢无畏而又孤独无援的战斗，他是胜利者，赢得了全世界的读者。我急于读比砖块还厚的《古拉格群岛》，请你告诉我是哪家出版社出版的。《伊万·杰尼索维奇一天》我也没有读过。

你早先要我不妨一读的《国画》终成禁忌。中国人的心态是你越不让他看，他越想看，就像劳伦斯当初那样，可如今，《查泰莱夫人的情人》陈放在名家书店里翻都没人翻了，相反，王小波与李银河关于我国同性恋的调查报告《他们的世界》却上了色情网页！李银河写道："有一点可以预期，人类的性活动在经历更多曲折后，仍会朝着丰富多彩的方向往前走，不再回头。我们完全可以对人的极其丰富的个性在性领域自由地表达的前景抱有希望。"你不觉得李银河有伟丈夫气概么？斯人也，可引为学界知音。你问的《伊万·杰尼索维奇一天》，我存有当年的内部参考本，《古拉格群岛》，80年代初购得一部，这两本书，回头寄你。

我对阅读的选择非常严格，或许因为我太爱惜时间，所以不愿读不入流的"流行作家"，只想读追寻生命价值的书，它会使我异乎寻常的兴奋与活跃。

鲁迅一次大病之后，午夜醒来，叫许广平开灯。许广平问他要做什么，鲁迅说："什么也不做，只想看看。"我常常就有这种什么也不想，什么也不干，只想随意地看看的需要，例如，看看天空，看看树木和青草，看看楼房和街灯，看看屋子里的杂物，看看身边的亲人，平静而喜悦。尤其是病痛初愈后的随意看看，其内涵更为丰富，不信，今夜你试试！感觉一下"存在"，感觉一下"活着"，不尽的美妙！

《西藏生死书》，藏密佛教索甲仁波且著，知识渊博，智慧深邃，语言幽默而有风趣。本书主要由"生"、"临终"和"死亡与重生"三大部分组成，共有"把心带回家"、"临终修习"、"死亡的过程"、"内在的光芒"、"濒死的经验"等二十二个章节。由于揭示了生死本相之真、众生慈悲之善、优雅律动之美，所以，读来激动不已，从而获得宁静和安乐。高级的宗教，除了要对生命赋予最神圣的尊严外，还要对生死给予最终的关怀。佛法的特质表现在通达一如、解脱轮回痛苦的智慧上。作者让我们问自己两个问题：我是否每一刻都记得我个人、每个人以及每一样东西正在步向死亡，因此时时刻刻能够以慈善心对待众生？我们的文化中缺少镇静、空灵，我们的生活琐碎、重复，往往浪费在芝麻绿豆小事上，我们似乎不懂得怎么过日子。我们的眼光短浅到只注意今生，我们虚度生命一点选择也没有，除非重病或灾难才会使我们惊醒过来。大名鼎鼎的蒙田说："我们不知道死亡在哪儿等待着我们，因此让我们处处等待死亡。对死亡的修行就是对解脱的修行。学会怎么死亡的人，就学会怎样不做奴隶。"《生死书》被誉之为藏版《神曲》，它也许影响我的后半生。

另有一本书叫《宇宙的意志》，日本经济学家、生物学家岸根卓朗著。他谈论的也是生死，但它是在物理学的最新研究成果的基础上验证东方的神秘哲学与宗教的，恰好是前一本书的科学诠释。作者有许多惊人之论，认为未来的文明将是科学、宗教、艺术三位一体化，是以东方文化的心物一体论作为核心的文化。他很了不起的地方是对实证科学的重大突破。他提出未来的科学应将注意力由可视世界转向不可视世界，由三维世界转向四维世界。简直是一部奇书！我打算写点书评，当然，还须细心研读之后方能动笔。

"没有宗教就没有辩证法。"记得这是了不起的思想家顾准早在"文革"时期的著名论断。我是乐观主义者，但对我国文艺界多多少少有些悲观。中国作家笔下的男人也好，女人也好，很难说都是成熟的角色。他们难得具备健全的、高质量的心理状态，并且亮不出健美的肉体、敏捷的活力和自然的、未被败坏的"性爱"能力，所以，七七八八的隐私文学居然没有多少可以拿来与《廊桥遗梦》相比，不怪别的，只怪我们土壤上生长出的往往是人工培育的生物，欠缺自然性，欠缺整体上的和谐，肉与灵分裂，性与情、情与爱分离，健康与美丽相悖。偷偷摸摸的婚外恋，猥猥琐琐的情话和性事何美之有？《廊桥遗梦》之所以让不少妇女落泪，是因为哭泣的人看到自己的生命是如何被虚掷了。她们生儿育女，但她们既未享受到情爱，也未享受到子女和孙儿辈的敬爱。她们站在健康美丽迷人的弗朗西斯卡面前自惭形秽。"相爱或者死亡"！人们惧怕爱情恰似惧怕死亡，宁可临水望月、对镜看花、隔雾观山，就是不肯睁大双眼直面爱和死，因为二者同样需要全身心地投入。

中国一些自谓"时髦"的女性，似乎有意探索选择某种新的生活方式，骨子里却依然是旧时代的灵魂。她们自卑、自贱、自傲。她们怕这怕那，充满了对自由、开放的恐惧。她们害怕成为被抛弃者，同时又怕被占有。她们怨天尤人，装神弄鬼。现当代有一批女作家的书都有意无意呈现出这种病态的女性心理，细细思之，不但比不上"五·四"时代的、30年代的新女性，就是19世纪俄罗斯女性她们也难望其项背，原因是她们欠缺新"人"的觉醒，失却独立的"人格"，匮乏女性的柔美、魅力与自信心。她们总是一副可怜兮兮的神情，做她们的丈夫或情人，必须把她们整个人背负起来前行，你若没有这个力量，就不要向她们流露出爱慕的眼光——她们时时刻刻张开捕捉你的罗网，只要捉住一只，微笑（曾经那么迷人啊！）就会变成泪光（叫你不得不心慌意乱）。而男人，却需要一个能与他并肩前进的伴侣，一个可以互相鼓舞与响应的强有力的伙伴。我主张审美层次上的男女关系，不主张在男女问题上违反自己的意志与心愿。首先必须忠于自己，要爱，就爱一个值得为他（她）经受苦难的人。一个真正成熟的男人或女人，应该是善于独处和会享受孤独的人，因为人的生和死都是单身前往的，人和宇宙一直是单纯联系的。虽然人处在一个网络之中，但每个人与他人的联系也都是单线的，尤其人与宇宙是如此。我不信什么同生共死，也不信什么永恒的爱情。世上只有一样是不变的，那就是"变化"本身。

正是变化才会使我们的生命充满喜悦和乐趣，正是变化才会使我们的生命之泉喷涌。

我们一方面要打破对于女性的固有的偏见，一方面要提醒女性同胞自尊自强。我以前写小说时，常常给故事的女主角取名为S，男主角则叫他Z，就像卡夫卡小说中的人物常常叫K一样。S是一条蛇行线，这是最美的线，只要你稍稍加上点想象力，就会明白用S来给女主人公命名再好不过，因为只要一看这符号你就会感受到女性的魅力，它不但使人直观到一个富有曲线美、妖娆美的身段，而且还亲见其处于运动的趋势，能感到她的内心的律动。男人，从他们宁折不弯的阳刚之美来观察，也没有比Z的形状更形象的符号了，我甚至就用S和Z来想象和祝福所有的女人和男人。

弟平生最恨虚伪，那些心里恨你口里却对你说着甜言蜜语的人最可怕，特别是嫉妒中的女人，简直叫人受不了！她们总是疑神疑鬼制造风波自寻烦恼，你还无法解劝她，因为她正一门心思疑心你或许正在同你"捣鬼"，故而我不喜欢与女人打交道，有这么一个女人在身边，生无宁日矣！

中国相当多的男人也够呛，把女人当作"对象"而非当作平等的人，这种观念的祸害不革除，怎么能写出好的小说，拍出美的电影呢？

但也不要无视另一种祸害。"金钱，金钱，金钱！所有现代人只有一个主意，便是把人类古老的人性的感情消灭掉，把从前的亚当和夏娃切成肉酱。他们都是一样，世界随处都是一样：把人性的真实性扼杀了，每条阴茎一金镑，每对睾丸两金镑！"（见《恰泰莱夫人的情人》第315页）读劳伦斯这部书，心头总是沉甸甸的，即使康妮与梅乐士在雨中疯狂地舞蹈，你也不会感到轻松。

在求温饱的年代里，贫穷和灾难是紧密相连的，愚昧是它们的影子，不能活得聪明，那就活糊涂些吧！如今不是到处都有人叫喊"难得糊涂"吗？这是对郑板桥的误读，其实，我看这些人早已糊涂得可以的了。时代需要智者和悟者，永远需要大哲学家、大思想家。

一个作家不能脱离他所处的时代。林语堂的道路走得通吗？胡适的道路又如何呢？像王实味那样还是像胡风那样？中国又有几个知识分子有梁漱溟老人的硬骨头呢？我很早就想写这么一篇文章，即使写出来，又到哪里发表呢？

几千年来的愚民政策与贫穷落后造成人性的恶果。谁不赞赏毕加索的画？但毕加索如果生活在中国肯定当不成伟大的画家，充其量不过是个色鬼加流氓罢了，更不用说劳伦斯。中国的人文精神之树不是缺少阳光就是缺水缺肥，相反，倒常常受到砍伐和侵犯。你会说，现在好了，经济发展，民众富有，物质文明上去了，精神文明自然也会上去，——错！物质富了，精神穷了，精神被金钱和权势强奸了。

读米歇尔·芒索回忆杜拉斯的《闺中女友》（作者是与杜拉斯有30年交往的闺中密友，为了形影不离，杜搬一次家，她也搬一次家），非常有趣。书中详述了杜拉斯对写作、生活以及男男女女等方面的精辟论述，让人们看到一个比她的作品里看到的还要清晰的杜拉斯：感情微妙，才华横溢，性格怪异。她在小说里大胆披露自己多种欲望，却容不得好友无意中说出她的具体年龄和一点鸡毛蒜皮的隐私。她偏执而孤傲，率性而专横，内心充满矛盾，但很可爱。杜拉斯经历过两次婚姻并同一些男子相爱。她71岁时被一个27岁的大学生崇拜追求，以致激发出她发狂的激情。读他的信或者与他相见时，她都止不住双手颤抖，这使他有了勇气向她示爱并同居，直到15年后她逝世。这位年轻人读大学时对杜拉斯的作品入迷，专攻杜作。他写了一部名叫《玛·杜》的书（可惜中国尚未见到译本），通过极其琐屑与细腻的日常生活细节，坦陈他们的同居生活。他在见到杜拉斯之前，曾写给她长达7年的情书。书中有幅他俩的合照，我看了许久许久。男的个子很高，瘦削，有诗人的敏感气质；女的矮而且胖，不像70高龄的老妪，但也绝不年轻。

男的挽着女的手臂，上身微向她倾斜，一副柔顺体贴的模样，很像她的儿子。杜拉斯曾向那位女密友夸口："我就是到80岁，也还会有吸引力的。"事实上，这位男友就那么认为，觉得她非常年轻，迷人，神秘，富于变化，非常可爱。我相信他说了真话。这个事实证明了，真正的爱是超越肉体的，年龄不是障碍，贵在超越。

听说过12世纪20年代哲学家和神学家阿贝拉尔与海萝丽斯的恋爱故事吗？我多年前曾看到过以此书为题材的一部好莱坞电影，非常非常感人，终生难忘。今天，在《亲吻神学》（即《中世纪修道院情书选》）里又读到了这个令人极其震撼的故事。虽然时间逝去800多年，但他们的爱和痛苦却叫人感极而泣。真正的爱是不死的。

阿贝拉尔在为海萝丽斯讲授哲学和神学期间，与这个17岁少女发生狂热的恋情，使她受孕。他们不得不秘密结婚，生下一子。随后，阿贝拉尔被女方家族施以残酷的报复，被阉割。此后15年，阿贝拉尔与海萝丽各自在修道院落里尽神职，他完成《受难史》。此书传到女方手里后，引发出剧烈的伤痛，两人开始通信，多么了不起的内心剖白呵！两情相许爱得多么深啊！阿贝拉尔死后葬于圣灵堂。又过了22年，海萝丽斯也葬于圣灵堂，他们的故事流芳百世，至今催人泪下。

这位修士与修女的《情书选》都是美妙无比的诗的文字，

可见植根心灵净土绽放的花朵何其芬芳！真没想到爱是如此奥妙如此伟大如此有魅力！人心是座多么奇妙的殿堂啊！不可言说，不可言说！

《百年孤独》作者马尔克斯的《霍乱时期的爱情》，说的是年过八旬老人们长达半个世纪的三角恋爱——一个如画般的没有回报的爱情故事。作者思考了情爱心理、性爱心理以及老人心理，感叹其"唯一的痛苦是没能为爱而死"。结语是："经历爱情的折磨是一种尊严"。好生动人噢！

精神之爱是一种无限的接触，这种接触发生在人的内心深处，并使相爱者达到完美的合一。

拔牙使我情绪低落，镶牙也十分可怕，这使我体会到一位老明星对某妙龄女子说的一句话："轻点，怕你碰掉我的假牙！"又联想到另一位老艺术家曾对我说的"真叫人羡慕！你的牙这么白，而且都是真的！"当时，这句话使我笑出眼泪。据说，一个不相信再有情人的女人总是止不住要发胖的。

（众大笑。"太刺激！你的发现吗？""不，但我不贸然反对。"）

人的命运是由人的性格决定的，甜酸苦辣、哀哀怨怨，哪一样都要自己亲自尝一尝。人们不是常常默念着鲁迅《七论"文人相轻"》里的话吗？"至于文人，则不但要以热烈的憎，向'异己者'进攻，还得以热烈的憎，向'死的说教者'

抗战。在现在这'可怜'的时代，能杀才能生，能憎才能爱，能生与爱，才能文。"趁着还鲜鲜地活着，还能恨能爱，能感受快乐和痛苦，就痛痛快快地活罢！

一位到南极考察的博士爱德华·威尔逊给妻子的信中写道：

不管怎么样，一切都是最美好的。在你人生不顺利、遭到打击时，你不要去奢望有一把能够使你获得幸福的钥匙。

我死后，我将会再见到我心爱的一切人，因为他们先我一步在那儿的缘故，我觉得死亡也没有什么不好。所以，我爱人，爱生命本身，爱这奇妙奥秘的宇宙，爱我们所呼吸的空气和水，爱阳光和风雨，爱我们自身生命的律动和激情。所以，我一年比一年活得更轻松，更快乐。每天，我都怀着感谢和新鲜的心情来迎接新的黎明，抓紧时间好好生活，好好地吃下每一口食物，每一样美味可口的面点或水果，好好地喝每一杯牛奶或水，好好地品味每一样菜蔬，好好地欣赏每一部有趣的电影或电视剧，为剧中人笑或哭，好好读每一本展开于手的书，与世界上第一流的哲学家、思想家和伟人作精神上的交流，从他们那里吸取智慧和力量以及热情和勇气。

我赞成！只有一样叫我最快乐，就是读书！仿佛吸毒上瘾，屏蔽书，我无法过日子。

我也是一个嗜书如命的读者，最狂热、最勤奋，不可一日无书。诸位有好书，千万别忘记告诉我。

圣诞快乐！

新年愉快！

给你们俩拜个早年！

五石头记

有石五块，赏藏两宜。

"石不能言最可人。"

石之一：《风采》，鸡血石，产于昌化（36×25cm）

乡人骞国政，散文写得很多，我读得也不少。他把办报纸、管广电之余的一丁点应该休息的时间，用来经营心灵深处的艺术空间，工作狂更兼写作狂。其散文如"心灵的泉水"，滋润着他的精气神。

我告国政说，孙犁的散文，就是从心泉流出来的尺泽，希望在它的周围滋生一片浅草，几棵小树，能为经过这里的善良的飞鸟和走兽，春燕或秋雁，山羊或野鹿，解一时之渴，供一席之荫。

转眼间，国政也不年轻了，一手写散文，一手玩石头，痴心于奇石，寄情于收藏，心泉流过百般梦幻的世界。他以石为伴，老在琢磨着内里的神采和情韵。当他把一块鸡血石当众示我时（那简直就是一只活锦鸡，威风凛凛、血迹斑斑！）我被激活了，脑海里立刻跳出《韩诗外传》里称赞有加的话："头戴冠者文也，足缚距者武也，敌在前敢斗者能也，见食相呼者仁也，守夜不失时者信也。"把鸡说得五美俱全无以复加！

　　国政的鸡，武也，血染的风采。见我激动，便求我配诗，不计工拙，一挥而就，凡四句：

　　　　荒寂野士困犹斗，战罢通体血腥红；
　　　　梦觉化石兀自立，天下不白不辞鸣。

石之二：《求偶鸡》，高山石（230cm×360cm×200cm）

　　军医黄传贵，不但是个合格的医生，而且是女儿的好父亲、"全国敬老好儿女"。

　　黄传贵背着80高龄的妈妈上长城，超越一群又一群游人，直上八达岭长城的最高处"不到长城非好汉"的石碑。一个中国军人兴致勃勃，汗流浃背，像爬山一样攀援再攀援，向上再向上，对着背上妈妈的耳侧念念有词，充满着幸福感，气喘吁吁的老外们竟然向黄传贵欢呼起来。10年后，黄传贵的爱女黄芹意外事故不幸去世，他秘而不宣，照常门诊，也没有耽误过一次急诊，但是，当着女儿的遗像，他放声大哭，万籁俱寂，夜，已深了。

一个周日，黄传贵到京，上车给我重病的女儿切脉，说："肠吻合处水肿较厉害。"开了消肿的方子，鼓励阎荷是真正的战斗英雄。百忙之中，二次返回车中问寒问暖。又是精心诊治，又是资助药费，谁能拗得过他呢？送黄传贵上机场的路上，我们畅叙衷肠。黄传贵说："刚才整理行李打开一看，才发现那么大一块寿山石精雕，鸡笼内外一群活泼可爱的彩鸡，太贵重了！阎荷有病，你这是干什么呀？"我说："蓄谋已久了，正好，那天在王府井寿山石精品展销会上遇到此物，一见就爱上了。古人说：'不为风雨变，鸡德一何贞。'唤起太阳，叫醒人类，被古人称为德禽。你曾说过：'阎老师，我是山里人，绝不会被少数人所占有。'所以送一群生命力极强的鸡公公、鸡婆婆、鸡娃娃给你的老母。寿山石、寿山石，寿比南山，山石永存！"

回昆明后，他便让这群活蹦乱跳的鸡娃们嬉戏在老母的灵前。

《求偶鸡》属高山石，明丽鲜艳多色，浓淡过渡有致，为寿山艺术品中最佳的原料。古语说："玉石无价"，寿山石者，石中之王。寿山石柔而易攻，最宜雕刻。《本草经疏》

记："花乳石，其功专止于血，能使血化为水。"民间利用其粉治疗痱子，十分有效。当谈到寿山石具有医疗保健功能时，黄传贵尤喜。

《求偶鸡》，中国雕刻艺术拍卖会上的精品。

石之三：昆山石（13.5cm×10cm×7cm）

那年，杨守松下海南，血气方刚，写了篇报告文学《中国死了》，被我看中，但要他必须改换标题，他坚持不改，几经反复，他同意改为《救救海南》，但提出一个无容辩驳的条件："那就让我死吧，你给我的署名上加上黑框！"

我想，列夫·托尔斯泰不是活活地"死"过一回吗？托尔斯泰为了免受干扰专心写作《复活》，便将自己锁在房间里，对仆人说："从今天起，我死了，就葬在房间里。"果然，来访者被悲痛欲绝的仆人告知："先生死了，死在谁也不知道的地方。"托尔斯泰就这样"死了"。《复活》定稿后，托尔斯泰"复活"了。……我想，杨守松也一样，有"死"的权利，照办。

我是《救救海南》的责编，犯有"故意杀人罪"。

《救救海南》是探路者的报告，只找回了真实、真诚和焦虑，只求埋葬自己的奢望与海南的劣迹，必置死地而后生，但是，迷路了。他继续寻找，很快找到"昆山之路"。1990年，《昆山之路》出版，空谷足音，继而有《苏州"老乡"》、《昆山之路（续集）》等的一番热播，又有《黑发苏州》、《永远的［昆山之路］》等鲜亮登场。杨守松又活了。

杨守松视觉独特，敢唱《大风》，笔下有雷声，南京见面时，我以此二句赠之："文章尤贵在肝胆，波谲云诡始动人。"

进入21世纪，杨守松还是拿昆山说事，出版了《小康之路》一书，备受媒体夸赞，却让守松本人陷入了冷静地反思：作家的创新之路到底该怎样走下去？

2004年3月，杨守松专程来京，假中国作家协会会议室，召开"《小康之路》作品批评会"，事先明确"三不"："不要主办单位，不请官家领导，不听一句好话"。我第二个向守松开火，守松头上直冒汗。会后题词，我写"别开生面"四字，又写"作家要表现，政府要宣传；读者要审美，书商要赚钱。"举座皆欢。雷达起，援笔立就，改为"作家要表现，政府要宣传；读者要好看，书商要赚钱。"众又笑。会散。守松交我一个提包，嘱我小心打碎。进家门打开，见镜框有一石，白生生，质坚、瘦、透、露、皱，活脱一座精美的太湖石，是他珍藏之物，说早就想送给我作纪念。随石附言：

阎纲：这是块石头，为昆石，极坚硬，原在我"工作室"，2002年冬，你来见过。当时我突然感觉，此石非你莫属，之后一直耿耿于怀。这次来北京，就带来了。此意唯你能懂。

杨守松3月5日于北京

石之四："武夷灵石"（甚小）

一个邮寄的小盒子，两页《寻石》的文字，包裹着一块很不起眼的粗石。

十分有趣！"一次开会，遇到阎纲先生，我说：'老师，你救了我一命！'他很吃惊。我是读了他为女儿阎荷写的《三十八朵荷花》，才下定决心做了卵巢囊肿手术，大夫说幸亏及时，再晚，肯定耽误了。

"我喜登山，为先父背回过一块泰山石，父亲激动得淌下热泪。今游武夷，也捡一块我最中意的，以'武夷灵石'相赠谢，既雅且趣，岂不甚好。

"山奇水幽数武夷，武夷之魂在九曲。古人游九曲，由一曲的武夷宫出发，逆流而上，到九曲；崇（安）桐（木）公路开通以后，游人改由九曲顺流直下。溪水轻托着竹筏，清幽、闲适，犹如摇篮里的酣梦。难得这无拘无束的野趣，久违这自由无羁的快感，飘飘然如云中鹤，晃晃悠悠，轻舟迎进一曲溪。

"登上九曲的木筏，见沿岸码头全是水泥台阶、水泥路，无石。我不急，9.5公里的九曲溪长着呢！山挟水转，水绕山行，倏忽漂到了五曲。木筏击水，水色绿而黄，浑浊不得见底；即便水浅偶尔看到石子，也远非浅到伸手可得。急问年轻的艄公怎么能捡到石头，他一脸的坏笑：'要石头干吗？刚才经过的双乳峰要不要？一会儿就到的玉女峰要不要？'一片哄笑。我不急，继续想我的办法，只要水浅，就开始'捞'石行动。好容易漂到看来水浅流缓的地方，急忙弯腰把手伸到水里，艄公怒吼一声：'不要命了！'便把撑杆插到水底狠狠地教训我：'你就是跳下去也够不着的！'我双手合十，口中念念有词：'天灵灵、地灵灵，石头石头快显灵！'一直念到一曲，手无数次地湿着，石头却一回也没摸着。我暗暗嘲笑自己不知天多高、地多厚、水多深。我着急了。

"下了竹排，上得岸来，一看，傻了：沿岸全是人工砌成的石路！今儿走进山山水水，难道就寻不到一块石头？干脆，沿岸往回走，嘴里仍不停地'天灵灵、地灵灵'，腰快弯到180度，脸近得贴到地面，边走边用双手紧着拨拉，好容易吹沙出石，露出一块质地粗劣的小石子，不方不圆，鄙陋不堪，怎好拿它送人呢？不死心，继续找，没有；再找，还没有。

'转来哟，出发啦！'回头看，我竟然被落得老远。唉，天不灵地不灵石不灵，什么狮子星座五个星的好运气！罢了，起身直腰，决意放弃。就在起身的一刹那，忽地发现脚下有个小小的石尖冒了出来，像是猴头！俯首弯腰，下手挖出，竟拇指一般大小，立在手心，酷似卧猴，环抱着，一边是小兔，一边是小猴，慈幼之态可掬！哈，我太幸运了！天意早定，委屈它埋入沙中许多年，不就等着今天遇着我吗？有道是：'有意寻它它不见，蓦然低首却自来。'"

……

甚小，2.8cm×1.9cm×1cm

寄件人：小郝。

活灵活现，卧于掌中，立刻觉出体温，置于案首，相顾而叹曰：

有心寻之，无意得之；

猴兔拥之，栩栩生分。

九曲久分，彼心曲分；

武夷寿分，残年宝之。

示人，都说很像。

我属猴，小郝恰巧属兔。

石之五：昭陵卧牛 （11cm×12.5cm×26cm）

陕西省有个醴泉县，醴泉县有座九嵕山，九嵕山下埋着唐太宗李世民，巍巍乎"昭陵"！"昭陵"有臣僚的陪葬墓108座，被誉为中国最大的皇家陵园，乡里人叫它"唐王陵"。"唐王陵"以西有座笔架山，像妇之双乳，则天皇帝的陵寝，俗称"姑婆陵"，即"乾陵"，辖归乾县。

昭陵脚下有个西屯村，村里有个年轻娃，捏"泥娃娃"，烧"泥人人"，把家里弄得一片狼藉，结果出了名，出落成了泥塑家，竟然出洋到外国。鲁迅说："我相信，从唱本说书里可以产生托尔斯泰、弗罗培尔的。"那么，从民间传统的"泥人人"里不也能捏出个雕塑家罗丹来？

要问李小超的雕塑艺术有多好，先看看他捏出了多少好玩意儿。他的近40套组1000余件"泥塑"，将"昭陵"所在地——我们醴泉县农民地地道道的艺术造型和"关中冷娃"硬汉子精神，同陈忠实笔下《白鹿原》里全景式的关中风情逼真地糅合在一起，虽小却好，那风格，使人想起汉代的砖雕，骨力毕现却大气浑然。

2001年9月，我受小超之邀，有幸在他家里做客，目睹了让人惊喜的一切，像雕塑工作室又像个窑场作坊，满地是活灵活现的泥人坯子，我想，临潼当年烧制秦兵马俑，也不过这番景象。人们见到过陕西茂陵的石刻，几锤子砸下去，即成生命的发动和力的威慑；人们也赞叹醴泉县的"昭陵六骏"，雄健强劲而神态各异，骁勇无畏又通达人性。我想，不管李小超有意无意，这憨实剽悍的风骨和简练传神的灵性，作为地域文化基因滋养着他的雕塑艺术。我自己何尝不是？薪火不灭啊！

正是这一天，在覆斗形的"昭陵"所落座的九嵕山的山麓——李小超的老家前院，他将这块十多斤重的石头当众递到我的怀里，然后发表演说："这是咱醴泉的'嵕山石'，一头默默耕耘的'关中牛'，专门留给阎纲乡党作个念想。'石不能言最可人。'可人之石最能言，再多的话，我——不说了！"

石牛不轻，我还是背回北京，心想，要是头骆驼该多好啊，我属猴，骆驼命！

"体胖"与《宽心谣》

父亲殁于望九之年，高寿。他的经验是：寿在运动，散步万岁。后来又有补充说："'心广体胖'，四字诀也！""胖"者，舒适安泰之谓也，不能当"肥胖"解，不信查查字典。

生命在于运动，乃健身之术；心广才能体胖，乃健身之法。身心健康，才是真正意义上的健康。"哀莫大于心死"，"心死"，才是真死。

我，一个肉瘤（也是恶瘤）患者，1979年术后至今，20多年了，活得好好的，究其原因，不外乎把"心广"看得比"体胖"更重要。为了治病养病，我自己发明了两个"方子"，一个是"饺子疗法"（薄皮大馅、青菜透绿、辣椒蒜水），另一个是"说笑逗乐子"（笑一笑、十年少，幽默出智慧，健脑又宽心），至于死呀活呀的，抛却脑后，哪管它世事无常、文坛云涌、不如意事常八九；哪管它人欲横流、名缰利锁、公无渡河、公竟渡河！不计较、不想、不怕，精神上成了强者。

我多年来服用"黄氏抗癌粉"作用显著，也有关系吧。

治癌军医黄传贵，积三十多万份病历之经验与教训，心情沉重。他为沈从文诊病，特别是为巴金晚年切脉后，对作家的身体状况深感忧虑，对我痛极而言之：第一，辛勤劳累者易患癌，癌症不大找懒汉，所谓"好人命不长。"第二，身健者易患癌，残疾人反之，所谓"弯腰树不断，痨病人不死。"第三，多愁善感者易患癌，乐天派反之。前两条看似荒谬，实则不诬。还有一条一针见血，找着了病根。某年8月，唐达成、邵燕祥等几名作家一行到晋中南考察环保工作，我介绍完以上黄传贵的三条后又补充说："我续上一条：环境污染严重的地方易得癌，山清水秀、海清河晏之治人寿年丰。"言罢，掌声四起，千愁万绪，尽在这掌声起伏中。文艺理论家缪俊杰半开玩笑地说："闹离婚的作家易得癌，婚姻美满自有抗癌反应。"我补充说："应该是离婚长期扯皮的人易得癌……"众大笑。

作家艺术家情感丰富，喜怒无常，容易冲动，敏感而多愁。近年来，（尤其是作家）英年早逝的一个接着一个，但文艺界的寿星也渐渐多了起来。寿星总结自己的经验，或曰"倒行逆施"（每日早晚向后倒行）；或曰"无齿下流"、"欺软怕硬"（多吃软食、流食）；或曰"水深火热"，"水深"，嗜茶犹可，"火热"，手指冒烟实不足取，仅取其"快乐似神仙"而已；或曰装聋作哑、装疯卖傻；或曰妻贤子孝、倚老卖老；或曰"能吃能睡，没肝没肺。"或曰"无怨无悔"；或曰"长寿则辱（周作人八十高龄，口中念念有词，越活越受罪，请求速死，情况特殊）。我意独在"天人合一"、"心广体胖"，顺乎自然，合乎潮流，把生态环境治理好，污染可是要命的呵！

"无怨无悔"是史学家来新夏先生的发明，四字箴言。怨人悔己，郁郁寡欢，焦肺枯肝，何苦呢？无非是怨天道不公，怨人情淡薄，怨怀才不遇，怨领导不是伯乐，怨朋友不是羊角哀，怨妻子既非西施又非孟光，怨子女不能怀桔温席，怨世人都是傻子有眼不识泰山，怨生不逢尘投错了胎，怨多病故人疏穷到街头无人问，一肚子的不高兴、不服气，寝不安枕，死不瞑目，然心力交瘁，朝不保夕，距离不瞑目又不得不瞑目的日子已经很近很近了。

我想起《红楼梦》里跛足道人的《好了歌》："世人都晓神仙好，惟有功名忘不了！古今将相在何方？荒冢一堆草没了。"——权欲啊权欲！"世上都晓神仙好，只有金银忘不了！终朝只恨聚无多，积到多时眼闭了。"——利欲呵利欲！

有权又有钱固然诱人，但只能降福到极少数人的头上，为什么一定是你呢！

"世人都晓神仙好，只有娇妻忘不了！君生日日说恩情，君死又随人去了。"——去就去了，寡妇再醮合乎人道，只要生前不"随人去"就是幸福。"世人都晓神仙好，只有儿孙忘不了！痴心父母古来多，孝顺儿孙谁见了？"——孝顺儿孙还是有的，重孝床前有孝子，然而，我得劝劝老哥，膝下有孝就当膝下无孝，现代子孙靠得住靠不住谁也难说，管它靠住靠不住，真靠不住难道就不活了？照吃不误！读读、写写、画画、聊聊、玩玩，给人方便自己方便，多行善事。漫步公园听鸟叫，垂钓鱼塘静心性；沐浴春风种瓜种豆，莳养盆景复归自然。无欲则刚，心广体胖；勘透世故，可养天年；天人合一，寿登期颐。对生活从来不悲观，对人生无怨亦无悔；须饶人时且饶人，未竟之业待后生。

我佩服于光远老学者，他抱定"活着干、死了算"的坚定信念，笑对术后多次化疗，"无时不思、无日不写"，每年出四五本书。问他如何养生，他说："笑是智慧，笑是力量，笑是健康！"问他对付癌症的诀窍，他哈哈大笑，说："让自己身上的写作细胞一定吃掉癌细胞！"

"笑一笑，十年少"，以笑御死，自强不息，该干什么干什么，活得有滋有味。

> 无争无欲自无愁，
> 有子有孙书半楼。

敢向人间夸宝贵,

知音好友遍神州。

这是诗人刘向东约稿时抄送给我的一首打油诗,系"老爷子新近口占",如偈如禅,简直就是抗衰老的一剂验方。

20多年前,当人们"端起饭碗吃肉、放下筷子骂娘"的时候,有首《宽心谣》由山东传到北京,句句扣人心弦,听后十分喜爱,如今老矣,扪心重读,自得其乐,别有一番感受,故常歌之、舞之,以示友人。歌曰:

日出东海落西山,愁也一天,喜也一天;

遇事不钻牛角尖,人也舒坦,心也舒坦;

每月领取退休钱,多也喜欢,少也喜欢;

少荤多素日三餐,粗也香甜,细也香甜;

新旧衣服不挑选,好也御寒,坏也御寒;

常与知己聊聊天,古也谈谈,今也谈谈;

全家老少互慰勉,贫也相安,富也相安;

内孙外孙同待看,儿也心欢,女也心欢;

早晚操劳勤锻炼,忙也乐观,闲也乐观;

心宽体健养天年,不似神仙,胜似神仙。

这首《宽心谣》让我想起宋人蒋捷夫妇的"流光容易把人抛，红了樱桃，绿了芭蕉。"与"是君心绪太无聊，种了芭蕉，又怨芭蕉。竟悔当初未种桃，叶也青葱，花也妖娆。 如今对镜理云鬓，诉也无言，看也心焦。"又想起清代蒋坦与秋芙的"是谁多事种芭蕉，早也潇潇，晚也潇潇。""是君心绪太无聊，种了芭蕉，又怨芭蕉。"还想起王国维的《采桑子》："高城鼓动兰釭炧，睡也还醒，醉也还醒，忽听孤鸿三两声。 人生只似风前絮，欢也飘零，悲也飘零，都作连江点点萍。"——道尽了人生百味。

哈哈，此亦境界，彼亦境界，各人有各人的活法。

《宽心谣》尽善尽美，但是现成的"心广体胖"不敢用，偏偏改成了"心宽体健"。当然，"心宽体健养天年"也很好，但须指出："心广体胖"之"胖"（不读去声pang而读阳声pan）本来并不是"肥胖"的意思。据《礼记·大学》云："富润屋，德润身，心广体胖。"所谓"心广体胖"，是指有修养的人胸襟宽广，体貌自然，安祥舒泰，简单点说，"胖"者，舒适安泰之谓也。我怀疑，正因为对"心广体胖"产生误解，谈"胖"变色，为了支持以女性为中心的"反肥"、"减肥"运动，便生造出个"心宽体健"的新成语来。

既然"心广体胖"之"胖"不能当"肥胖"解，又安祥、又舒泰，那么，把《宽心谣》里的"心宽体健养天年"改为"心广体胖养天年"岂不更妙？

后来据查，《宽心谣》系赵朴初老所作，难怪！佩服！惭愧！这不在太岁头上动土吗？

作家与稿费

君子固穷！我一介书生，身无长物，人称作家，写不出畅销书，日出而作，日入而息，财富何有予我哉！

但作家总要写作，写作就有收入，或多或少，也算财富。我是指稿费。

在解放区，一边打仗一边生产，大家穷得叮当响，没有稿费一说。后来，边区政府尊重作家劳动，多少有些物质上的奖励，延安发"边区票"，延安城的作家，可以拿上"票票"进馆子，请朋友高高兴兴吃上几碗羊杂碎，味道好极了。

据孙犁回忆："后来，冀中区印我的《文学写作课本》。我说，有稿费，可以买辆车。父亲说，那就到保定去买。结果给了一点钱，买不了车。"

解放进城了，以货币的形式付稿酬，而且对作家不征税。1951年出了一件大事，丁玲的长篇小说《太阳照在桑干河上》获斯大林文学奖二等奖，周立波的长篇小说《暴风骤雨》获斯大林文学奖三等奖，奖金归个人所有，丁、周高姿态，一个把巨额奖金全部捐给了中国作家协会，一个把部分奖金也捐给作协。作协把两项捐款合在一起修建了作协幼儿园，买了幼儿园的设备如桌椅、板凳、床和院子里的滑梯等大小玩具。我的儿子阎力、女儿阎荷都在作协幼儿园里长大，是直接的受益者。直到现在，作协的老同志们还说："丁玲和周立波捐献奖金办的幼儿园给作协做出很大的贡献。就是这个幼儿园，最多的时候，要收一百多个孩子。""别看'丁陈反党集团'搞得丁玲不像个人样，可是丁玲这个人把金钱看得很轻，这点不容易！"

20世纪50年代初，我国处处效法苏联，稿费也学苏联，采取基本稿酬加印数稿酬的方式，标准定得很高，杨沫的《青春之歌》、梁斌的《红旗谱》、柳青的《创业史》、曲波的《林海雪原》都赶上好时候了。那时，书的品种少，每本书的印量却较大，往往一本书就可以拿到五六万元的稿酬。后来，有人提出作协拿稿酬的驻会作家不再从作协领取工资了，丁玲第一个带头响应。当时北京一个小四合院，房价不过几千元，至多上万元，所以，许多作家都买了属于自己的房子。

周立波在北京香山买了一座大院落。赵树理用《三里湾》的稿费买下煤炭胡同的房子。田间用他诗集的稿费买了紧挨着后海的房子，是个小四合院，五间北房，屋里都有门互相连通。

1957年，人民文学出版社停发右派分子的稿费，作家协会也停发艾青的工资，一分钱都不给，好在艾青事先已经把人民文学出版社的稿费拿到手，但以后的生活怎么维持？夫人高瑛问艾青："你的书不准出版了，文章不准发表了，养活这么一大家子人，钱花完了怎么办？"艾青说："不必想那么远，活到哪儿就说到哪儿。有朝一日真的没饭吃了，我就到大街要饭去！"

过不多久，张天翼带头提出不要稿费，作家们热烈响应，记得作家协会所在地东总布胡同22号的会议室贴满了大字报。

过不多久，又开始发稿费了，我所在的《文艺报》编辑部，稿酬一般是千字十元、二十元，茅盾等前辈知名作家最高开过40元／千字。

1958年，天津百花出版社将茅盾《文艺报》上连载的《夜读偶记》结集出版，寄去上千元的稿费，茅盾颇感不安，回信说：人民文学出版社过后还要出版这本书，我只能收一份稿费，将此大额稿费如数退了回去。1980年春，《浙江日报》开辟"可爱的故乡"专栏，请茅公题词并写了文章《可爱的故乡》，稿费50元，他让儿媳退回40元，回信说：稿子不长，只收稿费10元。

我1964年底出版一本小册子《悲壮的〈红岩〉》，得稿费四五百元，还清了一切债务，尚有节余。

1967年底，恢复稿费制度，虽然低稿酬，但聊胜于无，作家欢天喜地。进入20世纪80年代，稿费收税了，"以800元为线"，渐渐地，人言啧啧，啧有烦言。1984年，我写过一篇小文《稿费太低税太高》，全文摘抄如下：

我国实行"低稿酬"，现在是"低低稿酬"。

为什么变成"低低稿酬"？稿酬标准跌了，物价涨了。再加上所得税费较高，一本书惨淡经营有幸出版，实际所得不过寥寥，作家叫苦。

低稿酬又加上低工资，作家很难富起来。

《创业史》三十多万字，出版以后，按当时低稿酬的标准付酬，柳青变成万元户，他用这笔款子捐了一座公社医院。现在出版《创业史》那样厚的一本书，稿酬三千多元，缴纳所得税六百多元，不算请客吃饭答谢亲友，得大洋不过二千多。而这样一部书能够写成，"得句如得仙，悟笔如悟禅"，煞费苦心，多少个日日夜夜呀！

柳青当时在前门汽车站五分钱买的冰糖葫芦，现在至少一毛钱。

发表之后，反应热烈，好几位作家捎话、打电话表示声援。他们当时共同的心情是：对写稿没稿费、到写稿有稿费的变化额手称庆，对国家财政一时有困难、稿费定得偏低也充分理解，对纳税，义不容辞，只不过税率相对偏高，与稿费的低标准不成比例。

紧接着，中国作家协会第四次会员代表大会召开在即，有作家将这一问题向耀邦同志做了反映，胡耀邦同情作家，向相关部门提出交涉，建议减税，未获支持。税收面前，人人平等，党的总书记也只有建议权。作家再没有什么说的，四个字：依法纳税。过不久，规定劳务报酬所得税的税率不变，稿酬所得税的税率却有了新的算法，即适用20％的比例税率，但按应纳税额减征30％。2000年，第五届茅盾文学奖评奖的时候，评委们阅读将近千万字的长篇小说，快要把眼球瞅斜了，可是，每位税后荣获劳务报酬960元，我看评委们的脸色有点阴沉。超过八百，就得纳税，没说的！

作家们不但依法纳税，而且慷慨解囊，特别热心公益事业，令人十分感动。就是茅盾先生，弥留之际，申请恢复中国共产党党籍，用他的稿费积蓄举办茅盾长篇小说奖，坚持至今，誉满海内外。

2004年底，《杨守松文集》出版，我惊异地发现文集的第十一集中，开了一个从1981年——2001年的《稿费及奖金清单》，竟占"地"二十多页。从这份清单可以看出作家稿费何其低，而精力投入以及风险投入何其大，一篇不长的报告文学

《救救海南》弄得作家又何其苦啊，竟然给自己的名字打上黑色的死亡框！《救救海南》的稿费是我1989年办《中国热点文学》时亲手开给的：1960元，高过稍前在《解放军文艺》发表的《海南大气候》520元近四倍，但二十多页稿费的总和不过283563.16元，不但包括40810元的奖金和两件奖品的估价，而且包括3万多元的"私房钱"在内。这是一个业余作家从1981年——2001年20年的写作所得啊，难道不是一块新时期作家稿费状况的活化石！我年前在南京时，同朋友议论过杨守松。我说，杨守松要是当年下海经商的话，如此聪明能干的一个人，20年干下来，经济情况将大为改观。当然，仕途、文途、商途，各有各的难处，到头来保不齐赔个精光！

巴金从来不领工资，年轻时办出版社时也不领工资，却将稿费等等收入捐赠兴建中国现代文学馆，艰难困苦，玉成其事。老作家九十六岁时，亲睹该馆于建国50周年建成开馆。如此义举，能不震惊！

1998年，钱钟书、杨绛、钱瑗一家三口郑重决定，将全部税后的稿费和版税捐赠母校清华大学设立"好读书"奖学金，鼓励好学上进，回报社会。现已积累200多万元。而杨绛，自1952年工资定级到1987年退休，级别从未动过，却把她一字一句琢磨出的劳动报酬倾囊"捐给穷孩子们上学"，工人师傅闻讯后激动不已。

王蒙用《当代》付给他的十万元奖金设立"《当代》青年文学奖"。

女作家叶广芩向记者透露，她将在著名的道教圣地——自己挂职的陕西省周至县楼观台景区自费兴建文学院。又悉，她已将近年创作所得计50万元全部投入文学院的建设。想想看，叶广芩既然现在将稿费所得无私奉献，难道她当年稿费纳税还有犹豫吗？

文艺家谁也不会忘记第七次全国文代大会上朱镕基总理给我们作经济形势报告的情形。报告一开始，总理就将我们这些人称做"人类灵魂的工程师"，并说他是读着进步作家的作品走向革命的，因而，对文艺家们尊重有加。也是在此次讲话中，朱镕基回顾了多年来国家实施的经济政策，如何扩大内需，渡过亚洲经济危机，取得国民经济较高程度的发展，告别时指出：我国税收形势很好，今年的税收情况非常好，到本年年底已经完成税收多少多少……他激情满怀，神情益然，兴致勃勃地接着说：我兜里现在有的是钱！兜里有钱、心里不慌！兜里有钱，说话腰杆就硬！兜里有钱，就能办一切有益于人民的事业！兜里有钱，就给你们涨工资！……掌声鼎沸，朱总理和数千名文艺家一起痛笑，激动不已。

然而，文艺家纳税的纪录不佳，偷逃税款的多是演艺界的大腕，我们这些作家，倒是非常老实，照章纳税，出版社开给你的稿酬已经是税后，想逃也逃不了。腕儿们无论是影视大腕，还是歌坛明星，其所以偷逃税款，一是为富不仁，二是有空子可钻，比如他们提供的只是收入的极少部分，大部分却是不易掌握的劳务报酬收入、广告收入、表演收入、影视收入、著作收入等。谁不知道，从主持人到小品演员，从泰斗到角儿，从通俗歌手到民族歌手，每场演出要价多则几十万，少则好几万，但相当一部分人要求个人所得税由演出主办方以演员的名义代交，结果，出场费变为"税后"价，明星的演出费一分没少拿。

马克思说："税收是国家的乳娘。"多少事要靠政府财政拨款啊！而国家财政收入的90%以上源于税收。就税收为国家积累财政资金的职能而论，税收已经成为掌握在国家手中实现国家宏观调控意图的重要的经济杠杆。

有了税收，国家就有钱推动经济事业发展、从事各项文化事业的建设。

照章税收，作家、艺术家才有权监督国家对纳税人负责，开支透明，杜绝营私舞弊。

我所了解的文学界，特别是读者爱戴的作家们，慷慨捐赠，共襄义举，照章纳税不在话下，因此，人们眼睁睁地盯着艺术家朋友们，尤其是财大气粗的演艺界的腕儿们，面对那些吭哧吭哧爬格子的作家们：你们要不要比他们做得更好、更体面呀？

　　人们不会忘记那年抗洪和当年抗非典时中国作家、艺术家慷慨捐赠的动人情景。人民艺术家的良心未泯，他们将继续为人民所喜爱。

作家的包装

小时在西安，常见父亲和客人交换名片，那片片，掌上把玩，颇觉有趣，相信长大以后，也会有片片，也印上自己的身价姓名。

那时叫"名片"为"名刺"，后来革命了，解放军进城，连名片的命也给革了。所以，改革开放以来启用名片，我感到新鲜，却不感到奇怪。

20世纪80年代初，名片兴时，我的夙愿以偿，也曾经印过几盒，怀揣名片，却不好意思掏出来送人。

人为什么要互送名片？为了验明正身，自我推销。

留个地址、电话什么的，回头好联络，但主要还是为了亮明身份。既然如此，那么，谁的级别越高，名气越大，谁越神气。好像就是那么回事。

彼此见面后、会议开始前，序幕的序幕是交换名片，名片大战。这时候，全场最活跃，气氛最热烈；这时候，只有这个时候，才是那些最爱出风头、最爱拉关系的人的盛大节日，最难得的机遇。要是名人遇到大官，或者大官遇见名人，气氛还要热烈。"您就是大名鼎鼎的□□同志？！"惊叫之声不绝于耳。只见名片飞舞，艳羡大作，或拍肩抚背，或交颈拥抱，或抓住对方的手臂乱摇晃，攥得人手背怪疼的，摇得人胳膊快要散架。

这无疑是名气和职位的大竞赛，实力与派头的大联展。"冠盖满京华，斯人独憔悴"，总有一些人不那么舒服，或者看不惯，或者被冷落，或自惭形秽主动靠边站。这种场合，自己扮演什么角色，自己心里明白。

后来，我没有再印名片，退下来以后，更没有必要印名片。当然，碰到有些场合，大家交换名片，你那儿干戳着，人家不理解，还以为下台之后想不开，吃不着葡萄说葡萄酸。

此次南下参观，属官方邀请，不时出现在官场。人家这里当官的，名片反倒素雅，一个官衔说明了身份，无需丝丝萝萝显摆炫示，倒是我们一伙舞文弄墨的，不敬惜油墨，过分堆砌，什么"长"、什么"事"什么"员"，什么"问"一大串，把粉全擦在脸上，惟恐别人不知道自己是个人物。我本想立时上街做两盒名片，临场怯懦，不敢造次，罢了，罢了。

只收礼、不待客，我白落了一摞名片。

有张名片，把自己的头衔分为"短期的"、"长久的"、

"任命的"、"挂职的"、"代理的"、"授予的"、"表彰的"凡七类，文武昆乱不挡，十八般武艺样样精通，一专多能，人才难得，有趣，过目不忘。

有张名片，一共十个头衔，第一个头衔就是："中华人民共和国国务院特殊津贴获得者"。

有张名片："教授（相当于一级作家）"。

有张名片："……副主编（没有主编）"。

有张名片："著名文艺批评家"。

有张名片："……副主任（厅局级待遇）"。

我想起一件事来。某年某月，在中原某名城某个像样的宾馆，我们"编审"一行数人登房。验罢工作证后，服务人员问："你们住三人间的还是四人间？"我们回答说："住两人间。"服务员故作鄙夷状，说："两人间的没了。"我们指着一楼空荡荡的房间质问道："那不是吗？"服务员觉得可笑，不无揶揄地说："那是给科长留的！"

"三代以下，未有不好名者"，"不在乎天长地久，只在乎曾经拥有"，所以，对于在名片上加注级别待遇什么的，我很理解。不过，我的名片死活也不印了。

开幕式后，餐厅的路上，邵君燕祥递给我一张名片，说："我的电话有变动，留个电话号码给你。"我接过一看，颇为吃惊，名片上留白很多，除去三个字的大名以外，就是下头一行小字——住址和电话。

他的名片上什么头衔也没有，可是，文坛无人不识君——中国作家协会主席团成员，诗人兼杂文家，他的作品就是送给朋友的名片。这类名片是无字碑，什么都没有，什么都有了。

陈国凯送人的也是空头名片，什么头衔也没有，但文艺界谁不知道他是广东省作协主席？

巴金出国，作协给他印名片，各种头衔耀人眼目：政协什么，作协什么，上海什么，最后是"小说家"三个字。巴老嗟叹："小说家才是首要的，没有小说家三个字，哪来的其他什么？"

还有更绝的，名片上的头衔倒是有："我，沙叶新。上海人民艺术剧院院长——暂时的；剧作家——永久的；某某理事，某某教授、某某顾问、某某副主席——都是挂名的。"

有一张名片，生怕别人忽略自己，折叠式的，篇幅大，加印上发表作品的详细目录，还有获奖作品的目录，更详尽，名片的四个版面密密麻麻，而我们，都到了不戴老花镜就成了睁眼瞎的年龄，如此名片，上面什么都有，什么都没有。

日前，中国请辞文科"资深教授"第一人的章开沅，接受《新京报》访问时说，他曾经收到北京一位教授的名片，只印了六个字："退休金领取者"，是"奇人"。他请辞（同于院士丰厚待遇的）"资深教授"后，也以"退休金领取者"自居。

有诗为证："丈夫所贵在肝胆，斗大虚名值几钱？"（引百庸句）

观沧海

一群文人书生，一辆满满当当的旅游车，大包提的背的，乘兴而来。

我的背包塞进两厚本马列的书，是我近期计划要读完的，非读完不可。今年我告别想读马列。

住宿条件很讲究。一座四层多向式的大楼，色彩样式都漂亮，同海水十分协调。前后院之大，北京城里少有。草坪一片一片，花儿正开，供水供电充足。听说伙食差点。

像这样洋气的建筑布满了海滨，汽车往来如梭。数不清的沙丘，全都披上绿装。绕沙丘过去就是大海。南戴河的海是迷人的，海滨开发得也像个样子，这些早有耳闻。大海近在咫尺，稍事休息即可亲见。但我最感兴趣最想看的却是"黄金海岸"的沙滩。

据载，这里"冬无严寒，夏无酷暑"，我就是奔这个来的，北京太热了，简直无法干活，书也读不进去。

几个钟头过去，餐桌上的大螃蟹已经下肚，太阳快要落山，蚊子三三两两开始上班。天还是闷热难当。

到了海边，游人如织，景象酷似北戴河，却比北戴河开阔。黄沙漫漫，细如小米，不，细如棒子面儿，行走其上犹如踏雪，"黄金海岸"名不虚传。同伴们一个个跳进大海。我没有带游泳裤来，也没有打算下海。

天渐渐暗下事，水天一色，万籁俱寂，唯有惊涛拍岸，越发显得静寂、神秘而可怕。月儿哪里去了？

观沧海，烟波浩渺。这就是"气韵沈雄"的沧海，就是秦始皇、曹操视野下的沧海。据说昌黎碣石山离此不远。博大、深沉、智慧、神奇……我独行，徘徊凝览，以发思虑。

大海是独立的世界，鱼、虾龙、蛇、蟹和海怪生活其中。鱼儿游来游去，摇头摆尾，快活自在，悠哉游哉，那才叫自由呢！

庄子曰："子非鱼，安知鱼之乐？"

但鱼的自由是有条件的——只能在水中，"涸辙之鲋"必死无疑，此乃谓"鱼儿离不开水，瓜儿离不了秧。"

我一直呆在蚊虫轮番进攻实在抵挡不住方才离去。屋里像蒸笼。点了两盘蚊香，电扇吹了一夜。

次日，大太阳，又是湿热天气。我和老于足不同户，画画，看书。

一日三餐，水平逐日下降。

持续高温，我和老于还是画画、看书。北京近日多雨，反倒降温。

南戴河人说，这是少有的怪天气。从蒸笼里跑出来又钻进蒸笼，都让我给赶上了。

老于又完成一幅画。老于名国品，擅长牡丹，"国品牡丹"也，"名"副其实。老于天天作画，幅幅牡丹，一副一朵。硕大艳丽的牡丹，千姿百态，一朵一个样，一朵一神态，富丽堂皇，体面大方，煞是可爱。"红花还须绿叶扶持"，这话不假，但老于一反常态，以墨代绿，叶子全是黑的。红花黑叶，妩媚厚重，更觉于氏牡丹妖而不媚、艳而不俗，富态传神，曲尽娟妍秀冶之臻致。"惟有牡丹真国色，花开时节动京城。""国姿天香"的、神态各异的牡丹花开放在我们的地上、桌上，生意盎然，坐卧其间，捧而读之，别有一番滋味。

一天中午，骄阳似火，部领导百忙中看望我们，到房间里逐个地交谈，说了许多关切的话。后据某报报道："这一活动使专家们从紧张的工作中抽出来休息，放松了精神、恢复了体力，他们表示：短期休息多年没有组织过了，这次活动，体现了党组织对我们的关心，回去后要更加努力为党工作。"

首长来后，伙食改善，所以，这次活动也够上"吃得好"了。

阴了好久，总算下了雨，气温下降，晚上睡了个安稳觉。一觉醒来，归期将至，准备收拾东西。老于到市里买虾皮，他颇欣赏这里的虾皮肉厚、个大，不像北京买的齁咸。我还是读书。边读边觉得冤枉，这一趟太不值了，没有游泳，没有拾贝壳，没有赶上"夏无酷暑"的好天气，没有看看来这儿必须看的地方，但完成了读书计划，心悦诚服地接受了马克思老人的教育。

马克思主义就是大海，博大、深沉、智慧，也神奇。

马克思25岁写作《1844年经济学哲学手稿》，同恩格斯写作《共产党宣言》时不满30岁。

马克思创立了马克思主义，但恩格斯在逝世前夕提到"10年前在法国就已十分熟悉的一种马克思主义"时，引用了马克思的话：面对这种马克思主义，马克思说："我仅仅知道一件事情，我自己并不是马克思主义者！"

大海，啊，气韵沉雄的大海！洪涛澜杆惊涛暴骇掎拔五岳竭涸九州吐星出日载沉载浮的大海！！不配不息的大海！！！

伊犁行

不到新疆，不知新疆之大；不见天山，不知天山之美。

阳光下，天山的雪顶是金、玉、光的综合艺术，是憧憬和梦。皑皑天山裸露的肌肤和乳房，是俯卧着的母亲哺育婴儿。布满新疆的大小河流，由乳头上渗出的乳汁汇集而成。民族大家庭的父老兄弟，全是吃母亲天山的奶水长大的。

"到霍尔果斯云！"

我们停车惠远，参观建于19世纪80年代的"将军府"。距今整整百年，"将军府"风骨犹存，可惜这座居于本区中心的武功重地，竟然沦于祖国的西陲。为了纪念，我特意去新华书店购得巴金的《真话集》，一路痴心地品味。下午，到达边境的国门，登上高耸的瞭望塔，望远镜里可见高个子兵抱着长枪打盹。河东河西一样翠绿，此岸比彼岸葱茏多姿。

最绿的是草原，最蓝的是赛里木湖。

北京吉普沿着山路盘旋而上。进了果子沟，气温骤降，凉风爽心。溪水清澈见底，缓缓地流淌，半山腰的伊犁大马把头转向马达声声，我们惊马，马亦惊我们。车过风松口，时令进入中秋，气候风景俱皆宜人。来到塔勒奇山头时，突然，满眼碧格莹莹的蓝，天外飞来的奇观，大而美，我几番惊叫起来，

赛里木湖！啊，赛里木湖，百闻不如一见，这不到了水宫仙境吗？迷你、迷你、能不迷你！

湖在四山中，山坡是牧场。一片片饱满的葱翠，是高耸的山杉；一朵朵绕山的白云，是肥壮的羊群；像火焰穿梭而过的，是剽悍的伊犁大马。五颜六色的姑娘在马背上稍纵即逝的彩虹，是柔美和豪放，壮阔又瑰丽。不论山光还是水色，不论蓝天还是绿地，一概呈现出醉人的和谐，造化之功也！最美、最蓝，而且蓝得剔透晶莹，当是这静如处子的万顷湖水——世上最大的天池了。

到了西草原，我翻身下车，向着水天相连的蓝扑了过去。真的，蓝极了，静极了，飞鸟不至，水波不兴。湖水犹如一颗硕大无比的碧玉，镶嵌在群山环绕、绿草如茵的盆地上，那么晶莹，那么和谐。

蓝极，美极，静极；蓝得清澈，美得神秘，静得深沉……啊，千万年来定格不变高可接天的绿翡翠、蓝宝石！

"赛里木底深莫测，至今没有人敢到湖心探险，神秘又可怕！"

"天池算什么，不及赛里木的三分之一。赛里木才是真正

的天池！"牧民们指指点点、比比画画。

"来，靠近些，让蓝色淹没我！"我浪漫主义大发作，不知胡须之即白。

两匹马飞奔而来，草原变成高速公路。哈萨克女子朝我们直笑，继而跳下马把马鞭递到我的手里。我飞身上马，举鞭呼啸："哈萨克的马队来了！"幸亏缰绳攥在姑娘手里，不然准摔个半死。君笑我，本人没有骑过马。

日近黄昏，山色红紫烂漫。山岚飘然浮动，炊烟般地错错落落，四山由青翠而墨绿，倒影荡在水里，落日的余晖给它涂上抹淡淡的红晕。赛里木的颜色突变，硕大的翡翠瞬间珊瑚满目。那内里蕴藏的美，即便高超的油画大师恐难企及。

帐篷外的远山融入一片黑空，草原渐渐暗了下来。

一阵马嘶愈显草原的静寂，毡房附近传出羊肉的香味。草原之夜即将降临。

夜幕笼罩的时候，我们穿上毛皮大衣，不可想象，这是八月中旬的天气。

毡房又传出犬吠声，颇富乐感。月亮升起了，境界全出，月下赛里湖别有一番风情。我让哈萨克姑娘戴上美羽飘舞的花帽，她们却硬把花帽扣在我的头上，丑态百出，姐妹们大笑不已。远处又有犬吠。

哈萨克人热情好客、强悍豪爽，无法用言语形容。这个民族的古风比现代国家的文明来得真诚。他们接待我们，同千百年来接待路人或者不速之客一样，礼仪是严格如一的。进得毡房，大家盘腿而坐，客人坐上席。手刃成小块的馕和焦黄的杂果撒满餐布，大盘的奶油和方糖，另有酸奶备着。我向主人敬烟，他谢绝了，因为长者在场，不敢造次，对此我颇有感慨。主妇从毡房外端上黄铜茶具，跪坐席下，不停地调制奶茶，一碗一碗递给主人，再由主人一碗一碗地献上。客人喝得越多，主人越高兴。小饮已毕，毡房外传来羊鲜，主人一手持面盆，一手执水壶，送到各人的膝上，请客人一一洗过，准备抓饭。

不管我们怎么推让，他们遵循礼仪，一点也不含糊，说："昨天赵紫阳同志来，也是这样，都是这样！"

月光下，我提议再到湖边去。月下的赛里又换新装，她的娴静含蓄只有优雅的女性有资格嫉妒。静极了，美浮现在沉静中。我轻声地唱，大家细声地和："美丽的夜色多么沉静，草原上只留下我的琴声……"歌声柔婉，随风飘荡，久久被空寂挽留着，湖光山色更显其幽静。毡房里不知忙些什么，偶尔几声犬吠，有气无力地，不再与我们为敌。

啊，赛里木湖，万红丛中一点"蓝"，母亲新疆凤冠上的一颗"祖母绿"，太古遗风的摇篮。我们含情脉脉，纵然把您化为优美的游记，拍摄成迷人的风景片，也不过风景片而已，走马观花，到底没有被幽深神秘的湛蓝所渗透。

当晚，参加了果子沟一家喀萨克人的"割礼"，听冬不拉弹唱，和一群男女对歌。人们准备热闹到天亮。夜宿在一个潺潺流水的山凹里。

伊犁的后几日，参观了葡萄园，另一种颜色的世界，我又被紫色的珍珠淹没了。8月14日，朋友强行为我祝贺51岁生日，身上披戴的和餐桌上摆放的，花团锦簇一般。谁拨动了萨塔尔的琴弦？谁特意送上烫手的馕？主人忙待客，嗓音不大却真诚："在咱葡萄架下吃一顿维吾尔式的大餐，来为忠诚的朋友助兴！"同行的少数民族文学专家郎樱女士举起一只大蟠桃说："没想到阎纲51岁生日在美丽如画的伊犁果园度过，太有诗意了！"我被饱满的兴致和缤纷的色彩所簇拥，感叹这生平的头一遭，在祖国乱花迷眼的西陲。

22日，同新疆告别。火车从乌鲁木齐启动不久，车厢播放《新疆好》，那是当年马寒冰刘炽的声音，也是此刻我的心声。眼圈湿了。

我将无限感慨带回北京。有人说了，好客是因为落后封闭，当商品大潮席卷草原之时，奶茶和手抓羊肉将接受时代的严酷考验……但眼前的事实：天山依然那么美，赛里湖依然那么蓝，新疆人依然好客、富有诗意。

石狮这头小狮子

石狮，蕞尔小镇，破破烂烂一条街，街的终端，一头小石狮默默地站立，沉默着。

人们靠海不能吃海，远涉重洋死里逃生，姑嫂塔、六胜塔至今留有望夫情、离人泪。

我特别注意到，石狮的城隍庙和永宁城隍庙里，都在显著的位置供奉着远洋客船的模型，祈求平安；那头蓄势待发的小石狮，长年累月无奈地守候在香火缭绕的城隍庙口，静静地，缓慢地，历史越千年。

而今，蕞尔小镇，欲与都市试比高，繁华不让名城。小镇升级为石狮市，方圆160里。城市虽小魄力大，"小城市大经济"的发展战略使全市的生产总值高达142.5亿元，城镇人均可支配收入11925元，农民人均纯收入8038元。城隍庙大门口的小狮子发威了。

走进石狮的老街，人头攒动，水泄不通，呀，通衢大道上的行人原来集中到这里来了！主人李丽月告我说，你现在看到的，就是石狮镇原汁原味原样不动的老街，进城进京应考的举子秀才都是从这里出发上路的。

人声喧嚷，拥挤不堪，时不时地有摩托车穿行其间，呼啸着、又挣扎着。我尽管碎步向前挪动，不几步就是一声急刹车。驾驶员技术高超，悠然自得，像耍杂技一般，只惊吓行人却吓不着自己。我尾随李丽月巧妙地钻空子寻找出路，可是一路上不断线的熟人、不间断地笑语欢声，人群扯着嗓子冲着李丽月乱喊乱比划，原来她就是从这条街上干出来的，常回家看看，混在人堆里，没人把她当市上的官儿。

一条蜿蜒躁动的小街小巷，叙说着石狮历史的沧桑，像过电影似的。一条窄小的旧街将周边包抄而来的高楼大厦衬托得更新，更高大，更现代，更跃跃欲试。新城富了，旧街也富了，人们怀旧，不改风习，以重温昔日的传统为荣，从早到晚比肩接踵，挤来挤去，自得其乐，络绎不绝。

城隍庙里香火极盛，善男信女们虔诚地甩盒问卜。两次阳面为"可"，两次阴面为"不可"，一阳一阴当为"两可"。测卦的道人一字排开，忙个不停。我听了听，他们拆卦有深浅，弹性大，模糊美学，好话多说呗。可不是，大千世界、芸芸众生，三教九流、五行八作，沧海桑田、人情冷暖，谁测得准呀！

小小的市区，人口30多万，外来流动人口21多万，可是，没有给石狮添乱。石狮市繁华而有序，街上十分清静，"人都上哪儿去了？"我问。

回答只有一句话："赚钱去了！"

石狮人富裕而不奢侈，既时尚又朴素，既小里小气、斤斤计较，又大大方方、共襄盛举、不惜重金。

我到过"长三角"的一些地方，那里，家家户户雇用外来工，本地人将买卖交给外来户经营，旱涝保收，自己当"地主"，然后腾出手来炒股享清福。石狮人不然，例如玉湖村，"人人开公司"做生意赚钱，锱铢必较，不像暴发户坐享其成沉迷于醉梦。也不裹金戴银、刻意穿着打扮，平平常常，看不出他们和外来工有什么区别。村委主任吴助仁，芝麻大点儿的，什么"官"也不是，因为"村官"不算一级政权不拿国家俸薪不算国家干部。可他是功臣啊！省劳动模范，省优秀共产党员，市人大代表，两次到农业大学管理系进修，然而，不修边幅，跟在服务员后头颠来跑去，谁认得出他呀！

这里是以纺织业为主导的"中国服装名城"，"石狮服装城"是亚洲乃至世界上最大的现代化的服装城，人流如织，日夜匪懈，难怪石狮街上的游人稀少。

图书馆里的人却很多。图书馆成为观察石狮的一孔绝妙的窗口。我专程来到玉湖村的"读书中心"。

这是座300平米的大厅，原来是五间游戏室，寸土寸金，但被居委会毅然收回，而且增拨50000元改建成宽阔明亮的"读书中心"，免费为区内居民——特别是1000多名打工者开放，果然，来读书中心读书的几乎全是打工者。

今天来的人不少，我转悠了几圈进行实地考察，发现最受来者喜爱的是企业管理和科技图书一类专业性的图书报刊，最吸引他们眼球的是招聘广告、知识竞赛之类。我边转悠边搭讪，询问他们来石狮做什么？读什么？想些什么？

"我做蔬菜批发市场。电子计算机。"

"这里？常来。科技发展快，不学跟不上。石狮电脑学校正在招生。也想读报开开眼界看看外面的世界。"

"对歌星也感兴趣。原先想学歌，现在死了心，人才多极了，大家不能都往一条窄道上死挤。"

"读文学书籍吗？""喜欢看，这儿有的是小说和散文，时间不够用啊，我们连电视也很少打开。"

"你当下最企盼的？"随眼神望去，一位男士在窃笑。

"日子越来越好过，像石狮人一样。"

20多万外来劳工是石狮财富的最直接的创造者，也是每位石狮企业家创业的伙伴。据闻，石狮因为熟练技术工人明显不足，规模企业的发展遇到极大的困扰。

职介所的负责人说："石狮经济情况好，环境不错，在这里找工作，前景被普遍看好。"石狮用工缺口仍然很大，"用工需求量从目前的情况预测，将远高于10万。"

石狮市民正在发展多种经济成分，"富民强居"，走共同富裕之路，被誉为"泉州模式"。它使我联想起近日"新苏南模式""升级换代"的消息。被喻为"只长骨头不长肉"的"新苏南模式"，政府财政收入上去了，百姓的口袋却鼓不起来，人均收入几乎只及温州的一半。江苏省委书记李源潮提出新的"富民目标"，转而加强市场力量，积极发展民营经济。石狮人所实施的"泉州模式"，自2002年以来，财政收入增长三个亿，三年翻一番！现在正抓住"石狮服装城"开始启用的契机，"一城带六城"，激活本地市场，刷新经济增长纪录。石狮近年所走的，不正是升级换代后"新苏南模式"——"内外并重，富民优先"的新路吗？

湖水荡漾，箫弦曼妙，步入"南音中心"时境界全出。乐声典雅，古风绵邈，这里正在为申报"人类口头及非物质遗产代表作"而忙碌。

《我托皓皓明月》调寄"锦板过锦板叠"，纤细委婉，倾诉喁喁幽怨。唱到情至时，满座为之动容。词作者吴雁造出现在我们面前，老人八十高龄，满腹才学，一腔雅趣。

"中秋月夜碧海青天，想那玉宇琼楼嫦娥似我应无眠。莫道今夕花好月又圆，亲人却还在台湾……"柔和婉转，久久萦绕于怀。

南音稀声，追慕已久，今日宽余，难得一见。

不便推托，我不禁提起笔来，写了 "狮为师" 三个歪字，顾不得把人笑煞，特别是镇守在城隍庙前石狮子的窃笑。

据知，石狮创业者往往工作14个小时以上，"吃得多，营养少；喝酒多，吃饭少；陪笑多，欢乐少；住店多，回家少。"石狮啊石狮，你富得流油，你透支生命，你的健康状况堪忧，你精明的算盘哪儿去了？

几天时间并不长，还没有走进市民心灵的深处，然而，一个巨大的反差令人焦虑不安。石狮人大都是"拼命三郎"，笃诚"爱拼才会赢"的发财诀窍，日夜操劳，心力交瘁，一不小心就要透支生命，输掉千金难求的健康。

我向石狮同胞大胆进言：固然，电影导演、"老顽童"谢添等人自诩的 "没心没肺"、"能吃能睡"对于吃睡都不自由的大商大款来不大实际，但是，你们福建同乡、大作家冰心一生服膺的祖传长寿之道却完全可以做到，那就是："知足知不足，有为有不为。"冰心自信地说："生命从86岁开始！"

雨里盘谷 梦中韩愈

"韩愈杯散文大赛"颁奖，一行来到河南孟县——韩愈的家乡。

我最佩服韩愈两点：一、文以载道（"修其辞以明其道"）；二、不平则鸣（"大凡物不得其平则鸣，草木之无声，风挠之鸣。水之无声，风荡之鸣。"，亦所谓"柔软莫过溪涧水，到了不平地上也高声"）。

我对韩愈的"文从字顺"、"惟陈言之务去"心仪已久。此外，还有很多新鲜的命意和优美的修辞，例如"辞必己出"、"细大不捐"、"诘屈聱牙"、"动辄得咎"、"牢不可破"、"深居简出"、"曲眉丰颊"、"粉白黛绿"、"秀外慧中"、"争妍取怜"、"入主出奴"（"入者主之，出者奴之"）、"落井下石"（"落陷阱……又下石"），以至于"蝇营狗苟，驱去复返"等等。立意新巧，清词丽句迷人，这才是文学，学不到这些，不但散文，就是小说、诗歌包括文学评论在内，陈言不去，风韵难求。

拜谒韩文公墓。

墓的两侧，各有一颗酸枣树，一边是酸的，另一边却是甜的，不管酸的甜的，都长刺儿，不由人发出奇想：这不正是韩愈通俗而有味、形象而新妙、鲜明又不无暗示的植物符号吗？

尊崇韩公，面对现实，我愿习作这样的散文——酸酸的、甜甜的，带笑同时带刺儿。

来到孟县，能不看盘谷？

我和获奖的杂文家邵燕祥、漫画家韩羽上路了。中雨时断时续。

盘谷，济源城北，望太原一路直上，约20公里。

出城不久就看见车祸。未见血迹，但是，"人肯定死了！"我告诉大家说。曾有交通大队长教我一招，车祸发生，先看鞋在不在脚上，鞋一离脚，必死无疑。

获奖后，韩羽的兴致最高。韩愈、韩羽，不但同姓而且同音，稍不留神便将二人两两相混，河南腔对韩愈的赞美往往落在韩羽的头上，他高兴。

看望盘谷，就是看望李愿和韩愈，体验盘谷就是体验李愿。韩愈的《送李愿归盘谷序》多美啊，美散文！李愿之言，滔滔汩汩，弄成一篇大文，痛发其抱道不仕，后叙其归隐之乐，言外求之，骨格自健。若不知李愿何许人者，止羡其造格之奇，而不知良工之心于此有独苦也。

难怪苏轼说韩愈"文起八代之衰"，而且把《送李愿归盘谷序》誉为唐代文学之首。

唐代有两个李愿，一为西平王晟之子，一为隐者，生平无考。我的堂弟阎琦《韩昌黎文集注释》（上）认定是后者。书中考证，时愈脱汴徐之乱，闲居洛阳，与隐者聚首盘谷，"是谷也，宅幽而势阻，隐者之所盘旋。"韩愈当时年轻，33岁，之所以拜望李愿，心相通也，其后被贬之想，我以为，与此次访李之行不无潜在的联系。

雨又下起来，韩羽水淹聊城的故事正讲到逗人的地方，车祸，一辆拖拉机翻倒在路边。车祸没有转移车内听故事的眼球，笑语欢声。韩羽学养深，妙语连珠，童年逸事，家乡趣闻，聊斋笔法，闻而忘忧，加上燕祥杂文语言的评点，车里的气氛热烈如沸。苏三巧遇马丝洛娃，杨贵妃跟西门庆鬼混，"千里马为伯乐所荐之复为伯乐所杀之"，一直到群起而考问之："韩愈跑到深山沟沟拜望李愿，路上遇到翻车怎么办？""骑毛驴呗！"哈哈哈！

盘谷到了吧？

又一辆拖拉机被撞翻。中雨转小雨。

李愿说："人之称大丈夫者，我知之矣……吾非恶此而逃之，是有命焉，不可幸而致也。穷居而野处，升高而望远；坐茂树以终日，濯清泉以自洁。采于山，美可茹；钓于水，鲜可食；起居无时，惟适之安。与其有誉于前，熟若无毁于后；与其有乐于身，熟若无忧于心。车服不维，刀锯不加，理乱不知，黜陟不闻，大丈夫不遇于时者之所为也，我则行之。伺候于公卿之门，奔走于形势之途，足将进而趑趄，口将言而嗫嚅，处污秽而不羞，触刑辟而诛戮，侥幸于万一，老死而后止者，其于为人贤不肖何如也。"韩愈闻壮言酒而歌之："盘之中，维子之宫，盘之土，可以稼。盘之泉，可濯可沿。盘之阻，谁争子所？窈而深，廓其有容。缭而曲，如往而复。嗟盘之乐兮，乐且无央；……饮则食兮寿而康，无不足兮奚所望；膏吾车兮秣吾马，从子于盘兮，终吾生以徜徉。"

韩愈、李愿，心心相通。

燕祥对我说："韩愈是散文大家啊！可是散文和杂文很难分，你猜韩羽怎么说？"

"一定很逗。"

"绝了！他说，不带刺的是散文，带刺的是杂文。"

众大笑。燕祥精通杂文啊！

盘谷就要到了，雨也大了，车行难，下车步行。至济河引水桥头，行亦难，却步。举目，山间屋舍依稀可见，告曰："前方两山之间，盘谷也。"空谷，绝壁，古寺，闲云，翠柏，山影，幽径；巍峨，雄峻，深邃，凝重，壮实，静穆。"从子于盘兮，终吾生以徜徉。"韩愈趋前进山，终生向往，我等却远远地看着盘谷徜徉兴叹。

　　韩愈到底怎么去的？骑马，骑驴？总得过夜吧？人逢知己，难免解衣推食，定然推杯换盏，灵魂交流，何等情致啊！

　　"从子于盘兮，终吾生以徜徉。"我的《文坛徜徉录》因以得名，那是1981年的事了。

　　归去来兮，整整一个下午，来时车祸三起，返回时四起车祸。

湖水深深

时维九月，逸兴湍飞，访风景于江西省新余市之仙女湖。

湖水，静如处子。

湖很大，50平方公里，爬上龙王岛的登天梯，能俯瞰湖的全景。大约上百个岛屿，顶着葱翠的古木，像田田荷叶。那一朵朵盛开的芙蓉，从水宫里将头探出水面，造化而成人间的净界。啊，天生一个"仙女湖"！

要问这湖有多美，先问你到过千岛湖和九寨沟没有？那里有的这里几乎都有，只不过面积没有千岛湖和九寨沟大，可是浓缩各家而成精品，何况那数不尽的、与湖光山色交相辉映的崖、洞、道、寺、池……游人看花了眼。

美哉，江西的千岛湖，赣人的九寨沟！

湖在鄱阳湖与井冈山之间，借来鄱阳之魂，又偷来井冈之胆。有山则有胆，有水则有灵。山水、山水，山因水而独立，水绕山而含蓄，绿水清澈、青山葱茏，绿水青山最多情，山光水色尽善尽美。

本人来自严重干旱的黄土地，山多而水少，秃山多而青山少。久居北京，食风沙、祈雨露，常年间心急上火。呀，仙女湖，万顷碧波的仙女湖，静如处子的仙女湖，洒向人间都是清凉。我被山野之灵气所浸润，全身心地融入大自然，如入无人之境，宛如弘一法师"悲欣交集"而后的闲适、淡远、怡美，飘飘欲仙，忽而升天，忽而入海，感到自己不复存在。

岛上多有开发，搜尽人文辉煌与旅游景点，不管你登上哪个岛，上去就下不来了。堪可一看的，是湖水滋润得熠熠生辉的人物雕像，从东晋史学家习凿齿、唐代文学家江西第一位状元卢肇、北宋江南第一宰相王钦若、北宋军事家兼外交家萧注、清代爱国将领张春发，到现代书画大师傅抱石，历数古今新余众多的将相名流。雕像矗立在名人岛上，刀法粗犷，风格雄浑，让仙女湖的品位提高了许多。拜谒傅抱石，想起中国美术史上的丰碑《江山如此多娇》和《云中君和大司令》。他的《茅山雄姿》，11月20日以2090万元成交，创其个人书画拍卖的最新纪录。

新余的分宜县出了个明代大学士严嵩。严嵩，世称大奸，但在新余人的眼里，他本是个造福乡梓的大善人。严嵩从做首辅时起，同乡里的关系一直很好。今人王建成做过考证，翻案文章《荣辱人生》一书已经出版。江西人是不骂严嵩的，游仙女湖，请君免开尊口，不要数落严嵩。

船行良久，方才到了严嵩耗银万余两修建的"万年桥"。这是一座"壮丽佳于江西"的石桥，十墩十一孔，刻有珍禽异兽、牡丹海棠。一行直溜直溜的方形巨石露出水面，桥的遗迹依稀可见，天高水阔，梦一般的浩渺空灵。

郁达夫说："江山也要文人捧"。然而，山川风月，气象万千，天地造化，鬼斧神工，谁能参透其中余味曲包的奥秘，谁又能道尽娱目怡神之美感？人是审美的主体，就看眼前的景色扣动了你心灵深处的哪根敏感的神经了。

然而，我着眼于万顷碧波，无边的湖水最使我陶醉。水轻柔而含情，博大而开阔，是四方游子归去来兮栖息和沉思的大怀抱。水是自然之母。

这不是湖，而是远离尘嚣的水世界、大自然；水天一色，万籁俱寂，只有雁过留下的哇哇情叹。"日月之行，若在其中，星汉灿烂，若在其里。"难怪七仙女看准这块悠悠然的水域。

置身湖中，有一种莫名的自由感，连带着自由的联想。

中国人爱水，文人尤爱水，作家写文章，就应该像水一样温存、灵动，哪怕你怒火中烧。我很懊恼，本该"老更成"的文章怎么越做越乏味、不滋润呢？

人来自水，也应归之于水。用水把尸体洗干净，裹上洁白的织物，投之江河湖海，让水吃掉，落得个来去无牵挂。我也欣赏有气节的文人，"经此世变，义无再辱"，投湖自沉，管他人前人后指指戳戳。

1961年秋，毛泽东主席写《七绝·屈原》："艾萧太盛椒兰少，一跃冲向万里涛。"冰心在《山中杂记》中说："海比山强得多。说句极端的话，假若我犯了天条，赐我自杀，我也愿投海，不愿坠崖。"

我想哪去了？

"世人都晓神仙好，惟有功名忘不了！古今将相在何方？荒冢一堆草没了。"——权欲啊权欲！"世人都晓神仙好，只有金银忘不了！终朝只恨聚无多，积到多时眼闭了。"——利欲啊利欲！"世人都晓神仙好，只有娇妻忘不了！君生日日说恩情，君死又随人去了。"——去就去了，寡妇再醮完全合乎人道。"世人都晓神仙好，只有儿孙忘不了！痴心父母古来多，孝顺儿孙谁见了？"——孝顺儿孙还是有的，重病床前有孝子，然而，我得劝劝诸君，膝下有孝权当膝下无孝，现代子孙靠得住靠不住实在难说，管它靠住靠不住，真靠不住你难道就不活了？

天下人间，熙熙攘攘，为利而来，为利而往，何苦来哉又欲罢不能。人啊，人！不论男人、女人，一概都是水做的，也只有水能够把身心洗得清清白白。

题仙游寺

唐·元和元年，盩厔县（今简化为"周至县"）县尉白居易，与友人王质夫、陈鸿同游仙游寺，话及前朝玄宗帝妃爱情故事，相志叹息。王举杯于白前："夫希代之事，非遇生世之才润色之，则与时消没，不闻于世。乐天深于诗、多于情也，试为歌之，如何？"白欣然命笔，作《长恨歌》，成千古流播之句，于今不衰。

我，醴泉生人，京中游子，回乡观摩话剧《白居易》，重游名寺。

细雨霏霏，蜿蜒而进，傍山依水，行路难矣。

终南一脉，黑河两岸，峰回路转。

寺在山之腰，环寺山者又有山，黑河从寺前流过，一切都在葱茏秦岭的大怀抱之中，宛若仙境。

见寺，破败不堪。

白傅遗诗，苏公留翰。东坡楹联尚在哉，可惜只剩下文物的下联！

> 客远红尘丛中到此俗缘尽了
> 堂开白云窝里从兹觉岸齐登

天王、飞天像，依稀可见，东坡考证是吴道之的真迹。法王塔，隋建，距今久矣，域内仅存。

仙游游非仙，长恨恨犹长，县令不知何处去，此地空余香一炉。

一个是倜傥卓异，一个是才藻艳逸；一个是天之骄子，一个是怨妇冤魂。白居易骋怀仙游，大喜大悲的演示中说尽人间风情。

风风雨雨，点点滴滴，空空荡荡，冷冷清清。

馆长殿斌索诗，余自不量力也，疏于工律，拼凑而成：

> 为寻忧悒今雨来　墨迹醉处独徘徊
> 如泣如诉多情种　亦谏亦讽总伤怀
> 骚人痴心虚垂涕　史家得意暗断裁
> 岭南荔枝红胜血　驿坡哪堪月冷白

时在癸酉清明。同行者伙，贺敬之、柯岩、周明以及陪同者副省长牟玲生、省委宣传部部长王巨才、西安市市长崔林涛、省广电厅长骞国政等等，警车开道，十辆长龙，车如水，余生也幸，冒充首长，愧悔扰民，大不安。

我们在太行山上

红尘喧嚣，上太行！

山上有个"世外桃园"，辖归山西的平顺。高可接天，静可避世，好去处。

向上，向上，车行九十九道弯的环山道上，下有"红旗渠"跳跳蹦蹦缓缓流淌，水声可闻。车行山亦动，移步换景，一路悬壁之险。

向上，再向上，上到独立峰巅的"下石壕"，人称"岳家寨"。

"下石壕"地处晋、冀、豫三省之交，仅38户人家，一座悬空的孤城。居民多岳姓，传与岳飞家族沾亲带故，改名"岳家寨"。

寨有栈道，似羊肠环绕，回环婉曲，其险无比，记录着先民漂流的足迹。其道宽不过二三人，寨民牵一头猪娃上山，养大，卖钱办货，只好将肥猪活生生剁成一块块儿背下山去。站立栈头，犹如攀岩，颤颤悠悠，不敢向前挪动半步。

　　颤颤悠悠，又想起刚才上山的路来。那不是路，是盘桓于万丈山腰的天梯，是人工接通的动脉血管，蜿蜒盘旋，教人心惊胆战。更为险恶的，是穿越隧道，一座座莽苍苍的石山竟然被凿穿。隧道的周围，布满如匕首般锐利交错的石刺，森森然，那是村民用原始工具一榔头一榔头敲打出来的，磨短了多少钢钎，坚持了多少个昼夜，流了多少汗、多少血！村民用生命开路，换来今天跳山越岭之如履平地，感天动地，必有神助！……我想给他们下跪！

　　也正是他们，造就了自己的英雄模范——坚持"不转户口，不定级别，不要工资，不脱离群众，不离开西沟，不脱离劳动"、省妇联主任、连续十届人大代表的申纪兰！

　　我们在太行山上，我们置身"桃花源"。千年的椒树将人们带到远古，扑鼻的椒香将人们引入本乡本土，这不就是遐迩闻名的"大红袍"么？

　　远山的云雾在微风的鼓动下，一朵朵浮游而来，朦朦胧胧，缠住我的腰身。画论云："山欲高，云雾锁其腰。"看，又从我的头顶飘了过来，一朵接着一朵，飘飘然，如在天宇梦中。

　　杀鸡宰羊，筛酒布菜，泉水沏茶何等清香，野果杂陈最为新鲜，不论是红枣核桃苹果梨桃鸡鸭鱼肉煮鸡蛋，一水儿的绿色食品。我特别对寨上的甜梨和煮鸡蛋感兴趣，那是孩提时的真味呀！

有山就有胆。

寨民忙待客。

浓雾聚成白云从头顶飞过，沉重的夜雾渐渐笼上了峰头，细雨霏霏，任由它打湿双颊，很滋润。中雨晚来急，我们登上宽敞的凉台，棚顶挡住雨水，伸手能戏雾弄云。

篝火晚会改为平台联欢，与谁同坐？古道——热肠——清风——我。推杯换盏，高谈阔论，歌影摇风，超然自适，醉上眉头，亦梦亦幻，不知有汉，无论魏晋。

一夜无话，听雨，淅淅沥沥到鸡叫。雨霁日出，四山清明，石板房前曲径，一览众山小。

握别山寨，付费，羞不言价，问急了，说："看着给吧！"多给，他拒收。

山川风月，气象万千，谁能参透其中余味曲包的奥秘，谁能道尽娱目移神之美感？岳家寨啊"下石壕"，清风无价，明月无价，氤氲无价，紫气无价，清静无价，天籁无价，净土无价，安适无价，天然恬淡无价，让主人怎么跟你讲价钱？

离寨时，蓦然，发现包里鼓鼓的，打开一看，呀，有梨、有蛋，四个煮鸡蛋。

正要启程，寨民急匆匆跑了过来，把我拉在枕边的手机递到我的手里，心底又涌起一股暖流，说不出的恋慕——一种梦境所给予我的特殊感受。

无怀氏之民欤？葛天氏之民欤？

向上，向上，行车于人工开凿的"挂壁山路"，当地叫它"天路"。再向上，徜徉山巅，直接天际，再向下、向下，通往现代文明。

引路者问：

"此行何感？"

我仰首群峰，答曰：

巍巍太行，惟此奇绝。

莅日一大早，见《上党晚报》，记者郑学兵写道：

这次来平顺参加太行'金秋笔会'的作家中，除了一些年纪相对年轻的作家外，还有一位老作家。在三天的采风活动中，他不仅没有掉过队，一路上总能听到他爽朗的笑声，常常走在队伍的前面，望太行，捷足先登，高呼：'我站在高山之巅！'他就是阎纲先生，年满80高龄。

1982年元月，阎纲五十郎当岁，恶性肿瘤术后登泰山，文友遂诗云："十八盘道君已过。"阎纲答："详尽八十一难情。"八十又登太行，而且不落人后。

就在八十岁箭步快如飞的2012年，阎纲经营多年的四部作品出版：散文集《爱到深处是不忍》、评论选集《文学警钟为何而鸣》、回忆录《文网·世情·人心》以及纪实文学《美丽的夭亡》。

他说："我用生命写，为天赋人道，为改革开放，为历史真相，为爱情和健康、安魂和感恩！"

假若消费也有国格

我是个低消费者，何况低收入，假若我是个高收入者呢？那么，我先要到国际商厦出一口气。

1983年秋，以作家李满天为团长、诗人胡征和我为团员的中国作家代表团到叙利亚等国访问，头一回出国，异常兴奋，却颇感扫兴，刺激太大了。从今往后，我觉得一个再无力高消费的低消费者，也须自我维护消费品格，包括消费人格和消费国格，假若有什么"消费国格"的话。

我们每人带着20美元的零花钱，外带自己被允许兑换的20美元，以为有这40元的美金垫底，一般情况总能对付。就这样出发了，漂洋过海。

先到卡拉奇，万万没有想到，光是小费就闹得人狼狈不堪。

怕水土不服，临行前作了充分的准备，特制了一大瓶郫县豆瓣炒炸酱，带上家乡的口味走南闯北。岂料经过反复地转机碰撞，玻璃瓶碎了，油了西服的裤腰。

　　果然吃不惯当地的饭菜，好不容易找到一家中国餐馆。盘儿碗儿一色的中国货，龙凤呈祥，古色古香。不料这些杯盘全是塑料制品，轻飘飘的，筷子一碰，就地打转，使人忍俊不禁。最可笑的，还是那些所谓的中国菜，什么"鱼香肉丝"、"四喜丸子"、"宫保鸡丁"，统统扯淡！我觉得我和当地的老外一样上当受骗。此刻才看清楚了，餐馆里端盘子看柜台的都不是中国人，他们自己是不是品尝过中国菜很值得怀疑。可怜我们几个中国佬，吃了一肚子什么滋味也不是而什么味儿又都是、恶心巴拉的非中国味的不知什么味之后，还要向自以为以中国菜服务顾客而顾客如愿以偿的非中国的跑堂们付小费表示感谢，似乎他们服务周到，我们吃得满意。当我们十分不够慷慨地斤斤计较小费多点还是少点的时候，我看得出，端立一旁的不知属于哪个民族的那位跑堂满脸鄙夷地神情。

　　几天下来，我这个草食动物实在陪不起肉食动物们马拉松式的宴会，便把尚可食用的郫县辣椒酱翻出来，买了一大包意大利通心粉，再到我国大使馆借来电热杯，躲在卫生间自制北京大碗炸酱面，一对牙刷当筷子，于境外大嚼饱口福。（回国后，被人笑痴，也被陕人笑话，"傻帽，土得掉渣！"）

　　我们穿过繁华的街市，逛商店，走进某某大商城。从踏进商店的大门开始，销售员小姐就盯上我们。我们走到哪儿，她跟到哪儿。她满脸堆笑，殷勤备至，纤纤细手指给我们的，全是标价在一百美元以上的物品。当发现我们只在那些便宜的小玩意面前滞留很久最后还是没有成交，最后一声"再见！"毫无反应，人面桃花冷若冰霜。当我们转身朝门外走去时，仿佛听见那美眉说了句什么，旁边的顾客大笑不止。我问翻译，她嘴里咕咕哝哝些什么？翻译说："她们不友好，说'哈哈，中国人！'"

原来把我们当成日本人或者韩国人了。

"哈哈，中国人！"这句使我蒙辱的话，不知怎么搞的，神使鬼差，使我想起当年外国列强的路牌——"中国人和狗不得入内"。

这句欺我贫穷的话，使我出国访问期间，即从卡拉奇到大马士革最后到突尼斯，一路的不痛快。我再也不进他们的高档商店，再也不看那难看的脸色。我不相信，不信中国人会永远被人笑穷和穷笑。

我们还不富裕，然而，我们不寒碜。终有一天，中国普通老百姓要出入国际商厦，问津金银珠宝，即便什么也不买，也以中国人为荣，势利的金发女郎们，你，对不起，小心伺候！

人生三悟

一、罪犯　主教　警察

打开《悲惨世界》，有三个警察介入。

三个警察押着一个男人。

米里艾主教大步迎上前去，微笑着对警察说："他是这么说的吧？'那是留我住夜的一个老神父送给我的。'……他说的全是真话。"

他转向冉阿让，温和地说："又见到您，我真高兴。但是，银烛台不也送给您了吗？您为什么不把它也带走呢？"

冉阿让浑身发抖起来，好像快要晕倒似的。主教说："再见吧，我祝福您。请记住，这一家的门，不管早晚，不管什么时候都是开着的。"

他洗净了他的灵魂，把它献在主的面前。

面对这位以怨报德的冉阿让，主教米里艾却以德报怨。明知他有过前科却留他过夜，好心招待他用餐他却偷走银餐具。当警察将冉阿让抓来让他指认时，他竟然说这些银器"是我赠送他的！"并以银烛台相赠，他说过，这是"祖母传下的银器"啊！

就这么几句出人意料又非常诚实的话，解除了一场警报，平息了一场官司，此外，他什么也没说，什么也没解释，什么都是那么平常和自然。

但是，对于冉阿让来说，心灵上的震悚该是多么强烈！它比加刑、镣铐、鞭打强烈百倍、深刻千百倍！主教博大的善德唤醒"罪犯"的良心，再造冉阿让的灵魂，感召他以无私的牺牲精神积德行善一直到老。他实现了自身的价值，自我完美道德精神，目光中流露出对"悲惨世界"不幸男女的钟爱和欣慰。好事做尽之后，他点亮主教"祖母传下的银器"，摆摆正送"女儿"相依为命的洋娃娃，说了声："我是偷盗一块面包苦役19年的罪犯"，"该知道你母亲的名字了——她叫芳汀。"然后，凝视"女儿"与男友手挽手幸福的身影，微笑，孤独，默默地死去。

主教赠银的情节，在《悲惨世界》里不过一段小小的插曲，却成为主人公人生的一个转捩点，也切切实实影响了我的大半生，一切都在无言中，一切都以无言之德教人爱人做人。

正是在浪漫主义大师雨果人道牺牲精神的感召下，我几乎在警察干预之外不走样地、圆满地处理了十分近似的一两桩怪事，其结局也如同雨果书中期冀和描写的那样，他们后来不但自爱、自强，而且菩萨心肠，与人为善，不无主教的余韵和冉阿让的遗风。我得到莫大的慰藉。

因为反对路易·波拿巴复辟帝制，雨果被悬赏通缉，流亡他乡长达19年之久。在这期间，已经是法国文学院院士的女儿游泳不幸溺水，接着，被称作诗歌奇才的另一个女儿病逝，小女儿又因失恋导致精神崩溃。就是在这种悲痛欲绝的心境下，而且是在僻寂的葛纳塞岛，雨果写出举世闻名的《悲惨世界》。

作为赃物的银器唤醒"罪犯"的良心；博大的仁爱再造冉阿让的灵魂；无私的善行挽救这"悲惨世界"，以至于忠于职守的警察头子沙威在冉阿让至"善"的光照下居然跳进塞纳河，用生命保全了道义——惊心动魄的一笔！

学者朱学勤著文介绍过他的一段感人的经历。他最后一次考研，路遇窃贼，他的一个信封被人扒走了。小偷打开一看，是张《准考证》，别无分文。小偷完全可以从从容容下火车，将这张薄薄的一张对他说来废纸一张一揉一扔了事，然而，他没有，却冒着被失主喊"捉贼！"的风险捧着原信小心翼翼地归还失主，而且不无幽默地说："老哥，看还丢啥不丢？"

啊，古风义贼！朱学勤写道：“这一奇遇，造成我生活的转折，一直延伸到现在。” 我还听说过以俭朴闻名的某电影老演员，早上醒来，发现有贼来过，不但分文未失，桌子上反而多了几百元钱，原来小偷正要下手时看见主人的照片，“哎呀是他？他可是个善人！”便留下银两悄然离去。动人的故事！仁爱的感化！道德的力量！

在《教授与“劫匪”的故事》一文里，教授对着凶器说：“你用刀子逼我拿走一分钱都算抢劫，这样会坑你一辈子。我看你也不像干这事的人，干脆我给你留张名片，你需要钱到我家里来取。我知道你可能碰上难事了。”后来，“劫匪”还钱，教授又给他母亲看病、开药、送钱，“劫匪”跪在地上重重磕了三个响头。原来他被诬偷人手机，被人打伤，看家狗又被城里人偷走，他要报复城里人。

《悲惨世界》里的银具事件，是偷；《教授与“劫匪”的故事》，是抢，不论偷成和没有抢成，全都构成道德的炼狱。大作家雨果和这位教授有一个最基本的看法，不管是“罪犯”还是“抢匪”，压根儿不是什么恶人，他们心地善良，偷窃或“抢劫”不是因为懒惰，也不是为了享受，而是由于贫困和无望。他们怨而无仇，不会像得救的毒蛇那样咬死“南郭先生”。《论语·宪问》：“或曰：‘以德报怨，何如？’子曰：‘何以报德？以直报怨，以德报德’。” 积德行善会播下善良的种子，金针渡人，将产生巨大的道德力量。

　　环顾我们的四周，谁都看得出来：积德的事多了，缺德的事也多了，好事、坏事都多了，而且好得出奇，坏得也出奇。所以，做人就要讲德行，多行善事。我自己一生经历了大半个世纪，眼见是实，见得多了，心里亮堂了，默默地总结出一条做人的起码规矩，就是：要行善，不作恶，当你不能行善时，也不要作恶；说真话，不说假话，当你不能说实话时，也不能说假话。流行作假，全民受难，假话付出真血！恶之花啊，这无边昂贵的生命代价！

　　我们刚刚纪念过雨果诞生200周年，百多年来，他庞大的读者群一直没有忘记他。面对这位同我一样失去爱女、痛不欲生的老人，还有那偷与赠、德与怨、"悲惨世界"以及说不尽的烛台、银餐具……我默不作声。

　　雨果有句名言："在人间一切之上，存在着一个绝对正确的人道主义。"

　　"请记住，这一家的门，不管早晚，不管什么时候都是开着的。"

作于世纪初

二、一个陌生女孩的来信

我深深地被她感动了。我跟她缘悭一面。女儿阎荷身患癌症去世以后，看见女儿的女儿时，我常常想起她——一个曾经给我写过求救信的陌生女孩。

阎纲叔叔：

不知道这封信您能不能收到，可我依然怀着一颗诚挚的心，向您表示最深最真的问候。

不知道您还记不记得曾经为了给母亲治病而给您写信的那个小女孩——李仪。我就是她。您更不会想到三年后我依然会给您写信吧？只是我此时的心情与以前有很大的区别，因为两年前母亲就离我们而去了。母亲去世的第二年，我考上了高中，而这一切她是不知道的。可是我并没有坚持到底，也许是家里的经济条件不好，我不想给爸爸增添更多的负担，也许是刚刚失去母亲，我在精神方面失去了最好的支持者，使我感到极大的空虚，常常有种无家可归的感觉（因为爸爸在鞍钢工作，不经常回来，当时我和姐姐寄居在哥哥家）。于是，我没有通知任何人，自己结束了只有一个月的高中生涯。

由于我太小的缘故，父亲费了很多周折把我户口办进了鞍山，从此我更孤独。读书对我还是有很大的吸引力的，于是我报考了鞍钢技校，竟然考上了，虽然我的理想是当一名医生。

在我踏进鞍山的同时，我的生活中随之走进第二个母亲和另一个妹妹。对于父亲追求幸福的选择，我无权干涉，然而这一切常常会勾起我对另一个女人的深切的怀念，那就是我的母亲，一个平凡、朴实、勤劳、善良的农村妇女。母亲给我的一切关心和爱护，我是永远不会忘记的，特别是母亲临死前那痛苦的眼神，让我增添了对她的无限思念。然而我今天唯一能做的，似乎也只有一个人静静地想她，除此以外，我不知道我还能做些什么。

母亲临死的前几天，还对我说一定不要忘了您，在现在这个社会里，难得有像您这样的好心人……当时我哭了。我至今还保留着您给我回的那封信，因为那不仅仅是一封信。

期望您能收到这封信，期望您愿意听我的这些唠叨，但愿秋风带去我所有的美好祝愿。我天天祈祷：

好人一生平安！

李仪　9月9日

一封令人心酸的来信，一个陌生的女孩儿……噢，我想起来了。

是我1989年主编《中国热点文学》的时候。

我认识治癌军医黄传贵，发表过一篇叫做《一切为了救人》的文章，常常有人十万火急、求医问讯。收到患者家属甚至他们的孩子的来信不在少数。他们求医心切，字字看来都是泪。凡是这样的来信，不管插着"鸡毛"还是没有插"鸡毛"，不管我认识还是不认识，也不管我多么忙碌多么疲劳，都不容许我有一时半刻的耽误。我即刻回信，并且常常自己出门上街投邮。李仪的信我记不起来了，但我可以肯定，那是许多封病母的女儿来信中的一封。在这些来信中，或者说在这些孝顺女子的感人肺腑的来信中，女儿对母亲形影不离、情愿终生为伴的无法形容的天爱，以及她们对生母身患"不治之症"的哭断肠的不堪忍受的特殊感情，都给我留下很深的印象。有些竟然是初中生或者小学生。李仪是其中的哪一位呢？

李仪当时不过十二三岁，一个女孩子，承受的痛苦却是超负荷的。我不知道母亲咽气的时候和后来高中辍学的时候她是怎样挺过来的；不知道一个女人离家而另一个女人进了家门之后她在梦里和母亲相执无言眼泪怎样打湿衣衫；不知道她怎样寄居在哥哥家然后历经何等艰辛上了中专；不知道在母亲的祭日她哭成什么样子。

只知道她立志要学医，又不得不放弃学医的凤愿。

只知道她很懂事，是个孝女，没有忘记母亲的叮嘱给我回了信。"母亲临死的前几天，还对我说一定不要忘了您……当时我哭了。"

收到李仪的信，我立即给她写回信，关心她的现状和命运。信发出后，几月不见回音。后来她回信了，心态却十分平和，既不激动也不叫苦。端详着这封像小大人一样的平常信件，我愕然。后来想明白了。李仪已经在灾难面前学会镇定，在痛苦面前学会坚强。在她看来，遵母之命给"阎叔叔"写了信，"一定不要忘了您"，这就够了。世态炎凉，人生滋味靠自己体验和品尝。失去母亲的人还怕失去别的什么？还有什么可怕的呢？

穷人的孩子早当家，失去母爱的孩子更理解爱的代价。

她最大的遗憾莫过于学医无望，不能救活天下的母亲。

皓月当空，其实比叔叔还要大一辈儿的我，把以上辛酸夹杂着欣慰的心，寄予远在鞍山炼钢炉旁十分懂事的孩子。

元旦刚过，突然收到李仪从鞍钢技校发出的邮政快件。孩子是个有心人，她选取新年开始、春回大地之际，连同她的祝福一并寄赠给我。信封下面和背面均注明"请勿折"的字样。打开信封，一张多角形的小纸片掉落下来，那是一条条五彩丝线精心制作的圆形贺卡，上面只写了六个红里透黑的小字，即她在信中用心喊出的那句话："好人一生平安"。

阎爷爷：

在自习课上，激动的泪水无声地滑落下来，我知道这泪水不再是悲伤，而是人间真情的泉水，让我在遥远的异地，感受这份茫茫人海给予我的关爱。

在这个世界上，我能拥有这份真情和关注，我感到幸运。也许我们擦肩而过，但我的祝福会在这飘雪的日子里送进你家的窗口。

我现在一切还算可以，只是有时会莫名的悲伤起来，但看到您写的那些话，似乎又给我增添了生活的勇气。

走在街上，看到许多精美的贺卡，思来想去，还是连夜给您做了一个不知名的小礼物，因为这份情谊是不能用金钱来衡量的，我想您不会觉得它太小吧，至少它是这世界上独一无二的，您说是吗？

不管生活是多么的艰难与无奈，我都会坚强地走下去，为了这头顶的蓝天白云，为了所有关心我的人。是的，"失去母亲的人还怕失去别的什么？还有什么值得可怕的呢？"请您放心吧！最后，祝您身体健康、合家欢乐！

春节好！

李仪 ［字写得不好，请您见谅，以后我会努力］

1·13 鞍钢技校 轧二

我立即回信给她，称赞她的品德和文笔，问她生活上有什么困难，希望她寒假出来玩玩。杳无音信。

1996年8月4日

三、总有那么一天

总有那么一天，我们撒手人寰。

人生，就是怎么活着。有生就有死。人活到老，老而不死，生的还照样生，家里养不起，地球装不下，非打起来不可。打仗就要死人，动枪动炮，血肉横飞，尸横遍野，然后，家里腾出点空地儿来好生养人，非生不可，无死即无生。所以，古人"鼓盆而歌"，庆贺死亡。即便是现在，家乡死了老人，七老八十的，是喜丧，就要当喜事过，送葬时重孙要戴红孝帽。"老而不死是为贼"，"贼"者，"戕贼"也（刘沙河有另解，说四川老人经验丰富处事精明者为之"贼"，按下不表），人老了做不动了，戕贼害人，亲戚烦，儿女嫌，哎，人老了可要当心，可要自谅！我非常拥护计划生育，我一直赞成"安乐死"，从来没有动摇过。

但是，再老也得活着，当然要活下去，越老越好，老寿星、高寿遗传是"儿孙的福"，"老有所养"、"老吾老以及人之老"是国家的好名声。我只是想劝劝有些老人，不要把这看得太认真，好像别人离开你真的不行，自己"活着"不见得那么重要，自己死了其损失不见得那么重大，不要割舍不得真的当成那么回事。我这样劝一些老年人，同样也劝有些准老年人甚至中年人。我的看法是，人靠精神活着，人死了以后留下的是精神，人也应该死得有点精神，战争时期如此，非常时期如此，商品经济时期也如此。什么是"孝子"？孝子就是父母生前尽力以使其精神得以维护，父母死后尽心以使其精神得以继承。精神遗产是最宝贵的遗产。是不是"三年无改于父之道"？不错，精神即"道"，只要是宝贵的精神遗产就要接续无改，时间越久远越好，"三年"嫌短。

有这样的追悼会，死者年高德劭，文艺界名副其实的一大损失。八宝山革命烈士公墓庄严肃穆，阴阳界上白花凄惨，但是等候和遗体告别的队伍里闲谈声、笑闹声不绝于耳，阵阵声浪淹没了哀乐。你并不想笑，可是对着你讲话的人不停地讲笑话逗你笑。笑声渐渐接近永别的遗体，然后，嬉笑者们敛起笑脸，换上苦相，作心情沉重状。现在，我很少参加追悼会，固然，不忍看见我尊敬的人枯瘦变形的面庞，但是，最怕的还是那笑——残忍的打闹声。

有这样一个儿子，老父在堂，什么都不管，父亲死了，拿死人赚钱，丧事大操大办，重孝厚葬，哭哭啼啼，叽叽喳喳，吹吹打打，一长串汽车拉上一大堆纸糊的金童玉女、使唤丫头，装满冥币和存折的保险柜，盛满各样吃货的电冰箱，电视机、洗衣机、双人床、电褥子、沙发衣柜和带三气的四室一厅（角角落落布满花枝招展的美妞们），烧了一大堆。我要是那位死者，我就要从棺木里钻出来，当着送葬的宝马、尼桑、桑塔拉和北京吉普把我的亲儿子一把掐死，然后空心一人跑到阎王爷那儿去投案，哪怕下油锅。

黄苗子七十岁时立下《遗嘱》："趁我们现在还活着之日起，约好一天会作挽联的带副挽联（画一幅漫画也好），不会作挽联的带个花圈，写句纪念的话，趁我们都能亲眼看到的时候，大家拿出来欣赏一番。这比人死了才开追悼会，哗啦哗啦掉眼泪，更具有现实意义。因此，我坚决反对在我死后开什么追悼会、座谈会，更不许宣读经过上级逐层批审和家属逐字争执仍然言过其实或言不及义的叫做什么'悼词'。否则，引用郑板桥的话：'必为厉鬼以击其脑'。"

"我和所有人一样，是光着身子进入人世的，我应当合理地光着身子离开（从文明礼貌考虑，也顶多给我尸体的局部盖上一小块旧布就够了）。不能在我死时买一套新衣服穿上或把我生前最豪华的出国服装打扮起来再送进火葬场，我不容许这种身后的矫饰和浪费……此嘱。"

人生体验啊，君莫笑！"人之将死，其言也善"，人之将老，其言也怪。话虽说重了，但是中听，悖于常情，却惊世骇俗，真真确确地总结了人生经验，不乏自知之明。

我今年比当年黄苗子留遗嘱时还长一岁，我想了很多，我已经想好了。在我离开这个世界的时候，我要像父亲一样，不与人间争地，不给后代添麻烦。我，一介书生，身无长物，没有给儿孙什么，也不想叫儿孙给我什么，再难受、再痛苦，也不哼哼、不嚎叫、不声唤，免得家人在病榻前看见心里难受，眼睛一闭，走人，任事不知，灰飞烟灭，骨灰也不留。"儿孙自有儿孙福"，该干什么干什么，死了拉倒，有你没你一个样，就像我在《体验父亲》一文中所描绘的那样：老人家临终时心诵"吾道不孤"、泰然处之、让床边的后辈们自个去琢磨、去理解……

公交今昔

在你座位的后面，站着三个乘客：怀抱婴儿的少妇、挺着鼓鼓囊囊肚皮的孕妇，还有个比你老得多的老人。有人冲着你喊话了："哎，说你啦！少坐会儿成不成？没长眼！"你立马站起来让座，乘客哄堂大笑。

你和大家一样在车上摇煤球，后面人挤着你，你偏偏撞上紧靠在你前面的一位花枝招展的女郎。女郎转身向你怒目一瞥，愤愤然地："干什么？"你气得浑身发抖，急忙解释道："怎么说话？……"女郎不屑，娇滴滴，恶狠狠啐了一声："呸！"然后用手掸了掸你刚才撞着她的地方，你傻子似地瞪大两眼想冷笑却怎么也笑不出来。

车快到站，你好意往后捎，想腾出地儿来但急于下车的人死活不让。车到站，乘客一哄而下，你紧躲慢躲，避让不及，卷进漩涡快要散架了，终因挡道而遭人抱怨："下不下你？"你被人流几乎卷下车去，呼刺一下又被上车的人推挤上来，一直推到车厢的当间。你马上就要到站，可是怎么也挤不出来，再死命挤又要撞上刚才那位直冒香气的女郎。车到站，你拼死拼活地往外顶，"早干什么去了，讨厌！"快挤下车了，上车的人又骂开了："这主儿脑子进水了！"

你老兄，七十郎当岁了，逞什么能，凭你面相长得还不蔫儿是吧？何苦呢！忘了你在公交车上骨折的惨状吗？

那年（1986年）腊月，我赶上公交末班车，不慎被脚下的墩布绊倒，奇痛，怎么也爬不起来。一辆车就拉我一人。我挣扎着，同时向售票员恳求："同志，我八成骨折，车到十字路口停停，我得打车去医院……"没有回应，突然给我来了这么一句："你还没有买票！"

举目望去，见她打扮入时，花枝招展，埋头结账，心无旁骛的样子。我挣扎，掏钱，递钱。车到终点站，我"滚"下车来，坐在马路当间截出租，赶到友谊医院已是午夜时分。轮椅推着，照片子，骨折，立刻手术，髌骨碎成七块。

时至今日，我依然仗着麻秆似的身子骨乘坐公交车开会办事。公交车好，锻炼身体，随大流，七嘴八舌，自由论坛，像是听戏。昨天，来回两趟乘车，都有年轻人让座，我跟他们相互推让着，售票员说："文明行车，文明乘车，您老甭客气！"

第
3
辑

梦李白

李白到来时，编辑们都去看《屋外有热流》了。我作为一个比他年轻一千二百多岁的图书资料员，接待这样一位伟大然而过时、狂放然而自由化的"诗仙"，多少有点诚惶诚恐。

李白齿发衰白，可是体肤丰盈，鹤发童颜，丈二长的胡子拖在地板上。我心里只纳闷：他不是病死在安徽当涂了吗？

老人首先进行自查，说自己徒有虚名，只会说大话，在1958年的新民歌面前已经低头认输，对《天安门诗钞》佩服得五体投地，近来新诗又在发展，他喟然长叹，歌曰："宫女如花满春殿，只今惟有鹧鸪飞"，"旧苑荒台杨柳新，菱歌清唱不胜春"——"我甘愿退出历史文坛了！"

奇怪，一个高唱过"我本楚狂人，凤歌笑孔丘"，"狂客落魄尚如此，何况壮士当群雄"的人，怎么会自甘堕落呢？

"我不甘堕落！"他好像看出我的心理活动，"我想学写意识流。"老人兴奋起来，大笑不已，一股浓烈的酒味直钻我的鼻子。

"其实，"他更加狂放起来，"要按有些人说的，那么，意识流我也写过，《蜀道难》，《梁甫吟》、《梦游天姥吟留别》、《西上莲花山》就是。"

我赶忙提醒他说："李老，您老糊涂了？意识流兴于20世纪20、30年代，不能让它早产1100多年呀！"

"噫吁兮，危乎危哉！亏您提醒……不过，我还是想学学，学各种流派，我要赶上时代。"说着，取出一卷宣纸手稿，在案头舒展开来，室内顿时墨香四溢。"我没有新的生活体验，都是旧内容的翻新，小同志，见笑、见笑！"

照录于下：

神女颂〔古典主义〕

想衣兮想容，风拂兮华浓。

若啡若兮山头见，会向会兮月下逢

清平调词〔浪漫主义〕

云想衣裳花想容，春风拂槛露华浓，

若非群玉山头见，会向瑶台月下逢。

美的爱〔意识流〕

华槛春露风拂浓，花想衣裳云想容。

山头若非见群玉，月下会向瑶台逢。

幻乱曲〔荒诞派〕
花裳云衣拂槛容，华风春露想想浓。
瑶台若云非头见，群玉月会向下逢。
……

不等读完，我就忍俊不禁了，说："这算什么流派！您忘记了鲁迅先生的话：重要的是做个革命人，写自己熟悉、得心应手的，切不可趋时。"

"我想把它发表出来，就教于广大读者，不知意下以为如何？"

"编辑主任不在。"

"我将这几首诗留下，请他们审定并指正。"

"本刊人手少，不退稿，三月内不见登出，可自行处理，另谋出路……"

"晓得，晓得，当涂街上贴过你们的《稿约》。"

通情达理的老人，轻手轻脚，收起长卷，放在《来稿登记簿》的旁边，然后笑眯眯捋了捋长须。

"打搅您了……深感不安。请问：'长安酒家'怎么走？"

　　"'长安酒家'在西安，这里是北京，安禄山起事的老窝，远离长安，您那时叫幽州吧？倒有个'西安食堂'，在新街口，卖羊肉泡馍，您老牙口不好，咬不动。想'大笑同一醉'，可上'峨眉酒家'，往南、拐弯，左手即是。"

　　老人道了谢，退出门，兴致勃勃地沽酒去了。他会路过"月盛斋"的，我想，那里的酱牛肉一定对他的胃口。

　　落月满屋梁，犹疑照颜色。梦毕竟是梦。

邂逅《论语》十戒

无聊乱翻书，翻到陈年老刊《论语》。林语堂创办的《论语》，每一期封面的内页登有"论语社"同仁的戒条，全文如次：

一、不反革命。

二、不评论我们看不起的人，但我们所拥护的人要尽量批评（如我们的祖国、现代武人、有希望的作家、非绝对无望的革命家）。

三、不破口骂人（要谑而不虐，尊国贼为父固不可，名之王八蛋也不必）。

四、不拿别人的钱，不说他人的话（不为任何一方作有津贴的宣传，但可作义务的宣传，甚至反宣传）。

五、不附庸风雅，更不附庸权贵（决不捧旧剧明星、电影明星、交际明星、文艺明星、政治明星及其他任何明星）。

六、不互相标榜，反对肉麻主义（避免一切如"学者""诗人""我的朋友胡适之"等口调）。

七、不作痰迷诗，不登香艳词。

八、不主张公道，只谈老实的私见。

九、不戒癖好（如吸烟、啜茗、看梅、读书等）。并不劝人戒烟。

十、不说自己的文章不好。

《论语》同仁十戒，刺痛我的热点十处：

一、《论语》是不是完全能做到姑且不论，但它有勇气把这十条当做"同仁戒条"每一期公开刊登在内页让读者进行监督，它比六七十年后《收获》不登广告更多一些刺激。

二、《论语》十戒，有点骨头和魄力，不像是装样子，也不是装样子能够装出来的。难道他们没有想到有些人不高兴而这些人是惹不起的？

三、不乏人格精神，敢于说出"不批评我们看不起的人"，"不附庸风雅，更不附庸权贵"这样的话来；个性突出，声言"只谈老实的私见"，"不说自己的文章不好"。

四、不标榜、吹捧"学者"、"诗人"；反对肉麻地称"我的朋友胡适之"。鲁迅在《文摊秘诀十条》中写道："须多谈胡适之之流，但上面应加'我的朋友'四字"。我们不是在加冕"学者"、"诗人"之后，还要在花冠上镶嵌"著名"两颗宝石么？

五、"不为任何一方作有津贴的宣传"。试看我们现在作宣传而"不拿别人钱"的编辑记者还剩下几个？这不奇怪。有人出钱，有人出力，互利双赢，碍卿何事？记者有时像戏子赶场一样，这会完了去那会，瘦会不去去肥会，刚刚迟到又早退，一手交钱一手交货（含现成的"本报讯"），一年下来，大把大把的银子。不要不服气。我也做过记者。

六、除一些守身如玉的党报党刊外，"决不捧旧剧明星、电影明星、交际明星、文艺明星……"而能养活自己或养胖自己的报刊，还能数出几位数来？

七、"不做痰迷诗"。老舍说："夫痰无新旧，嗽久成痨；迷有浅深，心终作病：是以论语悬痰迷之禁也。"何谓"痰迷诗"？痰迷心窍、神经错乱、举止失常吧？你知我知，难得糊涂。"不登香艳词"？小巫见大巫，"香艳"算什么？

八、"同仁戒条"执笔者林语堂后来说道："我在文学上的成功和发展我自己的风格完全是国民党之赐。"还说："如果我们的民权不被取缔和限制，恐怕我永远不能成为一个文学家……即读者们所称为'讽刺文学'者。我写此项文章的艺术乃在发挥关于时局的理论，刚刚足够暗示我的思想和别人的意见，使不致流为虚声夺人，空洞无物，而只是礼教云云的谬论；但同时却饶有含蓄使不致身受牢狱之灾。这样写文章无疑是马戏场中所见的在绳子上跳舞，亟需眼明手快，身心平衡合度。在这个奇妙的空气中，我成为所谓幽默或讽刺文学家。"

　　"同时却饶有含蓄使不致身受牢狱之灾"，有意思，太有意思了！

　　九、然而，鲁迅评价不高。鲁迅虽然"并非全不赞成《论语》"，但也并不满意《论语》。鲁迅企盼于讽刺与幽默的是匕首和投枪，是置人于死地的批判的武器。

　　十、今之报刊，调高旨远，均以建设社会主义精神文明为己任，不知比当年的《论语》正确多少倍、干净多少倍，威武多少倍、不言而喻，实实在在应该比《论语》高出一头、两头、三头。

答任建煜 "作家人生10问"

问： 你成功的经验和秘诀是什么？

答： 才分不我，无论成功。

问： 你最喜欢读什么书？

答： 《辞源》《辞海》《百科全书》。

问： 你最大的嗜好是什么？

答： 我的诨名"胃亏面"，再加上音像和说笑。

问： 你最大的烦恼是什么？

答： 虚与委蛇，"谋财害命"。

问： 你是怎样看待金钱和名利的？

答： 安贫乐道，钱不烫手。

问： 你是如何处理周围人际关系的？

答： 好心待人，不整人的都是好人。

问： 你向往什么样的生活？

答： 醉卧书林，寄情电脑，指天画地，含饴弄孙。

问： 你喜欢和什么样的异性相处？

答：不带异性偏见的异性。

问：你最喜欢的座右铭是什么？

答：生前有血气，身后有骨头。

问：请你对想成名的人说几句话。

答：大音希声，大器晚成。

张中行这样写小人小事小小说

一、《汪大娘》的短评

《汪大娘》写人物，用字不多，信手拈来，博闻多识，随心所欲，要言不烦，无疑是一篇笔记小说、短篇小说，但当朝的短篇小说拉长了，它太短，当属小小说流。

小说难在画人物，特别在一两千字内、巴掌尺幅中。张中行在《汪大娘》里透露了他的消息。他写道："但写她也有困难，是超过日常生活的事迹太少。怎么办？还是决定写。理由有二：一来于兵家，曰出奇制胜，很多大手笔写大人大事，我偏写小人小事；二来于小说家，曰有话即长，无话即短。"

对了，"出奇制胜"，这的确是笔记小说的又一个秘密武器。张先生说奇就奇在"写小人小事"，其实，奇就奇在写"小人小事"的"稀奇"和写"稀奇"的"小人小事"。所以，张先生对汪大娘只作粗线条地勾勒，介绍她是一个好佣人，尽管她出身于曾经阔过的旗人；介绍她偏瘦，没有灵气，不识字，不苟言笑，而且眼神不好，把抹布煮在锅里。这里，他已经用"稀奇"吊人胃口了，还得吊。"勤勉，不稀奇，可不在话下。稀奇的是身份为外人却丝毫不见外。"然后挑选了她的几桩奇事来写。大少奶奶说她："我们都怕她，到厨房去拿个碗，不问她也不敢拿……她人真好，一辈子没见过比她更直的。""文革"中汪大娘对外调人员说："一点不苦。我们老爷太太待我很好。他们都是好人。连孩子们也不坏，他们不敢到厨房淘气。"汪大娘"身份为外人却丝毫不见外"，俨然反奴为主，然而，她仍然是奴才，一个忠实到以与主家生死与共为己任从严治家的义奴、酷奴。这事确有"稀奇"之处，所以给人的印象很深。

一篇笔记小说至此可以收笔，可是他不，他要发感慨，发轻微的黍离、麦秀之思："汪大娘不识字，有福了！""常说的读书明理，它的可信程度究竟有多大呢？"这些议论要是对照开头一大段"闲话"首尾相析（什么雍正乾隆厉害，但与朱元璋朱棣父子相比，总是小巫见大巫；什么纳兰成德、顾太清，"我都很喜欢"；还有些个旗人，细致，雅驯，有王谢气，值得写入《世说新语》云云），妙笔成趣，味道可好了。

"闲话"不闲，在笔记小说里它是活跃分子。

"大头嗡"可能"大头瘟"之误，我家陕西醴泉也拿头脸肿大的丹毒如此称呼。

二、《银闸人物》的短评

所谓"银闸人物",就是张老先生30年代初居住银闸巷内的两个邻居,因此,作者先把银闸这个地方介绍几笔,隐隐约约地透露出作者当年上北大住公寓、妻做伴(《青春之歌》作者杨沫?)的一些背景。接着,述说两个邻居的行事。

第一个是湖南人,"他的特点是十足的憨气",最后,早死于老家,"百岁应多未了缘"。

第二个是不知来历去向的年轻女子,消瘦冷漠,不跟人过话,不久,如暗夜的流星一闪,无踪无影,也是个悲剧人物。

张先生形容那位湖南人的憨,只举出他择偶的四条标准,一要美丽,二要长发梳头,三要缠脚,四要会诗词歌赋,如若不然,终身不娶。他写那位江南女子,"青楼出身,明媚俏丽",用"半袋面"把湖南人给要了。不知去向的女子,"性情冷漠,很少出屋,几乎没有同邻人说过话"。可是,和妻只说出几句话,竟"把人笑死",旋即令人惊疑。

两个人物已经写完,作者兴犹未尽,发感慨说:"堂吉诃德持长枪,骑瘦马,时时在向'理想'世界冲,桑丘·潘沙则处处告诫主人,这个世界是'现实'的,并没有什么神奇。"

　　短幅作品不宜发议论，可是张先生"多嘴多舌"，究其原因，没有别的，入木三分罢了。

　　笔记小说篇幅短，要写人，当然惜墨如金，但又要自然出之，行文洒脱，面目可亲，就要看根底功夫。这个功夫就是抓特征，即张老自己所说的"他的特点是……"，同时选取至少一个表现力很强的细节或事件突出这一特点。虽则是粗线条的勾勒，倒也准确简洁，像是一个钉子楔进木头，楔进去就拔不出来了。但请注意，张先生此类作品，特别注重一个"奇"字。他说过，要"出奇制胜"，又说过，要"稀奇"，"不稀奇，可不在话下"。就是在写这篇《银闸人物》时，他还说："寄寓京华超过半个世纪，我接触的人不少，像这两位银闸人物还是稀有的。"又一个"稀有"！

　　然而，正如以上介绍，作者着意于"稀有"，却在文尾加添说："这个世界是'现实'的，并没有什么神奇……"这就是张中行的深刻。

高矮·喜悲·美丑

——重读《高女人和她的矮丈夫》

冯骥才是位风格作家，专注于人生苦乐，却以妙语巧构取胜，而且不拘一格，清新隽永，被文坛列为上品。《高女人和她的矮丈夫》，人称其为1982年短篇小说的一件"绝活"。

多么荒诞的故事，多么恶劣的环境，多么险恶的人生，多么悲惨的世界，多么丑陋的夫妻，多么奇特的爱情，多么美丽的人性，多么鲜明的个性！然而，多么轻松，多么调侃，多么滑稽，多么冷峻，多么挖苦，多么平实！

你不能不承认那是个撕裂一切美的、至恐至怖的、恶丑的年代，你不能不承认高女人和她的矮丈夫是"没有谐调、只有对比"的、形影不离像穿一条裤子合二而一的、百般美满万般不幸的一对。

　　然而，读者可曾发现，这对可怜人儿从不开口，通篇不说一句话，只有动作，在我读过的评论中没有人指出这一点，这是个亮点。人物不开口说话，却被生动地刻画出来，新时期小说创作中绝无仅有，堪称一"绝"。

　　秘密在于善用对比，而且是强烈的对比。

　　女人和丈夫的对比；小两口同"街道积极分子"的对比；不开口只动作的和既摆弄口舌、又指指戳戳的小动作的对比；不开口、只摇头、不摇头也不点头，和口号震天响、撬地板、抓人押人的对比；高和矮的对比；丑和美的对比；恶和善的对比；悲和喜的对比；时间差的对比；前后打伞的对比。

　　一个高，一个矮；一个硬挺挺的搓板，一个溜圆而有弹性的小肉球；一个是细长的空酒瓶，一个是矮墩墩的猪肉罐头；高的一个平时打伞，矮的挨斗站在肥皂箱子上；七斗八斗，一个更高，一个更矮；打伞的早死，不打伞的打伞，伞下少了个女人，怀里多了个婴儿。

　　记得左拉有一个短篇，似乎是《陪衬人》，写千金小姐必有女仆相伴随。女仆必选丑陋无比者。唯其丑，更衬托出女主人的美。有钱人花钱买丑，目的为了出美。

　　电影《红高粱》一美一丑，闹出"我爷爷""我奶奶"当年一幕热闹戏。

今年7、8月合刊的《人民文学》上，贾平凹的中篇《美穴地》，女人何其美，男人何其丑，酿成如此惊心动魄的传奇故事。

但在《高女人和她的矮丈夫》里，女人男人都是丑的，艺术难度更大。

裁缝的老婆和那高矮一对从不开口的怪夫妻恰恰相反，是个爱说长道短的"长舌妇"。她一开始就怀疑错了，以为矮丈夫有钱才赢得这门不雅观的亲事。为什么工资高有钱？因为搞科技情报；为什么搞科技情报？打算出逃。凭借这贫困的逻辑，她顺应了时代潮流，荣任"街道积极分子"，直到"街道代表"、"保安主任"，把一对里通外国的丑夫妻斗得死去活来，好在自己的厚脸皮上画出最新最美的图画。后来，高女人死了，矮丈夫落实了政策，又有钱了。可爱的这位主任，很会把握时间差：时势已经显露颓势，她仍以革命者的姿态从事革命活动，想以亲侄女为她手中的猎物续弦。

以令人作呕的本质丑衬托令人肝肠寸断的形体丑，对比强烈，更显其丑，更显其美。

于此，作者投掷的是狠狠的一笔。

恩格斯在致拉萨尔的信中希望艺术家"把各个人物用更加对立的方式彼此区别得更加鲜明些。"按我的理解，讲的就是艺术对比之法。

　　最精彩的是作品最后有关今昔荣辱、前后时间差的对比：

　　几年过去，至今矮男人还单身寡居，只在周日，从外边把孩子接回来，与他为伴。大楼里的人们看着他矮墩墩而孤寡的身影，想到他十多年来一桩桩事，渐渐好像悟到他坚持这种独身生活的缘故……逢到下雨天气，矮男人打伞去上班时，可能由于习惯，仍旧半举伞。这时，人们有种奇妙的感觉，觉得那伞下好像有长长一大块空间，空空的，世界上任什么东西也填补不上。

　　相对比的结果，美变为丑，丑变为美；善变为恶，恶变为善；悲剧变成喜剧，喜剧变为悲剧；可笑复可怜，可怜复可歌可泣。一阵阵心酸，又令人啼笑皆非。

　　不能说《高女人和她的矮丈夫》就是喜剧，但是它的喜剧构成是十分明显的。乐极生悲，悲极也往往生乐。现在人们谈论罪恶的、痛不欲生的年代，不似当年那样悲痛，反而带有讽刺、嘲笑和幽默，我以为，这是精神的进一步解放，是更高层次的轻蔑。君不见拨乱反正的题材创作，痛定思痛，以喜写悲，反获艺术奇效，如河南农民作家乔典运的《村魂》然。而悟道最早、开风气之先者，当数冯骥才。他的《啊！》集忧愤深广与滑稽可笑于一炉，曾给我留下极为深刻的印象。冯骥才太敏感、太有才了！

　　除冯骥才外，开风气之先者尚有王蒙、张洁，谌容等。

　　世界真奇妙，一比吓一跳。

　　巧比才是艺术美。

　　　　1990年9月21日为《中国现代短篇小说欣赏辞典》而作

《陈子昂》：引人入胜非戏说

陈子昂何人？此人一生写了一百二十余首诗，《感遇》诗三十八首借古喻今，托物寄情。"圣人不利己，忧济在元元。"笔锋直指武则天耗财事佛、战乱扰民。《蓟秋览古》七首，因"雄图中夭"而悲愤。特别是《登幽州台歌》，吊古伤今，天地多么大啊，自己多么无奈！慷慨而又孤寂，代表了封建知识分子怀才不遇、报国无门的普遍情绪，千古传唱。陈子昂以自己的诗作大破齐、梁颓靡之风，认为诗既要有"兴寄"，又要有"风骨"。他虽然活了四十二岁，可是对诗歌革新的主张影响深远。陈子昂之后是盛唐。

陈子昂言多切直，喜欢给当今皇上提意见，仕途不顺，忧愤而死。他为武则天所赏识，又为武则天的政权所灭。文学地表现陈子昂的这一切的一切，多么有趣啊！

现在"戏说"盛行，因为人们爱看情趣横生的历史故事，可是我不担心孙自筠把陈子昂变成"戏说"，却多少有点担心陈子昂变得骨而少风，干巴巴地叙说经历，然而，我还是满怀信心地把它读完了，大大地松了一口气。我坚信一个写出历史小说《华阳公主》《安乐公主》《万寿公主》，特别是《太平公主》的人，没有把握他敢冒险！其最大的把握，就是非常老实地发掘史料，和不大老实地进行艺术想象：勤奋加天才！尤其后者，孙自筠堪称才华横溢。

所谓想象，就是"将心比心"、"以心传心"，但必须依据史料，作合理的推想。史料不足是最伤脑筋的事，特别是行为细节、日常生活、私人空间等，只能借助于观察力尽可能逻辑地去想象、去寻找、去重建、去还原。西人说："历史就是按照大量材料，想象古人的心灵活动。"艺术创作的想象空间还要大，只有从史料里触摸人物的心灵，方可用想象弥补大量的细节描写，这不但必须，而且可能。例如，《史记》里写刺客要刺杀赵简子，结果被赵的勤勉所打动，转过利刃将自己给杀了，显然出于民间传说或太史公的合理想象。"霸王别姬"，人全战死，谁告诉你虞姬自杀了？现代小说如金敬迈的《欧阳海之歌》，写欧阳海牺牲前的几分钟对于纷至沓来的心路历程作一一的回顾，人被火车压死了，他想什么你怎么知道？但是，它有其合理性，艺术上是被允许的。

写作《陈子昂》，孙自筠发挥了他极富想象力的才能。他把历史的、平面的、陌生的陈子昂生活化、立体化、心灵化，你读了以后十分了解他，从而非常同情他。故事的编织很高明，不仅仅是"戏不够，爱来凑"，尽管作者轻蔑床上戏，更何况唐代名士多有"狎妓"之好。蚕姐姐桑荣形象的创造也很聪明，透过她不但写活了陈子昂，而且写活了武则天。至于武则天，智慧而狠毒，她"纳谏"陈子昂敢于犯颜的假戏真做，以及"看重"、"传达"骆宾王《代李敬业传檄天下文》同时对李敬业"早已作了部署"的一场戏，写来入木三分同时游刃有余，穷形尽像但是合情合理，端的是"真做假来假亦真"，而非空穴来风。

陈子昂的重头戏，当然是"登幽州台"放"歌"，但幽州台何在？哪一年登临赋诗？怎样才能处理好压轴戏？

这出戏，自筹先生把它设定在陈子昂最后岁月的高潮部分，即历尽世态沧桑、遍尝酸甜苦辣之时。陈子昂仕途顿踬，命运多舛，降为军曹，居幽室，抄写公文。忽闻武三思的第九房生子过满月，心情沉重，不由得步入一座满目荒芜的园子，烟雨蒙蒙，一片苍茫，见一座高楼，便登了上去。楼顶梁间，燕雀筑满窝巢，楼下远眺，幽州城尽收眼底，悠悠往事，如乔知之被撵，赵包之冤死，他自己直言净谏反遭不测，一齐涌上心头，不禁喟然长叹："前不见古人，后不见来者；念天地之悠悠，独怆然而泪下。"他平时不哭，而且鄙夷过哭，但这时泪水打湿了衣襟。他孤独，他绝望，然而不死心，又为魏元忠、狄仁杰再次入狱鸣不平，连夜写好几份疏奏，叫老婆交给桑容转武则天，结果，让老婆偷偷给烧了。不久，辞职回乡，武三思罗织罪名，将陈下狱，忧愤而死……有史实，有性格，有心绪，有景物，有细节，有韵致，有风骨，有气势，有文采，就像陈子昂本人的诗作那样："骨气端翔，音情顿挫，光英朗练。"此情、此景、此文，能不叫人身临其境、一掬同情之泪？

我佩服孙自筠，特别佩服他的艺术想象力，竟然把史料奇缺的陈子昂演绎成好看耐读的诗人传记，一部正经八百的历史小说。

小说《陈子昂》，不愧是《登幽州台歌》最具权威性的注释，它使这首如《离骚》一样被人千古传唱的慷慨悲歌变得如此之动人，以至于刻骨铭心。这就是成功！

《废都》第215页

　　"这真是美文！"

　　事过几年后的1995年4月15日，我和周明一行前往洛阳参加第十三届牡丹花会，期间，受赵跟喜之邀，去他一手创建的洛阳市新安县千唐志斋博物馆参观。赵跟喜爆了个冷门，立下大志，遍搜天下唐墓志，集千余，洋洋大观，便立案筹建我国有史以来第一家唐志博物馆，自任馆长，是我国少见的墓志专家。博物馆地面不小，建筑初具规模，有画廊，有窑洞，有康有为来此为"蛰庐"题写的匾文和对联，还有河南张钫的墓葬，人文景观一绝，好去处！

　　在赵跟喜的引导下，喜见《马氏墓碑》，这不是平凹《废都》里女士那位道姑马凌虚的墓碑吗？遂大喜。

　　平凹写道："这真是美文！描绘的这位马氏令人神往。"情景描写，见北京出版社《废都》第215页。

　　一日，庄之蝶与唐宛儿来到清虚庵，孟云房说："你看看这个，这可是货真价实的，庵里曾出过一个绝代大美人的正经尼姑哩！"原是一块墓志铭。庄之蝶读毕，不禁叫道："这真是美文！描绘的这位马氏令人神往。……可怜她这般玉容花貌，命途多舛，让人伤情！"一旁的唐宛儿闻言，有了妒意，另生一番滋味。

马氏者，黄冠淑女马凌虚，一个美丽的道姑，能歌善舞，聪明过人，可惜，"华而不实，痛矣夫！"只活了23岁，实实地可怜。这是实情，墓志有证。

庄之蝶这里看的，正是千唐志斋的那块碑藏。

《废都》全文引用了马氏墓铭，但有更改。碑文说，马凌虚鲜肤秀质，环意蕙心；光彩可见，芬芳若兰；挥弦而鹤舞，吹竹而龙吟；吴妹心愧，韩娥色沮；禾+农 华如春，积善独钟。天宝十三年入开元庵做道姑。约次年，安禄山反，天下大乱。圣武（天宝十五年）月正初，姿色绝伦的马氏，归独孤氏独孤公。

作家平凹，除删去葬于何处、祖父何人外，碑文全部录入《废都》，却有改动。"马氏，扶风人也。"改为："马氏，渭南人也。"扶风、渭南，都在陕西，位于长安以东以西。断句有新意，但把马氏修道的"开元庵"改为"清虚庵"，把遗铭藏地洛阳新安"铁门镇"改为《废都》中的"西京"。这样一改，出问题了。西京非洛阳。碑文写得清清楚楚，"圣武月正初归我独孤氏独孤公。"又写道，"未盈一旬不疾而殁"，接着草草埋葬，而且"窆于北邙之原"，时在"圣武元年正月二十二日"。北邙在洛阳，"大燕圣武"为安禄山年号。安禄山打下洛阳以后，直逼潼关，长安告急。天宝十五年，安禄山自称"大燕皇帝"，在洛阳任命大臣，委派官吏，建立割据政权。墓志所述马氏突发性悲剧种种，都在安禄山称帝旬日前后，马氏肤鲜、色美、香销、玉殒等等，均在洛地，奸后（或掠后）即死，死后就埋，都在安禄山的势力范围之内，笔头一转，人怎么跑到废都西京来了？

然而，作者"声明"在先，"情节全然虚构，请勿对号入座；唯有心灵真实，任人笑骂评说"。小说就是小说，姑妄听之，不能较真。不过，移花接木，张冠李戴，秽语羞辱，以至事不副实、实不副史，马氏有灵，玉颜大怒，绝饶不了庄、唐二大情种。

今人贾氏，慧者识物，将千二百年前一方艳碑，戏剧性地录入抢手小说，让一个生得美丽、死得神秘的年轻道姑四海扬名。对读者说来，猎奇之余，于安全防盗、怜香惜玉、识别叛逆，兴许不无裨益。但不可深究。

据赵跟喜考证，独孤即问俗，安贼同类。道人佳丽，不幸乱世，未盈一旬，不疾而殁，不明不白。其铭曰："余不知其所至，欲将问之苍旻。"撰文者李思鱼，与狗为谋，马氏死因，他心里明白，秘而不宣。故而，此石遗世，实属难得。见我等有兴，跟喜先生便以该碑拓片相赠。

回京不久，接跟喜先生信，函嘱："马氏志，拓由蛰庐，流散者无几，其当珍惜之。"

文事三疑

一

有史以来，文学分为两大类：韵文和散文，韵文之外都是散文。文、史不分家，散文与说史水乳交融。传奇和话本的出现，散文分成虚构与非虚构两大类。现当代，我们把虚构的散文称作小说等，把非虚构的散文称作纪实文学，包括自传体文学与报告文学等。今之散文，其实是非虚构的散文中纪实文学的一部分，或称狭义的散文。

借此，我希望搞清楚直到现在仍被弄得混乱不堪的体裁定位：理应是纪实文学包括报告文学，而不是报告文学包括纪实文学和散文。报告文学是个筐，非虚构的文体尽量往里装，鼓鼓囊囊，成了体裁圈地，侵犯别人的主权。"鲁迅文学奖"只设报告文学奖助长了报告文学的圈地活动，要么"拉郎配"，要么都往一条道上挤，拥挤不堪。为什么只设"报告文学奖"

而不设"纪实文学奖"呢？

二

年度选集何其多！这是好事，人人心里一杆秤，但是个人化的、突出艺术风格的选集奇缺。大路货的选法年年有，天花乱坠，言行不一。编者骗人说，他们的全体评委在上千部的大海里捞针，反反复复遴选，如何如何公正公开。把戏揭穿后，说是书商们干的，天啦，可不能把"选权"交给书商，怎么来钱他们怎么来。

现在的评奖不止一种，官方民间一齐上，也好。希望在评奖过程中对读者和作者负责，一篇一篇地读，一本一本地选，不要远离文本，不要只委托给极个别评委定生死，排排坐，吃果果，你一个，我一个，再给出血的人留一个……让大众在网上指着鼻子骂街。

三

较之其他门类，受命或受雇于人的报告文学运作起来好像"不差钱"，开个研讨会什么的一张支票即刻搞定。拉不到钱，谁给你开会，谁给你锦上添花写评论，写出评论谁给你发表？言及于此，我很替一般写作者着急，也为好货可能被埋没而心痛。

有的研讨会实在不敢恭维。与会者读就读了，没读就没读，没读完就说没读完，不要装蒜；好处说好，坏处说坏，去掉最高分，再去掉最低分，不要见钱嘴软，为了眼前的什么而失掉自己宝贵的什么。

《十四家》：真正下基层、讲实话的文学报告

2013年6月，首届"石膏山杯"征文大奖赛评出结果，《十四家（空一字）中国农民生存报告（2000——2010）》全票夺冠，12万元的大彩球抛给作者陈庆港。评委会委托我代拟200字的《颁奖辞》。兹将《颁奖辞》的原稿收录如下，权作本人的读后感。

这是一部既无序言又无作者简介、作者前言和作者后记、赤身裸体的好书，一部铅华洗尽、结构奇特、货真价实的怪书。

作者隐身，不显山不露水，布衣寒士，素面朝天。从书中的插图和字里行间猜得出陈庆港是名获过国际奖的摄影记者。

掀开扉页，是一堵伤痕累累的老墙，顶上一大块斑痕看似想象中的西部地区，连翻十四页，全是一片黑底托出的小幅黑白照，共十四帧，定格显示当时当地和十四家家人真实的存

在。然后，开门见山："夏，2000（摘录）"，这样开篇：

那天，冯凡梅突然清醒过来，她一直蜡黄的脸上竟然出现红晕，眼里也有了精神。史银刚就有些高兴，以为冯凡梅的病好了起来。但冯凡梅似乎已经知道自己的时间不多了，不停地对身边的史银刚说话。"我这一走，五个娃可就遭殃了。……你带着娃一步一步慢慢往前拢吧。娃不听话，不要死命打，娃被打了就会想妈。苏娟太小，实在不行了，就找个人家送了吧！"她握住史银刚的手突然用力抓紧，指甲抠进他的皮肤。

这是一部下接地气，真正下基层、讲实话，逼真到农村最底层生命存在的原始形态，正像作者所拍摄的黑白照片那样本色的农村调查"报告"。

也是一部上接天理，自己不动声色不发议论，却以散点透视、白描传神、留白艺术等朴实而含蓄的巧构，让倾向从场面和情节中自然流露，质疑社会公平的美"文学"。

作者陈庆港，一位对时空敏感而且很能吃苦的新闻摄影记者，背着相机，从东到西，翻山越岭，一头扎进偏僻的农舍，闯入十四家，跟踪十四家，来来往往，竟是十个年头！

他发现被宣传所忽略的角落，看见被富裕所遮蔽的赤贫。贫困困扰着家徒四壁的生老病死：挖地里的洋芋种子还是到邻村讨饭？这几块钱是给老婆抓药还是给女儿补裤子？到城里卖血还是让孩子辍学回家放羊？

总共十个年头！十四家！是这十四个家从甘肃，到山西，到贵州，从2000年到2010年四个时间段家史场景片断松散的连缀，有名有姓有照片，有根有据事实俱在，文字简约鲜活，泥土味浓，人情味十足。农村还穷，农民还苦，不论是否被什么欺骗过，依然不放弃挣扎，继续外出打工，还债、买粮、盖房、娶媳妇，做着各家自己的梦，慢就慢吧。

以静制动，形散而内敛，平朴中见文采，淡泊中寄至味，自始至终让事实说话、让照片作证，不尽的惊愕、无奈和期待。堪可称道者，在报告文学的艺术形式上别具一格，特别是举重若轻的巧构和白描传神的文采。

神奇！"马（歌东）氏中山篆"

今天，专为"马氏中山篆书法展览"而来，特意向"马氏中山篆"的主创者马歌东先生当面道喜。

史前无字，传说"仓颉造字"，怎么造呢？说是"穷天地之变，仰视奎星圜曲之势，俯察鱼文鸟羽，山川指掌，而创文字"。

我想，仓颉一个人哪有那么大的本事！很有可能，他是个符号的整理者，在整理符号的基础上加以创造、丰富和推广，然后由甲骨、金文而大篆、小篆，而隶书、楷体，一直发展到今天的五花八门。

1977年，河北平山灵寿城址，战国时代的一座王陵里，发现二千二百八十年前"中山国"的"中山文字"。这一被称作"中山篆"的文字，介乎大、小篆之间，不但与此后的小篆不同，即便与之前的甲骨和金文也大异其趣。出土的"中山篆"2400字，不重复者仅505。面对流变特异的505，有这么一家人动心了，默默地打主意：还原！再造！父亲首创，儿子主创，父子伏案，人不堪其忧，子承父业，孜孜不改其乐。

儿子将自己高大的身躯蜷缩不到一尺高的小凳上，伏身单人床边，在狼藉却有序的一大堆字海里苦苦地琢磨，心骛八极之上，乞灵神来之笔，贤内芳草子不禁叹惋："寂寂寥寥扬子居，岁岁年年一床书。""自此天涯荆棘路，彳亍独步待儿行。"

从父子伏案、子承父业，到夫妻共砚、夙夜匪懈，不知头发之既白，整理——抢救——再造——复活，铁砚磨穿三十年，由505个字衍生出大量的新字，多达5000个！

想象奇特，笔势多变，造型瑰丽，疏密相间，亭亭玉立，差可乱真。

这家人姓马，父亲可仲，儿子歌东，儿媳张芳，同心再造"中山文字"，故名"马氏中山篆"。从书法艺术的开创意义上进行评估，我要说：仓颉有后，了不起！

2010年5月，"马氏中山篆"亮相上海世博会。

作家莫言获本届"诺贝尔文学奖"，喜事，然国人过度消费他，说莫言获奖"表明中国当代文学具有世界意义"，到底抬高还是贬低？按下不表。"马氏中山篆"呢，是不是"具有世界意义"？也不敢说，但自出机杼，自成一家，独步书坛，文字史上独一份，只要你推翻不了它，它就会引来世界的眼球。

　　这是一种耐得寂寞、又极其顽强的创造精神，天道酬勤，
"马氏中山篆"新添一体，再造之功，民族之光！

　　　　2012年11月15日 在《马氏中山篆书谱》首发式暨马氏

　　　　　　中山篆书法展开幕式上的讲话2016年作为

　　　　　　　　《马氏中山篆字源考辨》"序二"

他和史铁生是"温暖的朋友"

——序赵泽华《 从炼狱到天堂》

他看上去很憔悴，满脸倦容，备受疾病的折磨，但目光温暖安详。

《 从炼狱到天堂》，作者赵泽华，她"温暖的朋友"是史铁生。

一

史铁生，与病痛为伴，淡泊人生，苦苦求索，葆有顽强的生命力，石破天惊，极具有研究的价值。

书作者赵泽华，一个火车轧伤、右腿截肢，高楼倒栽、左臂错位，死过两次，终于战胜死神"在刀尖上跳舞"的编者、作家。

赵泽华研读了史铁生的全部作品，有的作品不止读过一遍。

两个残障人作家在零距离的交往中，在共同与生命周旋的过程中结为无话不谈的挚友。他们感同身受，做内心深处的交流。

史铁生走了，赵泽华通过怀念显现他不死的生命。

她的文字凝重、抒情，饱含着热泪。

她不尽地叹惋："社会只对承受痛苦的人表示同情，惟有对战胜痛苦和命运的人表示敬意。""对于那些微笑面对死神的人，死神不过是一个引渡者和使者。""独特的文字魅力和悲天悯人的情怀，以轮椅和文学为方舟，泅渡了自己也普度了众生！"

二

凡人，必死，又得活着，这是一道生命哲学的尖端命题。人活着，靠的是精神，死了，留下的是精神，死，也得有点精神。

他虽然不能拒绝最残酷的命运，但仍然可以选择有尊严的生活。

他像一个人被逼到命运的悬崖上，突然发现自己还有一双可以迎风展开的翅膀。

他越来越不满足于外世界的伪善和现实主义的模式化，与其说"艺术高于生活"，不如说"艺术异于生活"，因为艺术中有"我心中"的生活，正应了王阳明的一句名言："破山中贼易，破心中贼难"。越到后来，史铁生越是转身内世界，揭示人的灵魂，解剖一己之私密，在地狱的无边煎熬中，在人性善与恶、爱与憎、生与死的不同视角的轮番拷问中，忍痛为鲜活的生命问路。

他宁静得孤独，受刑般的病痛，孤独与病痛，是史铁生世俗地狱里附加的地狱，他一边承受双重地狱，一边感悟人的心经。

他说："死神就坐在门外的过道里，坐在幽暗处、凡人看不见的地方，一夜一夜耐心地等我，不知什么时候，它就会站起来，对我说，嘿，走吧。我想我大概仍会觉得有些仓促，但不会犹豫，不会拖延。"

死神掳走了史铁生的生命，无法没收他的灵魂；灵魂在人们心里点燃长命灯。

史铁生贯穿于人格和文品中呼唤精神自由与个性解放的精灵，有如汤显祖《牡丹亭记题词》所言："生者可以死，死可以生。生而不可与死，死而不可复生者，皆非情之至也。"

在灵与肉的研究课题中，史铁生的至善至美是一个深刻的存在，也许是他的那难于参透的禅。

书名《从炼狱到天堂》，题记"你的身体似一座炼狱，而你的灵魂光明如天堂。"善哉！不在炼狱受磨难，哪有诚心度化天堂？

地坛是他的精神家园，他活在那里。

雪漠的《猎原》：人，正在与已为敌！

《猎原》是一副大写实的荒原图。

读《猎原》，不能不佩服雪漠厚积薄发的结构能力、语言能力、世态敏感力，以及对于求真务实的现实主义的顽强坚守。

可是请注意，雪漠的现实主义同时包孕一个大大的写意手法和寓言的象征。

……祁连山下来了好些贼，溜进沙漠打狐子打狼，惊动了省上，立刻铸成特大猎案，出动百十名警察，地毯式地梳过几遍，连个贼毛也没梳出来，派出所就派老猎人孟八爷和年轻放牧人猛子到沙漠腹地打探消息。

愤怒的雪漠强压着怒火，让孟八爷带着猛子一路走来。他们化装成侦察，雨夜蹲守，跟踪围堵，出生入死。他们像狼，像狐子，机警地巡视，冷静地观测。他们察看荒漠腹地危机四伏的角角落落，一身一身地出冷汗。

有水，就有牧人；有牲口，就有狼狐；有狼狐，就招来国内外的偷猎者。

虫子多，因为麻雀少；麻雀少，因为喝不到水。老鼠咬人，招鹰灭鼠，鹰却被巴基斯坦的毒贩子高价收购。

羊吃草，把土地啃成沙漠，芨芨湖变成戈壁滩。土地爷派了他的狗（狼），去吃羊。要没狼，土地爷早死了。狼吃羊，灭狼，引来狼的报复；猎狼，鼠患无穷，鼠群重复破坏草原。

羊是披了羊皮的狼，羊比狼更坏。"羊是土地爷身上的虱子和臭虫，要养活它们，得用血！"

狼，天性就是吃牛、吃羊。

狼，国家保了，这一保，羊遭殃了，为了保羊，又得打狼，杀生，遭报应，断子绝孙。孟八爷说："以后，哪个畜生再打狼打狐子，就当挖老子的祖坟，我跟他没个完。"但是，禁猎缉毒的过程中，咳嗽得死去活来的孟八爷也只好烫烫那"黑货"。

荒漠、缺水、贫困，压得人顺不过气来。为争夺一口"水线已到百米以下"的"猪肚井"，沟南沟北乱了性，发了疯，井主人为护井而死。

乡长说：子孙是子孙的事，上头问我要数字，我完不成，这顶乌纱帽就得由别人来戴。还有，几百号人，还得我发工资，谁都张着嘴，得吃饭呀。所以，明知道杀鸡取卵，还得杀；明知道草原超载百分之三百了，还得超；明知杀狐杀狼破坏生态，不定期得破坏……别的乡大力发展畜牧业，我也得跟上发展；别的乡杀狐子杀狼，我也得杀。就现在年年还损失几千只羊呢。这一保，别乡的肉食动物都来吃我的大户，还叫我们活不？

事情弄到这个份儿上，狼也伤人了，人们又不得不自卫反击去打狼，禁猎者也变成了偷猎者。而偷猎者中除了来自境外国际毒品贩子和惯偷者外，尚有在"拆房子"的威胁下乱收税不得已而"干这营生的"。鹞子说："打个狐子，就犯法了。那些贪官一贪，就是千万亿，为啥不多逮些？杀掉一层，国家就好了。"消极情绪笼罩着草原："人活一世古来稀，就为吃穿娶个妻。"在死亡的威胁面前，"认命吧"。

当孟八爷将帽鞋决绝地扔向火头，从头到脚囫囵地还给猎神，同时命令填"这驴日的井"的时候，这位"有骨头，有脑髓，最讲义气"的汉子成了力竭气馁的败者，在海明威笔下的老人面前黯然失色。

故事在缉捕偷猎者中进行，可是，雪漠不屑于编故事，阅读中也许感到沉闷。但是孟八一行像徐霞客那样，足迹踏访大地的角角落落，心迹穿过人性的种种弱点，给作家开拓出营造形象和大厦的足够的空间。故事正是在"沉闷"中透出"世外桃源"里的躁动不安，发现一双无形的手正扼住沙漠腹地的咽喉。牧民们想在这里过上"没争没抢，远离人世纷争"的平静日子，可人们哪里知道，自己正在用黄沙一锨一锨地埋葬自己。

看上去很平常，看下去很可怕。雪漠作此传者，盖有所谓也。

动人心者，莫过于西域汉子、性情女人，以及他们作为七情六欲的人的放牧、饮牲、斗骚、偷情、打狼、"卖姓"、灭鼠、网鹰、剥羊、淘井等日常的放牧生活和亲情性爱。豁子住院期间，"女人"以及孟八、猛子的人格力量何其美也！它触到人性的深度，得以见猎原上生命的本真和生存的真相。眼见是实，一个个逼真的生活场景，接二连三的生存窘况，将暴殄天物、走投无路的可怜牧民从极端对立的两难境地推向自残自虐自灭的边缘。在极端恶劣的环境面前，在恶性循环的危险怪圈中，孟八爷一行显示出刚正美好的生活态度和人道情怀，尽管他形影相吊，最后陷入光荣的孤立。

生活场景自然出之，日常活动自然推进，意识不择地而流，却酝酿出争井伤人的打斗高潮，引出生物链、动物链大断裂的惊天悲剧。

羊吃草，狼吃羊，人打狼，羊变狼，狼报复人，最后，人变狼，狼灭人。当猎原上就剩下几只不屈的老母狼时，比狼更凶残的复仇者迟早会来吃披着人皮的狼。狼狐灭绝之日，也是众生被裁出局之时：人类被大自然撕咬得遍体鳞伤，或渴死，或毒死，或窒息而死，或癌症不治而死，或自相残杀而死，死无葬身之地，白茫茫大地真干净，没有鲜花，没有眼泪。

雪漠的《猎原》，通篇都在重复着这样一句话："人差不多变成狼了"；狼的失败警示人们：被现代技术武装起来的人一旦变成比动物更凶残的狼，人也就完了。

《猎原》从一个个不间断的甚至错综复杂的生活细节里熔炼新的史观，触摸着贫瘠的土地上最深处的伤痛，提供了一份苦闷颓丧与尚未绝望相混杂的时代精神出色的纪录，凸现作家强烈的"底层意识"和精当的叙述艺术才能。

《猎原》平朴流畅，言简意远，激越的内涵，高尚的品位，清醒的头脑，从容的心态，不尽的生活富矿，融入地方话语的精短而富有通感的元素，实在是朴实得够华丽了！雪漠同时又在实验一种"无故事"的"故事性"，结构散漫，散点透视，追求类似"零散化"、"内在性"的艺术效果。就是在漫不经心的日常书写中，把人物推到极限情景，让美丑善恶极端对立，因争夺、败北、一言难尽而茫茫然无所措手足。事实是神圣的，思考是自由的，雪漠用诗人般的殷忧的焦虑和崇高的理念，不露声色地描绘着反生态的危机和几近无望的努力。作家的自觉将眼泪咽在肚里，把希望寄予来者，貌似平淡却激动人心，这就是《猎原》魅力之所在。

送平凹下乡——排场！

（附：消息两则）

《废都》作者贾平凹欣然同意到改革开放成就突出的华西村短期生活。行前，市上送，省上送，北京宴请，作协领导亲自陪同，一时间，声誉鹊起，成了热门话题。

贾平凹体验生活，作家寻常事，人们反觉新鲜。

此调不弹久矣。

当年，毛泽东主席说：同新的人民群众相结合，再也不能迟疑了。还说：到最广大的人民群众中去，观察、体验、熟悉他们的生活，熟悉他们的语言。

"深入生活"的口号没有错，要说有错的话，是宣传上走极端，理解上绝对化，把文艺家深入生活同行政干部下乡下厂进行调研混同起来，后来，又把文艺家深入生活同知识分子的思想改造混为一谈。知识分子的头上顶着资产阶级的帽子，不脱几层皮怎么行？作家坐家，老在家里舒舒服服坐着不成，安富尊荣四体不勤可是要"变修"的，你不下去我不开饭。下去以后要是说大粪臭或者脚上不踩满牛屎，你就是贵族老爷。深入生活往往变成处分或惩罚，谁不听话谁不老实就叫谁下去劳动，劳动就是改造，劳动改造就是劳改。作家听说要放他下去，立刻色变。

那么，"五七作家"和"知青作家"怎么解释？他们的"右派生活"和"老三届情结"现在还没写完啊！固然，蚌病成珠，然而，宁肯没有文学，也不杀鸡取卵。

改革开放，大家讨论过深入生活的问题，认为"到处有生活"，不一定非到最艰苦的地方去才是"深入"，"火热的斗争生活"也不见得都在农村和工厂，最火热的"文化革命"却在城市。

按照毛泽东的解释，"深入"就是"观察"、"体验"，"深入生活"就是"同人民群众在思想感情上打成一片"，经过作家的加工和改造，经过典型化的艺术创造，作家才能进入创作过程。毛泽东的这些意见还是对的，即使到了改革开放的今天，"深入生活"仍然一碧万顷活水。所以我认为，深入生活应该理解为深入人的灵魂，而非一概而论必须实行刻板的"三同"。

我们今天所要强调的应是深入生活的动机和深入生活的方

式。深入生活就是"熟悉"和"体验",不是负罪和谢罪。深入生活贵在深入人心,熟悉思想感情,体验人性人生,不是强求"同吃、同住、同劳动"。

现在,家家有电视,作家有电脑,秀才不出门,能知天下事,深入生活在有的作家看来不那么重要了。难道没有看见"右派题材"、"插队题材"、"文革题材"在一些名家笔下或重复或轻浅江郎才尽?难道没有看见"说字"、"码字"现象和"影视俗语"满天飞,高级宾馆"侃故事"大行其道?难道没有看见上帝给女人穿上的裤子被人扒了下来冒充现代文明,"床上功夫"和"深层感受"不堪入目,人欲横流,道眼空蒙?当此时也,不妨在干文艺这一行的人的耳边提个醒:"请您深入生活!"生活不会亏待作家。君不见有的作家已经下海上岸、摩拳擦掌、决心一搏么?他们是精神资源的富有者,他们的作品有望一新人的耳目。

所以,中国作协和陕西作协的领导动员贾平凹到华西村看看,其情可感。然而,方式应该多种多样,原本"布衣"的平凹,"微服"下江南该有多好!礼数无妨意思、意思,送迎何必风光、风光,广而告之,心到就是了。

"巡按出朝,地动山摇",不好!

1996年2月

【附】消息两则

贾平凹赴华西村体验生活翟泰丰等同志为其送行

本报讯　1月13日，在北京西城文采阁，中宣部副部长、中国作协党组书记翟泰丰与王巨才、张锲、施勇祥等同志特意为即将前往江浙地区深入生活的贾平凹送行。

为了让这件事情得以实现，中国作协党组、书记处的同志在这一段时间内做了大量的准备工作。这件事首先是作协党组书记翟泰丰倡议的。泰丰同志十分关心贾平凹的创作，早在一个多月前，他就在同贾平凹的一次交谈中建议贾平凹到改革开放成就突出的地区去看一看，后来又几次给贾平凹写长信，商讨深入生活的事情。中国作协党组和书记处的其他同志则先后多次同江浙地区及陕西、西安方面协商，精心安排了贾平凹这次深入生活的各项事宜。本来贾平凹想直接从西安去南方的，但热情的翟泰丰一定要在北京为他送行。

……

1月13日，张锲和贾平凹一起赴江苏，踏上深入生活的第一站。

又讯　1月12日，陕西省和西安市领导崔林涛、秦天行、施启文及省文联、省作协的领导作家围桌而坐，为平凹送行，一杯清茶，几多叮咛，为平凹送上领导、同志和故土的祝愿。贾平凹对省、市各界对他的关怀深表谢意。

（原载1996年1月27日《作家报》）

"诺奖"作家，怵目惊心

介绍陈为人的一本新书，书名叫《摆脱不掉的争议——七位诺贝尔文学奖得主的命运》。

七位得主，各人做着不同的"诺奖"梦，"诺奖"来了，梦醒了，灵魂出窍。

祸兮、福兮？天使还是瘟神？有的狂喜，有的坚拒；有的加封功臣，有的罪判国贼；有的流亡，有的自杀。怵目惊心！

动人心者，莫先乎博爱精神民族魂，冷战时期两个世界的作家各自不同的反应让人心旌动摇。

最有趣的是萧洛霍夫，伟大而精明，一仆三主，左右逢源，风光又安全。索尔仁尼琴却被逐出国门。

索尔仁尼琴在诺贝尔文学奖获奖演说辞中说："一句真话要比整个世界的分量还重。"他还在回忆录中强调了这样一层意思："我一生中苦于不能高声讲出真话。我一生的追求，就在于冲破阻拦而向公众公开讲出真话。"为了返回家园，他放弃了去斯德哥尔摩领奖，当局还是开除他的国籍，迫使他亡命国外。

索尔仁尼琴被逐出国门，到头来又被迎进国门，尊为"俄罗斯民族的形象"，太有意思了。

我还忆起一个响当当的名字——与萧洛霍夫同时代的法捷耶夫。从1934年苏联作家协会成立到1953年斯大林逝世，近20年间，两千名作家被处决、关押或流放。期间，法捷耶夫是作家协会的领导人，他说过："我最怕母亲和斯大林，但也最爱他们二人。"1956年苏联"解冻"，法捷耶夫自杀。

一生张扬"自由选择"的萨特，经由"自由选择"而"地狱，就是他人"，最后宣扬非理性主义而悲观，为荣誉付出了代价，面对"诺奖"的桂冠，他"选择""拒领"。

海明威1954年获"诺奖"，时隔7年，自杀，完成了自己与命运的一场搏斗。

每个作家都有自己的活法，在无法左右自己命运的时代，作家如何"自由选择"，生还是死，这是个问题。

作者陈为人，以撰写人物传记著称，他的代表作《唐达成风雨文坛五十年》神情兼备，把一个中国作家协会党组书记欲言而又止，守身而不能，卷进去出不来，越周旋越屈辱，越清醒越痛苦，左右为难、逆来顺受的真面刻画得栩栩如生，给特殊历史条件下中国的作家画了像。

《摆脱不掉的争议——七位诺贝尔文学奖得主的命运》在国际大视野的俯视下，给不同语境的"七位诺贝尔文学奖得主的命运"画了像，同样栩栩如生。

（本文系该书封腰的荐语）

我吃下一只苍蝇

王永杰：阎老师，从20世纪80年代的《寻人》，到90年代的《我吃下一只苍蝇》，到2000年的《关于诺贝尔文学奖提名的公开信》，我注意到你发表了一系列关于鹏鸣的打假文章，然而，你越揭，他骗得越凶，花费这么大的精力，到底为了什么？

阎纲：为了让更多的人不再受骗，特别是手中有钱、有权的人不再受骗。

王：此次两大卷《鹏鸣情诗经典》和两厚本《鹏鸣论》（共258万字）在西安举办研讨会，鹏鸣大出风头，自称是中国甚至亚洲最伟大的诗人。

阎：还被称作"和歌德齐名"的巨擘。他胜利了，是赢家，我反倒成了骗子。

王：鹏鸣后来拜访过你？

阎：问我："阎哥，你怎么和我过不去呀！"我说："你写诗可以，千不该万不该欺世盗名！"鹏鸣说："好好，我以后注意。"但过后，一切照旧。西安一位作家劝我："算了，国家出了多少大贪你抓了多少？小小的鹏鸣，管他呢！"

王：听说10多年前《鹏鸣情诗选》（三卷本）出版之后，"丛书主编"、"序作者"、"后记作者"、"责任编辑"臧克家、高占祥、贺敬之、艾青、张志民、牛汉等人给铜川市文联联名写信戳穿骗局。

阎：是啊，但鹏鸣搬不动。我不理解，一个骗子，为什么有那么多人抬轿子？这部《鹏鸣情诗经典》出版之后，2001年，我在《新闻出版报》上发表文章：《质问中国国际广播出版社》。我无意砸一个出版社的牌子，也无心断一个诗人的财路，但你不该骗人，而且一骗就是多少年。我写《质问》是忍无可忍。如果说此前中国盲文出版社出版鹏鸣的《鹏鸣情诗选》是盲目，那么，中国国际广播出版社就是成心了。《鹏鸣情诗经典》的出版让我吃惊，觉得鹏鸣问题已经变成"鹏鸣现象"。《质问》一文在《新闻出版报》刊出后，张贤亮和另外几位作家见我，大呼上当。但该出版社找《新闻出版社》兴师问罪，说作家捧他是出于自愿，《新闻出版社》火了，请张炯、陈泽顺、曾镇南等六位评论家撰文，又发读者来信响应《质问》一文，《新闻出版报》总编辑张芬之发表总结文章，辩明是非真伪。出版社这才认账，再到报社，既做检讨又做辩解。但是，鹏鸣对抗到底，打通财源，打通关节，把事闹得很大。鹏鸣召开西安研讨会，在省报和省刊上连续刊登吹捧文章，就是为了搅浑水。有家机关刊物的第84页上竟然敢于刊登惊天新闻，说鹏鸣的四大卷258万字一年时间翻译成英、法、瑞典等八国文字，在十多个国家"引起强烈反响"，呀，气死人了！让人气极而谴，觉得世事太滑稽。我非常纳闷，旋即一个沉重的问号压在心头：一个丑类，从西骗到东、从北骗到南，从诗歌界骗到整个文学界，从文学界骗到企业界，从企业界骗到新闻界，又从新闻界骗到出版界，从出版界骗到政界，从政界骗到军界，从20世纪80年代骗到90年代，从20世纪骗到21世纪，你就是拿他没办法。不少人知道他是个骗子，但默不作声，装聋作哑，有的甚至吹喇叭，包括从前一部分清醒者的反悔。一个所谓的"文学大省"的媒体，对一个江湖骗子怂恿到如此程度，对一个光天化日下行骗多年的人如此麻木，实在令人痛心。

王："鹏鸣现象"已超出文学本身，就像打假，明知假货害人，当做没有看见，所以屡禁不止。

阎：清明世界，朗朗乾坤，对丑类束手无策，我不信！如果说鹏鸣是文坛第一骗，那首先是文坛的头号大辱。

王："鹏鸣现象"的深层原因是？

阎：官员的介入！官员骑虎难下！清醒的官员怕惹一身骚，所以不说；上当的官员不愿让别人知道他上当受骗，更不说；舆论怕惹麻烦，看一些官员的脸色行事，对骗子投鼠忌器，不仅不敢监督，明知是骗子，谁也不说破，迫于种种压力，甚至说些违心的话，任凭他佛头喷粪、大摇大摆。

王：所以你看不下去了。

阎：我把这位陕西乡党小看了。我对鹏鸣本人，没有恶意，我曾劝他，"你出身穷苦，写诗勤奋，老老实实创作该多好啊！"他不听，他有靠山。时势造英雄，没有钱、权的支撑，骗子寸步难行。

王：作为文学评论家，几次三番写这样的文章，对方毫发无损。

阎：言之凿凿而听者藐藐，也感到悲哀！

王：骗，一是为了名，一是为了钱，鹏鸣是不是靠这种手段搞来了很多钱？

阎：没有钱谁给他们出书？谁给他做虚假广告？谁参加他的研讨会？有钱就有名，有名就有利，有利更好捞钱。

王：他行骗的手段主要靠钱吗？

阎：不仅仅是靠钱，还靠名人效应，包括政要和文化名人。他和甲名人照相，又拿着此相片去和乙名人照相，因和甲、乙名人都照过相，要和丙名人照相就很容易。他的书，张志民写"后记"，牛汉当"编委"，艾青作"序"，再配上相关的照片，就可以像滚雪球一样扩大他的骗局，以此为诱饵，

加上人民币开路，出版一本诗集还不容易？这么多名人、政要
上了他的书，书又出得这么厚，几块砖头摆在那里，筹款还
不容易？我翻看过两大本约120万字的《鹏鸣论》，竟发现好
几处（上册第393、638页）公然指名道姓地写道中共中央政
治局常委李瑞环说："我为鹏鸣的高产感到震惊，更为他的勤
奋感到震惊，我们要关心他，爱护他，让他再创作出更多更好
的作品来。"……简直骗到了极致！有了假传的"圣旨"，加
上人民币做后盾，还有办不成的事吗？西安开研讨会，一个红
包，一件纪念品、一顿美餐，舆论还不替他行个方便？媒体替
他说假话，他再去行骗，岂不路路通吗？金钱、名人、政要、
媒体，这种滚动式的行骗手段被鹏鸣运用得炉火纯青，游刃有
余，屡屡得手，因而愈演愈烈。

　　王：如何才能有效地杜绝这种现象的发生呢？

　　阎：要害在媒体！媒体无信誉，砸自己的牌子。

　　王：我认为"鹏鸣现象"是目前腐败现象在文化市场上的
投影。

　　阎："鹏鸣现象"是个未尽的话题。我写鹏鸣的文章发表
后都引起了反响，《我吃下一只苍蝇》刊发后，二十多家报刊
转载或报道，要说没人知道鹏鸣是个骗子，不可能。西安一作
家说："应个卯，200元，20多碗羊肉泡，不拿白不拿。"情
有可原，但是媒体不该说假话。正因为媒体一时的糊涂，鹏鸣

才一再得手。

王：如果说为了200元钱可以理解的话，那么，不少有权、有钱、有名的人为一个骗子张目却让人费解。

阎：官员当然不在乎钱，他们附庸风雅。当鹏鸣拿出两大卷《鹏鸣情诗经典》和两厚本《鹏鸣论》（共258万字）并附有一百多张名人、政要的题词和照片的四大块砖头时，谁又会怀疑他的诗才呢？他们便以能和初出茅庐的大诗人照相、攀谈为荣，为发现"天之骄子"而自豪，于是派车、设宴，甚至言听计从，满以为和他同一个沙发上坐着的这位说话着三不着两的人就是一位伟大的诗人！大诗人可不就是神神道道的？附庸风雅的官员根本就不了解文艺界，不懂诗，不知诗人为何物。

王：在文坛几十年，像鹏鸣这样的人，过去遇到过没有？

阎：没有，过去大不了借名人之名投稿，20世纪五六十年代有篇文章《真假赵树理》，80年代我写过《真假王蒙》，但像鹏鸣这样胆大缺德不要脸的，还真没有。

王：鹏鸣的骗术老一套，为什么屡打不倒？

阎：这就像有些假货一样，屡禁不止是因为有保护主义，说白了是后头有人。对这种"伟大的诗人"，除非撕开放在阳光下暴晒，没有别的办法。

王：名人、政要对一个骗子保持缄默，有没有更深层次的原因？

阎：就是怕丢人。他们和鹏鸣也不是儿女亲家，不会死保他的。

王：说到底是虚荣心。他们为什么不见贤思齐像臧、艾、高、贺、张、牛一样勇敢地站出来呢？

阎：手上不干净，说出来你我都不光彩。说真话难啊！

王：说真话，听真话，对一些人来说已成为一种奢侈的事情……

阎：而说假话、听信假话却成了气候。说真话，不说假话；做好事，不干坏事，听起来容易，做起来很难，很难很难！说假话、信假话是一种极坏极坏的风气，我们吃的亏太多太多！

陕西散文谱

陕西是小说大省，也是散文大省。难道小说家必定会写一手好散文？小说家往往写出好散文，如柳青、杜鹏程、王汶石等。陈忠实学柳青，他的散文像柳青写小说一样，人物依然是立体化的，追求雕塑造型的逼真和凝重。

魏钢焰、李若冰、贺鸿钧、侯雁北、李天芳、毛锜、和谷等，大多是写散文起家，专注于散文或散文化的报告文学。李若冰《柴达木手记》忘我的豪情兼有心灵的美质，在全国范围内掀起同类题材散文的创作热潮。

陕西成为散文大省，缘于林江之乱既平、贾平凹才情的显现以及力倡"大散文"《美文》杂志的创办。

贾平凹的散文，当然也用小说笔法，上自古文笔记说话，下至杂感随笔小品，凡阴柔性灵之作一概为我手用，又具有汉代石刻一锤子传神的本事，富有民间文化的底蕴，语必通俗鲜活，韵味醇厚，且不乏禅意，好读，耐读。平凹的小说和散文是地道的土特产、中国货。有作家认为平凹的散文胜过他的小

说，人更喜之，学他简约传神的白描，但是，这种语言硬学是
学不来的。

孙见喜大写平凹的评传，风靡全国，那也就是长篇散文。
庸者记事，智者诛意，章诒和的《往事》、《伶人》既是秉笔
直书的传记，也是文采风流的散文。

刘成章的散文是安塞腰鼓震耳欲聋的狂放与豪迈，是信天
游刻骨铭心的复调和变奏，黄土地上五颜六色，山河壮美人多
情。刘成章散文有成，但知之者寡，他在《文学报》上背插稻
草自我叫卖，我和陕西作协着急了，又写文章又开会，得了个
"鲁奖"。

朱鸿的散文受《古文观止》和唐宋八大家的影响，当教授
的前后，追求学者型散文的艺术效果，年选本多有收录。及至
《关中，长安文化的沉积》、《历史的星空》和《长安是中国
的心》三部书杀青，实地开掘，钩稽故实，于史补阙增容，于
文散章别裁，质朴厚重，几臻乎高致也。

骞国政的散文立志写成心底流出的清泉。和谷、马治权、
邢小利等的散文不作无病呻吟，着意锤炼文辞，注重意境的开
发，对散文艺术性的追求十分明显。

张国俊、张艳茜的散文以情动人，人情味浓。庞进的"龙
文化研究"别开生面，扩展了散文的题材领域，得到专家的好
评。王芳闻写过为数不少的地域文化散文，仍在孜孜以求。梁

澄清的几本散文集地域风情诱人，他的散文是民间文学的乳汁喂大的。

方英文的散文，时有小说绘制的笔法，兼有杂文家的讽刺和幽默，随意性强，甚至肆无忌惮。

王蓬的报告文学大多采用散文笔法。王蓬身背照相器材走天涯，从飞鸟不至的古栈道到通往波斯的丝绸之路，看遍山水之险恶和生命之倔强。我说过，王蓬是"当代徐霞客"，他的游记体系列散文或报告文学颇具史料价值，但是没有被北京文坛所注意，惋惜！

史小溪的散文早已崭露头角，陕北的雄大与苍凉，狂放与凝重，杂以凄婉的旋律，颇感壮美。陕北这块地方不得了，历史积淀厚重，民风强悍多情，生活凄苦生命力极强，信天游的忧伤和大胆听得人心酸难忍，都是诗的富矿啊！

祁玉江是个地方官，忙里偷闲写散文，发表作品很多，陕北山高水长，文笔才情崭露。高宝军也是个陕北的地方官，酷爱散文，文字上肯下功夫，《乡村漫步》一书墨中有彩。

今人写陕北的可歌可泣不能仅限于传统式的颂扬，陕北散文在直面和深化历史和现实的热点痛点方面似有突破的必要。

陈长吟散文的背后有着专业的理论基础和丰富的编辑经验，十分在意散文文体的敏感和随意，注重散文诗的意境和心里的暗示，带动了一批散文作者。

穆涛的散文钩稽古风，广征博引，澄怀悟道，惜墨如金，追求小品的理趣和艺术的朦胧美。为平凹"文配画"再染些禅机和禅味。散文是他心中的佛。集腋成裘，出版《先前的风气》，为本届鲁奖评委所看中。

作为创作组织者的雷涛和经济工作领导的白阿莹，散文渐臻佳境，白阿莹域外之旅的一组系列散文打了个漂亮的"短平快"。

据统计，我省约4000名会员中，大多数人写散文，《美文》杂志不但推出像王云奎、王宗奇等新人新作，而且推出像杨莹、范超等一批散文新秀。年轻作家的散文框框少，现代气息浓，自然，流畅，抒情。寄语后来人：独立思考接地气，天高任鸟飞，我手写我口，笔端常带感情！

旅京的陕人作家也写散文，那满口醋熘的北京腔，一听，那"根"就在陕西。周明的散文写得很多，他是"文坛基辛格"，报告文学的老资格，他的散文取材文坛先贤，情系海峡两岸，力求记忆叙事的完整性，是冰心、梁实秋等不少老作家往事和风韵的真实写照。

王宗仁不畏艰险，无数次往来于青藏高原，为冰雪里燃烧的热血所感动。他的散文从新闻特写起步，进而运用散文诗的联想造境，追求险恶的环境与崇高精神的和谐统一，《藏地兵》此次获"鲁迅文学奖"，实非偶然。

雷抒雁的散文当然是诗人型的，精短，率性，随意，一个闪念的深度抒情，即成散文佳作。亲昵地叫她娃（"我"）的小名，那难以忘却的叫声，那叫声无比温馨的瞬间，成功为一篇动人的忆母文。

白描的散文有小说的功底但写得不算多，可是此次写于危病中的长篇散文《被上帝咬过的苹果》如泣如诉，命悬一线时的万千思绪和亲朋们深情关爱期间的心理活动，情真意切，极其动人；既绝望，又坦然，大有人之将死其言也善、其言也真之痛感。博客上连载时，一天的点击率曾高达十万人次。我常常发出感叹："古今至文多血泪。"

王巨才是官员，文气胜于官气。他在任上，对散文用情很专，长于（家乡）陕北故实和人文景观，情动于中，字里行间闪烁着人性的光芒（如《沉重的负债——我的两个母亲》："子欲养而亲不在。这人世间最令人伤怀的追悔，注定将伴随终老。"）。没有华丽的辞藻，有的是义理、考据、辞章的三位一体，可谓我杜撰的"学而优则作"。如《浪打沙湾寂寞回》，不熟悉历代书法大家，不熟悉沙湾郭沫若的著述和际遇，不善于情景交融的游记技巧，能放纵笔墨遨游时空，"欲把心事付瑶琴，知音少，弦断有谁听"？

新疆的杨闻宇、河南的郑彦英，都是散文名家。杨闻宇，军旅作家，倾心于历史文化散文，钟情历史上饱有血气和文采的女子。郑彦英也写史，对古代学者和发明家感兴趣，如《河之南》，此次获"鲁奖"的散文集《风行水中》，秦腔味好浓啊！

正是以上这些散文家的写作成果，支撑着我们陕西的散文大省。

至于我本人，一辈子的报刊编辑，同步写作评论，人问：如何写好评论？我说："诗不可不读，散文不可不写，最好让评论和散文杂交，生出人性化、抒情性的优化评论新品种。"

人问：《我吻女儿的前额》何以动人？我说，我没有正经写过散文，父母亲去世，念以何深，散文来叩门，写了《我的母亲阎张氏》和《体验父亲》。女儿去世，梦里寻她千千遍，思绪绵绵，散文又来叩门。散文找我，散文是延伸思念的最佳艺术形式。

人问：怎么写好散文？我说："首先写你的父亲、母亲、恋人和爱人，写没齿难忘的骨肉亲情，写死去活来的爱，'端起饭想起你，眼泪掉在饭碗里'。写散文是要动真感情、掉眼泪的，写时掉泪，润色时也掉泪，读者才有可能掉泪，不饱含泪水，趁早洗手。"

落笔前一定要想好：一、没有独特的发现，不触动你的灵魂，不要动笔；二、没有新的或深的感受，不要动笔；三、细节是魔鬼，没有一二个类似阿Q画圈圈、吴冠中磨毁印章那样典型的艺术细节，不要动笔；四、力求精短、去辞废，不减胖、不出手。那年，冰心散文奖颁奖，会下，林非紧握我的手说：《我吻女儿的前额》可是血泪至文啊，但是，最后一段多余，我爱人萧凤（散文家）也有这个感觉。林非批评得对！我的散文摆脱不了评论腔，这使我非常恼火。

散文不厌其多而厌其不减肥、长又长。试看今日之域中，散文越拉越长，谋财害命，我也未可免俗，众乡友们亦未幸免！

《陋室铭》81个字，是诗。林觉民的与妻绝命书痛彻心扉，不过一封短信。孙犁的《亡人逸事》几分钟可以读完，能让你心酸好一阵儿。平凹的《游寺耳记》算上标题不过323字，情景交融，有味，养眼。

陕西散文资源如此丰富，陕西散文作家如此众多，今后不再多出些人才，可就说不过去了！

【注】本文系2011年5月15日西安召开的"陕西散文学会成立大会"上讲话的增补稿，一得之见，难免把几颗珠子从眼皮底下漏掉了，恕我眼拙。

看电视剧　想路遥

电视剧《平凡的世界》2月份开始热播，3月12日在西安，我与该剧编剧之一葛水平不期而重遇，话题很快转移到热播和改编。

葛水平说："我也是从贫穷的农村走出来的，知识改变了我的命运。我很荣幸，参与了《平凡的世界》的改编，两年多的历练，两年多的奋斗啊！"

她强调说："人要有尊严地活着，就像孙少平那样。世界上没有翻不过的山。"

我说："1982年，路遥的《惊心动魄的一幕》和贾平凹的《满月儿》获奖，两个人进京领奖。乡党见面，分外热情。他俩一身打扮土得掉渣儿，有的作家不服气。路遥鄙视他们，暗中同他们较上劲儿。果不其然，一转眼，路遥、平凹两个'土包子'把中国文坛撼动了。"

几千年来，种粮食的吃不上粮食，这不公平！新中国成立后，土地收归国有一平二调，很长一个时期种粮食的仍然吃不上粮食，特别是老区，这很不公平！

　　路遥坐不住了，面对大量复杂多重的交错关系，他闷了3年，苦不堪言，灰心和失望贯穿始终。《人生》发表了，《人生》为农村青年以至于当代青年寻觅"人生"的道路。

　　《人生》刚一发表，1982年8月，我和路遥书信往来，信都写得很长。

　　我说："人生道路崎岖难行，故事情节大起大落，高加林不断地翻跟斗——由挤掉到荣任，又由荣任到被挤掉，人情世故全有了。高加林在事业上的三部曲，酿成他同巧珍爱情关系上的三部曲，再变为同亚萍关系上的三部曲，引出同父老村民们关系的三部曲，从而在复杂多变的生活难题面前，呈现出生动而深刻的现实关系。敏感！真切！深刻！"

　　路遥回信说："我意识到，为了使当代社会发展中某些重要的动向在作品里得到充分的艺术表述，应该竭力从整体的各个方面去掌握生活，通过塑造人物（典型）把我们时代最重要的社会的、道德的和心理的矛盾交织成一个艺术的统一体，把具体性和规律性、持久的人性和特定的历史条件、个性和普遍的社会性都结合起来——也就是说，应该向深度和广度追求。否则，也只能是像马克思在责备拉萨尔的悲剧时所说的'席勒式地把个人变成时代精神的单纯的传声筒'。"

　　最后路遥说："在国内有两位前辈作家在创作和创造生活

上对我产生过极其重大的影响，一位是已故的柳青同志，一位是健在的秦兆阳同志。《人生》的写作，一方面是在'夹缝'中锻炼走自己道路的能力和耐力；另一方面，也是我向这两位尊敬的前辈作家交出的一份不成熟的作业。"

4年之后，《平凡的世界》陆续出版。尽管，路遥把《创业史》读了七遍，感谢柳青对他的创作产生过极其重要的影响；尽管，柳青和路遥都在替农民说话，但各有自己不同的动机和视角。柳青的《创业史》实际上在宣称：严重的问题是教育农民；《平凡的世界》像是大声疾呼：严重的问题是接受农民的教育！

《平凡的世界》的深意，在于表达一种强烈的欲望，就是走出黄土地、融入自我实现的现代社会！为了耿耿于怀的欲望得以实现，野心勃勃的路遥耐住孤独、穷困和病痛，坚忍不拔、个人奋斗，夜以继日地透支生命，写作的过程无异于老马负轭般的自残。百多万字的巨著出世了，精神上自我完善，他胜利了。

《平凡的世界》描摹农民生活的状况，备述农民存在的价值，他要赶在"知天命"的40岁以前，好好替农民说说话，能说这不是天意？

《平凡的世界》全票获"茅奖"后，我路过西安看他，他塞到我书包里的是三盒云烟"红山茶"，自己一根接一根抽的却是劣质烟草；对大局保持高度的清醒，但气色不好，言辞恳切然底气不足。他爱哭，时而落下几滴泪水，我忍住内心的悲痛。不幸，1992年逝世，只活了42岁，路遥是累死的！

文学是路遥的生命，《平凡的世界》是路遥的精血。天降大任于斯人焉，路遥不负天命。大风从坡上刮过，平凡的世界不平凡。

葛水平有水平，让我们再见路遥，接受路遥的再教育。

给作协主席铁凝的一封信

2009年9月24日，我给作协主席铁凝写了一封信，平信寄出。

铁凝主席：我阎纲，向你报告两件事：

（一）收侯金镜遗孀胡海珠信，索要我刚刚发表在第九期《海燕·都市美文》上的《能不忆金镜》一文，并寄来她这篇纪念60周年的作品《我与祖国同命运》让提意见，读来情真意切。海珠是原《人民文学》编辑部主任，此作能否介绍给李敬泽主编阅处。

我的《能不忆金镜》中有这样三小段话：

侯金镜的遗孀胡海珠说：永远不能忘怀1971年8月7日夜晚到8月8日凌晨所发生的一切，一张苇席卷起他的躯体，再用三根草绳分段捆着三道箍，像扔一根木头一样，往卡车上一扔，汽车就开走了。那是我的亲人啊！

　　侯金镜逝世37年后的2008年元旦，胡海珠打电话给我："阎纲，你和谢永旺编的《中国作家协会在干校》我收到了，非常动人，勾起我对那段生活的回忆。阎纲啊，你给金镜编个集子吧！

　　我不行了，80多了，眼睛不能看东西，肿瘤要确诊。你给金镜编一本书留个纪念吧，不然我难以瞑目。你再写篇序言。不知道你有没有时间……"

　　我说："海珠同志，你放心，我再忙也得帮你做这件事。你再给永旺说一声，我们两个一块商量着编，整个包下来，你最后通读一遍就行。"她说："我的眼睛看不了了……"我说："我们二校，我们通读，后记我写，序言最好请胡可，他们是老战友了。"

　　两个月后，《纪念侯金镜》自费出版，印200本，胡可的《序》也很快在《文艺报》上发表，胡海珠电话里唏嘘着说："我已经知足了！我现在可以住院了！"

　　胡海珠，时为《人民文学》编辑部主任，革命老干部，文革中备受折磨，年老多病，双目无异于失明，拖着一只文革中致残的双腿艰难度日，至今。

　　（二）中国社科院文学所退休研究员汤学智，理论上很强，时有新见，编著、编选甚多，又见新著《生命的锁链——新时期文学的流程透视》（38万字，年前在本院获奖）。我动员他入会，他写了申请，我和其所长包明德写了详细的推荐意见，终被作协否定，说是水平不够，下次带上新著再行申请，伤了一个老专家的心！作协吸收会员的情况我了解，这不公平啊！我曾向作协同志提出过，都以"不了解"作答，不觉几年过去，现借此顺便向你作个报告，你要不便过问，即作罢。

祝愿

工作顺利！

阎纲　2009年9月24日　星期四

铁凝10月9日来电，说她出国刚回来，收我信后一直打电话我不接，可能来电显示的号码你不熟悉。然后责怪我称她"主席"，说你是前辈，怎么能这样称呼！这话她反复说了几遍；说她明天去法兰克福出席国际图书博览会，今天无论如何得找到我通个话；然后说："你的信我即刻处理，下午李敬泽来，我亲自转交他，关于汤学智入会的事，我会转有关部门及时处理，你放心。"最后，语意诚恳，说："阎纲老师，有事就找我，有事就找我，不要叫我主席，不要再称主席。打电话也行，我的电话……，打我秘书的电话也行，小丁的电话……"

　　汤学智很快接到作协创联部寄来的一份入会申请表，其它什么也没说，是不是让他交上新出的著作再行申请？汤氏函询，泥牛过河。

不说 "别了"，说 "再见！"

—— 陈忠实的身影

忠实走了，走得清醒、去得平静。忠实走了，才七十四岁！

活生生的身影，接二连三地闪现在我的眼前。

世纪初的一天，我问陈忠实：1976年，《人民文学》发表蒋子龙的《机电局长的一天》，出事了，文化部长于会泳点名说 "《机电局长的一天》是坏小说，要批。" 编辑部一方面劝蒋子龙写检讨，一方面派人找作家赶写批邓的小说。我回西安找你，因为你学柳青。《人民文学》专程约稿，你有些激动，但是让你急就一篇批 "走资派还在走" 的小说，你默然，面有难色，埋头吸烟，半天挤出来一句话："咱编不出来么！" 百般推托，不肯就范。最后，我被你说服。你当时既不损害友情又表示实难从命的痛苦情状，让我30多年来不能忘却。

忠实说：这事我记得，记得。当时，我也被圈在西影厂受罪，正为"编"一部电影剧本发愁呢！

我心想：当时要是逼着他把"走资派还在走"的小说写出来，作者岂不背上历史污点？

我离开西安不久，倒霉事发生了，陈忠实陷于无奈。他应《人民文学》编辑部急电之邀，在学习班上写了小说《无畏》，受到赞扬，很快，大快人心事，高唱饮酒歌，《无畏》作者犯了错误，被撤去公社党委副书记的职务。此事反倒成为陈忠实后来弃政从文的一个拐点。钢铁就是这样渐渐炼成的。

1979年，我住院手术的第三天，《文艺报》送来一堆新到的刊物，其中有蒋子龙的《乔厂长上任记》和陈忠实的《信任》，我说不出的激动。正好一篇文章的清样到了，我仄卧在枕边写了"校后又及"，说《乔厂长上任记》里四化人物写得新鲜、及时，何等周折又何等有气量！《信任》仍然带着关中芬芳的泥土气息，观察生活深入，同时满怀善意，一新人的耳目。《乔厂长上任记》不幸在梁斌的支持下遭遇十多个版面的批判，《信任》却在张光年等的推崇下，荣获全国优秀短篇小说奖。

20年后，有研究家认为《信任》最后对"仇人"的处理简单而幼稚。其实，颇有新意。奉命紧跟的结果，迫害者与受害者结仇，从报复流血到下跪忏悔再到人性复归，对灭绝人性的反思和对报复者的宽恕，让所有受左祸毒害者之间恢复信任抱有期待。冤冤相报何时了？

1981年10月，我受《文艺报》之命又回西安，同陕西作家促膝谈心，话题是农村题材创作之迫切。近年来，文学题材新突破的同时，农村题材被忽略了，岂知中国革命是农民革命，农民是衣食父母，是农民穿上军装上前线打仗。不能忘记农民，尤其不能忘记改革开放时期的农民问题。忠实，你一贯重:视农民题材，有何高见？

忠实说：八亿农民支撑着我们国家，农村实行新政策后，农民有信心了，感情复杂了，相互之间的关系淡薄了，对集体不大关心了。作品要是只写今天的承包责任制，写明天有钱花，写农村干部个个写成南霸天，那太浮浅了。我坚信深入生活是可靠的，我固执地在纷乱的现实中拨弄自己要寻找的东西。生活不仅可以丰富我们的生活素材，也可以纠正我们的偏见，这一点，我从不动摇，深入生活，点面结合，写起来才有根底，不会走大样。

1993年7月，《白鹿原》《废都》《最后一个匈奴》等五部小说进京，我在讨论会上发言，题目是"《白鹿原》的征服"。

我说，《白鹿原》是"史""诗"相交的历史画卷，诗魂在精神，即发扬自强不息的民族精神，不惜冒犯"手握王爵，口含天宪"，宁犯天条，不犯众怒！要是说有的作品（包括《创业史》在内）有时是两个头脑在思考、在打架的话，那么，《白鹿原》经历了"文革"之后，便用自己一个头脑思考、检验真理。作品的最后，他把既是"土匪胚子"又是"最好的弟子"黑娃的头砍下，血淋淋地置于新中国的面前，何等残暴，何等讥讽，石破天惊！

不久，有消息传来，说大家尊敬的朱寨《人民日报》上称赞《白鹿原》的文章，上层发话说《白鹿原》比《废都》还坏，撤版不用了。我很不为然，一再强调说，《白鹿原》的突破体现在历史观的深度上。

我私下对忠实说：《白鹿原》的突破，体现在历史的深度上——通过隐秘的心灵史质疑万能的"斗争哲学"，具有举重若轻的智慧和诸多层次的实证，成就石雕式的现实主义。

忠实说：写《白鹿原》时，我的心情非常复杂。一次会上，李星绕到我的身后耳语："今早听广播，《平凡的世界》评上茅盾奖！"接着说："你年底要把那事不弄成，你干脆从这楼窗户跳下去！"回家后我给老婆说："快擀面、蒸馍、晾干，我背上回老家去，这事弄不成，咱养鸡去。"

"收到人民文学出版社高贤均高度称赞的信件后，我泪流满面，爬到沙发上半天没起来，老婆慌了：'出啥事了，出啥事了？'我说：'咱不养鸡了！'"

但是，评茅奖时障碍重重，评委会的意见决然对立。多亏陈涌，他最后拿出正式意见，说"《白鹿原》深刻地反映了解放前中国现实的真实"，"作品在政治上基本上没有问题；作品在性描写上基本上没有问题。"两个"基本"，必须修改才能参评。改了，评上了。这一届评奖被延迟两年。

问他："改了哪些？"

他笑了："删去田小娥每一次把黑娃拉上炕的动作，还有鹿子霖第二次和田性过程的部分，关于国共两党'翻鏊子'也删掉一些，总共约两三千字。"

又一次乡党聚首，白描和白烨说：像陕西媳妇揉面一样，揉啊揉，揉得不能再筋道了才算完；《白鹿原》会成为世界名著！何启治转述范曾对《白鹿原》的赞誉："一代奇书也。方之欧西，虽巴尔扎克、斯坦达尔，未肯轻让。"海外有学者说，《白鹿原》比之获得诺奖的小说并不逊色。

最后，热点集中在白烨提出的问题上：尽管周明说忠实低调，但《白鹿原》独步文坛，为什么不可以问鼎"诺贝尔"呢？

一年3月，陈忠实来京办事，同乡党谈天。当我津津乐道家乡的"浇汤烙面"挡不住的诱惑、让你哈刺子直流时，忠实的眼睛一下子亮了，急忙插话说："你们礼泉的浇汤烙面真好，我家个个爱吃。真的好吃！"席尽人散，忠实拉着我的手再三保证说："老阎，我记着呢，过年一定给你送一箱子烙面来，一定！"过不久，忠实来京参加作协主席团会议，下飞机直奔方庄小区，破门而入，怀抱一大箱子烙面送家来了，放下烙面，擦了擦脸上的汗珠，来不及过过烟瘾，便赶往中国作协报到去了。

平地一声雷，你走了！走得清醒，去得平静。

看，这个西北高原冷娃硬汉子，风餐露宿，啃着死面饼饼锅盔，吼着秦腔，慷慨激楚，一路呼啸而来。

只要《白鹿原》在，你就活着。

我不说"别了"，说"再见！"

图书在版编目（CIP）数据

散文是同亲人谈心 / 阎纲著 . —北京：民主与建
设出版社，2017.10
（名家散文自选集）
ISBN 978-7-5139-1726-1

Ⅰ . ①散… Ⅱ . ①阎… Ⅲ . ①散文集－中国－当代
Ⅳ . ① I267

中国版本图书馆 CIP 数据核字（2017）第 235867 号

散文是同亲人谈心
SANWEN SHI TONG QINREN TANXIN

出 版 人	许久文	
总 策 划	李继勇	
责任编辑	刘树民	
封面设计	宋双成	
出版发行	民主与建设出版社有限责任公司	
电 话	（010）59417747　59419778	
社 址	北京市海淀区西三环中路 10 号望海楼 E 座 7 层	
邮 编	100142	
印 刷	三河市腾飞印务有限公司	
版 次	2017 年 10 月第 1 版　2017 年 10 月第 1 次印刷	
开 本	787mm×960mm　1/16	
印 张	22.5 印张	
字 数	204 千字	
书 号	ISBN 978-7-5139-1726-1	
定 价	39.80 元	

注：如有印、装质量问题，请与出版社联系。